🐰 *To my dear readers*

玻璃城

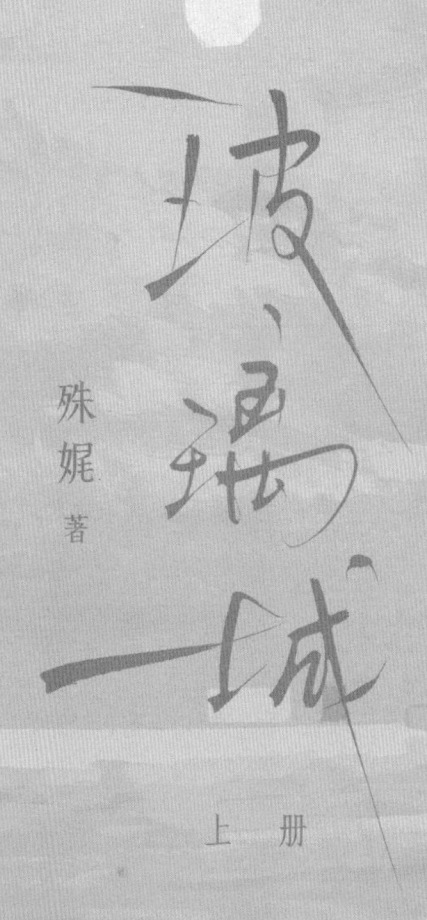

殊娓 著

上 册

青岛出版集团 | 青岛出版社

图书在版编目（CIP）数据

玻璃城 / 殊娓著. -- 青岛 : 青岛出版社, 2025.
ISBN 978-7-5736-2904-3

Ⅰ. I247.5

中国国家版本馆CIP数据核字第2025R4W387号

BOLI CHENG

书　　名	玻璃城
作　　者	殊　娓
出版发行	青岛出版社（青岛市崂山区海尔路182号）
本社网址	http://www.qdpub.com
邮购电话	18613853563
责任编辑	方泽平
特约编辑	崔　悦
校　　对	郭金乔
装帧设计	蒋　晴
照　　排	梁　霞
印　　刷	三河市良远印务有限公司
出版日期	2025年4月第1版　2025年4月第1次印刷
开　　本	32开（880mm×1230mm）
印　　张	16.5
字　　数	459千
书　　号	ISBN 978-7-5736-2904-3
定　　价	69.80元（全2册）

编校印装质量、盗版监督服务电话 4006532017　0532-68068050

玻璃城

○恩老板
○生嘉兴隆,
○余生平安.

无人生还

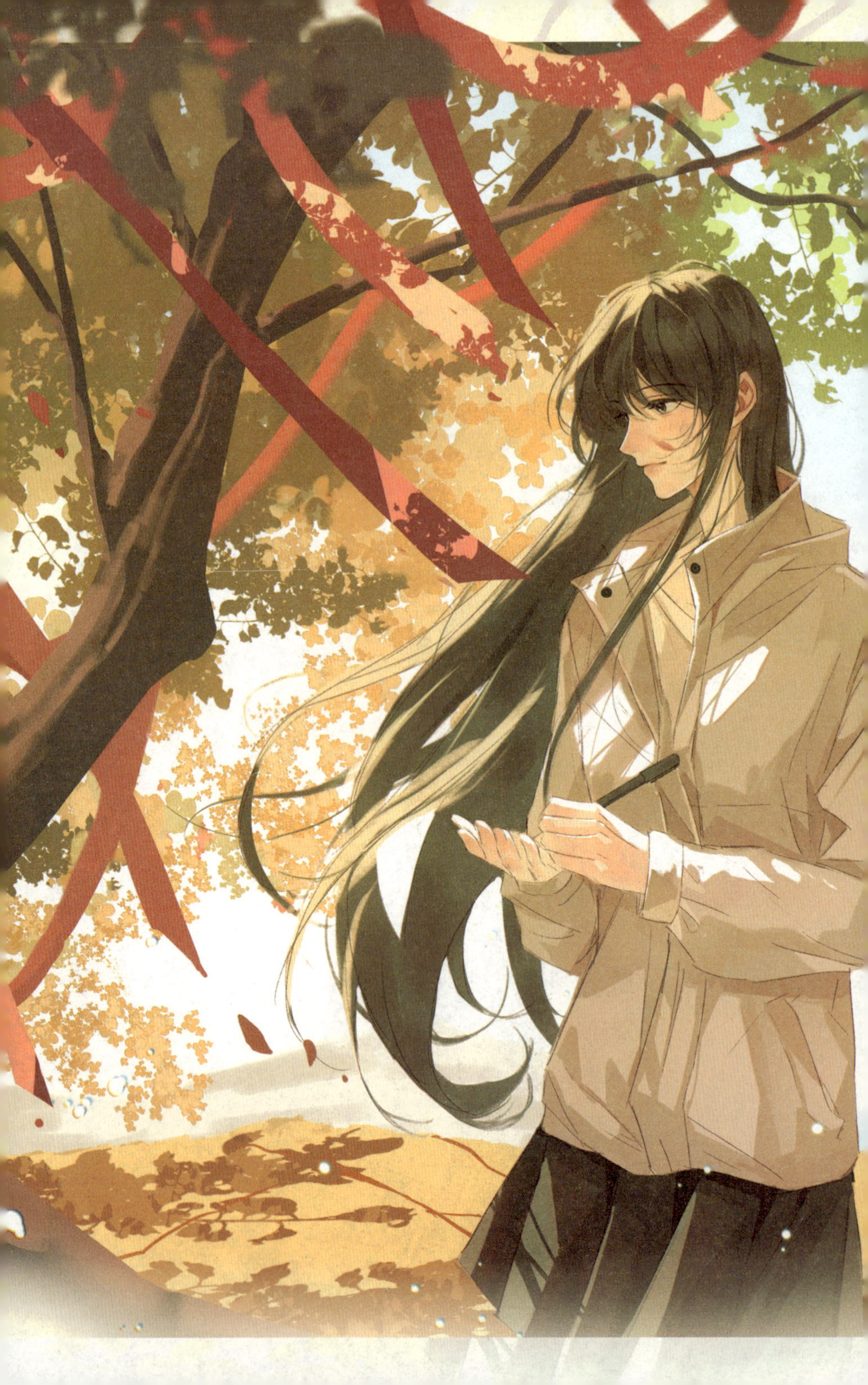

玻璃城

Contents

目录 上册

第一部分　发条怀表

第一章　醉翁之意 ………… 3

第二章　验证信息 ………… 51

第二部分　玻璃城

第三章　词不达意 ………… 103

第四章　心事咒语 ………… 143

第三部分　英仙座流星雨

第五章　我喜欢你 ………… 193

第六章　可以继续 ················· 255

第四部分　胡萝卜雪人

第七章　良性感情 ················· 309

第八章　Glass castle ················ 372

第五部分　玻璃城堡

番 外 一 ······················ 417

番 外 二 ······················ 436

番 外 三 ······················ 454

番 外 四 ······················ 473

番 外 五 ······················ 496

出版番外 ······················ 518

后　　记 ······················ 523

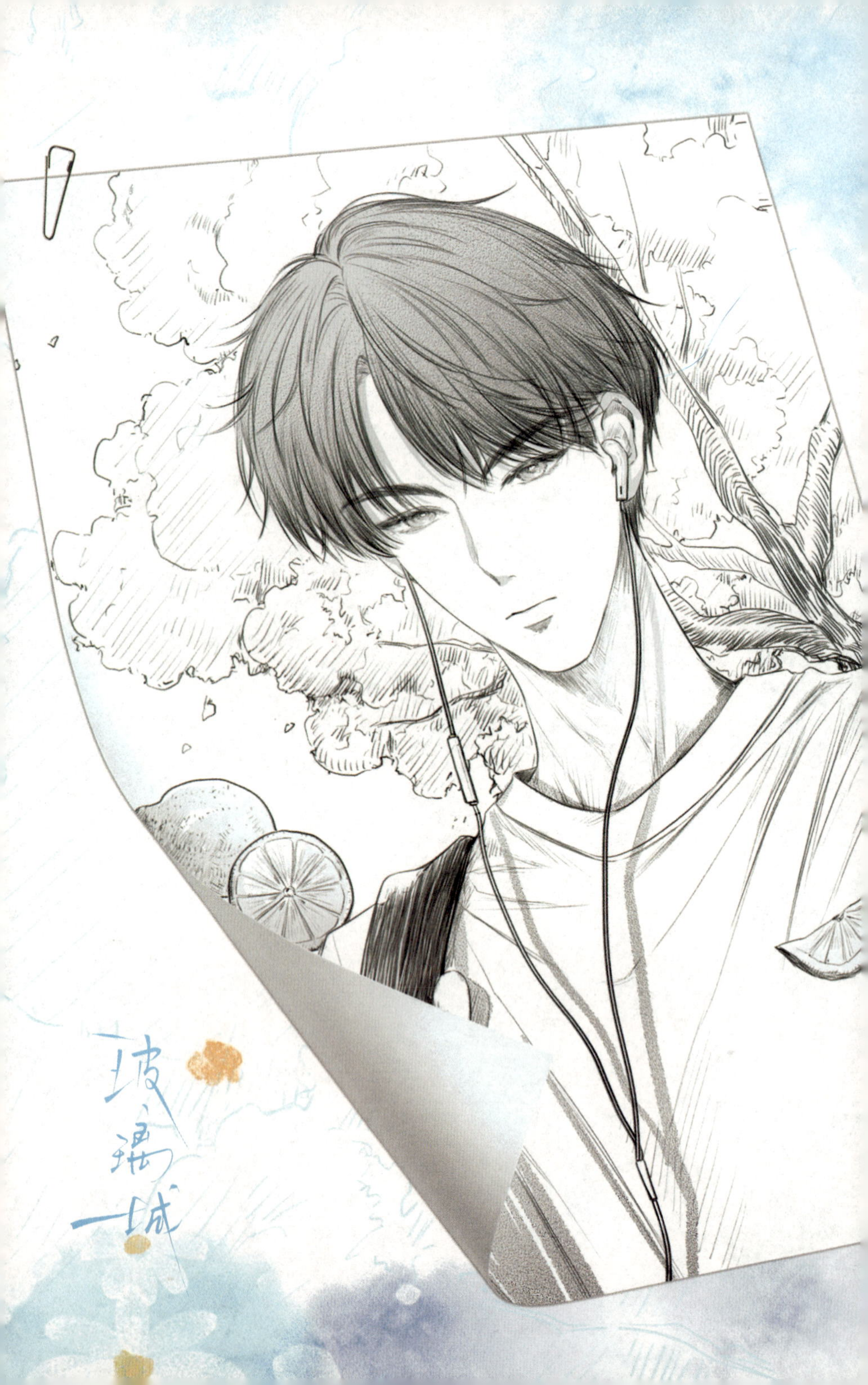
玻璃城

第一部分

发条怀表

第一章
醉翁之意

网络上说,缘分浅薄的两个人像是相交的两条直线,在某个时间、某个地点短暂地有过交点之后,最终渐行渐远。

在迈进那家剧本杀的店之前,宋晞也以为她和裴未抒是这样的两条直线。

那是一个周六的黄昏,宋晞难得不用加班,心情很不错。她哼着歌翻出在公司的年会上抽奖得到的榨汁机,对着说明书倒腾几分钟,给自己榨了一杯新鲜的果汁。

她端着刚榨好的橙汁从厨房里出来,抬眼,瞥见窗外的天色——

连续的沙尘天气后,天空终于晴朗,余霞成绮,暮云呈橙粉色,自西方延展开。

楼群不再是钢铁的森林,玻璃窗映着落日的余晖,有一种"美人既醉,朱颜酡些"的东方美。

连窗台上的小金鱼缸都染上了一层温柔的色泽。

鱼缸旁有一本 3D 立体的地球日历,日历纸被宋晞层层撕掉后,中间露出了纸艺的地球造型。

今天是2016年9月10日,这一年已经入秋,地球近3/4的面积被太阳照亮。

宋晞捻了一些鱼食,去喂鱼缸里的两条活泼的小金鱼。手机的铃声骤然响起,来电显示是"树袋熊"的表情。

这是宋晞从大学到现在的闺密杨婷。

大学毕业的时候,她们这群刚入社会的小姑娘被新公司压榨得很惨,杨婷曾向宋晞抱怨说太久没有睡足过,希望自己能像树袋熊(考拉)一样,每天拥有20个小时的睡眠。

为了回应闺密的美好愿望,宋晞把杨婷的备注改成了"树袋熊"的表情。

但她们毕竟是二十岁出头的年轻人,其实熬过了初入职场的那段时间后,周末再有闲暇,也不会真的睡上20个小时,有时间还是要出去玩的,闲不住,比如此刻:"晞晞,你准备得怎么样啦,几点出发?"杨婷在电话里欢快地问。

她们之前约好晚上去玩剧本杀。

2016年,年轻人除了去唱歌、玩密室逃脱、看电影,忽然流行起玩剧本杀来。

杨婷和男朋友看过类似形式的综艺节目,她很喜欢,也把节目推荐给了宋晞,他们甚至经常在群里讨论"案件"的进展。

所以帝都市一出现剧本杀的店,三个年轻人就约好了,说有时间一定要去体验体验。

只是工作之后,他们并没有那么自由,约了一个多月,才终于碰到了大家同时有空的周末。

电话里的杨婷很兴奋,她的男朋友刚才和老板确认过,他们今天要玩的剧本是六人本,另外的三个玩家是和他们年龄相仿的男生。而且有两个男生之前去店里玩过其他的剧本,据说有不错的推理能力,是老板特地打电话约来的。

"我太期待了!"

杨婷说完这句话,宋晞听见杨婷的男朋友提高声音说自己先去买些零食，不然他们玩剧本杀需要很长的时间。他怕两个姑娘饿。

电话里传来"咔嗒"一声，杨婷大概是合上了粉饼之类的化妆品的盒子。然后她所有的注意力被零食吸引了过去，她跟男朋友撒娇："那你买薯片吧。宋晞喜欢原味的薯片，我要青瓜味的，要那种最大包的。去吧，我马上下楼。"

宋晞看了一眼手机屏幕上的时间，一口喝完剩下的橙汁："都这么晚了，那我也准备准备，这就出发。我先挂电话啦，晚点儿见。"

"哦，对了，晞晞，你怎么过去呀？"

"我坐地铁，很快的。"

挂断电话，宋晞认真地把书签夹在之前看了一半的书里，拿了一件薄外套，准备出门。

她是阿加莎·克里斯蒂的书迷，一本不落地看完了这位推理女王的书籍。

手边的这本书是《无人生还》，她看了很多遍依然很喜欢，找不到新书看时就把它拿出来重温。

9月份，帝都市的暑气稍稍地散去，夕阳西下，霜飔也算清爽。

宋晞租住的公寓距离地铁站和公司都很近，附近商厦林立，吹来的风里夹杂着咖啡的醇香，到处弥漫着一线城市忙忙碌碌的气息。

站在这样的黄昏里，宋晞偶尔会感到失落。

至于原因……

也许是北方的初秋年年相似的干燥空气，总能让她联想起高中时上下学必经的那条路。

路两旁的梧桐树葳蕤成荫，少年骑着单车，自她的身旁经过，影子被斜阳拉得老长，拓印在柏油马路上。

那时候挤在青春里的隐秘小心思，让她耳聪目明。

放学后，她甚至能在熙熙攘攘的人群中认出他的自行车、分辨出他的声音。

"地铁进站，请乘客朋友自觉地站在安全线外，排队上车，先下后上……"

地铁站里的广播让宋晞回过神来,她跟着人群上了地铁,给一位老人让座,站在门边的角落里,五站之后,她又随着人群下车。

剧本杀的店在商住小区里,店面是由一个半地下室改造的,光线不是特别明亮,营造出某种神秘的氛围。墙上满是海报,靠墙的大书架上摆放了一些盒装的剧本。

宋晞来到店里时,杨婷和男朋友已经在店里了,看样子也是刚来的,他们和她一样在打量那些剧本和墙上的海报。

每个剧本的简介都是寥寥的几句话,神秘、诡谲、引人遐思。

杨婷丢下拎着大袋零食的男朋友,凑过来挽住宋晞的手臂,压低声音说:"怎么办?我没玩过剧本杀,忽然有点儿紧张。"

本来宋晞没觉得紧张,还有些不解,问:"你紧张什么?"

"我怕我太菜呀,小时候看《名侦探柯南》,从来都没猜对过凶手……"

"……"

宋晞看阿加莎·克里斯蒂的推理小说时,也从来没猜准过凶手,和她的好闺密半斤八两,于是也压低声音说:"完了,我也开始紧张了。"

店里的工作人员就在一旁,听见她们的对话,摆摆手,笑着安慰两个姑娘:"没事没事,大多数来店里的顾客都是第一次玩剧本杀。不用紧张,等人到齐了,我给你们介绍介绍规则就好了。"

现在离约定的时间还有一会儿,其他三位玩家还没到。

也许是怕他们等得无聊,店员指了指桌上的一大摞纸盒,跟宋晞他们说可以先玩几局小桌游,时间就过得快了。

大多数盒子看起来花里胡哨的,杨婷拿起来看了几眼,上面写着"德国心脏病""大富翁""谁是卧底"……

他们三个人平时也不是什么大娱乐家,对这些桌游不怎么了解。

宋晞在家里陪亲戚家的小孩子玩扑克牌时,都只会抽牌比点数的大小,哪里会玩这些游戏?

整个桌子上的桌游道具里,只有那只牙齿可以被按下去的塑料鳄鱼被杨婷的男朋友百无聊赖地按了几下。

三个人坐在沙发上大眼瞪小眼的样子太拘谨,店员决定带着他们三个人先去挑选打本时要用的面具,丢下一句"还是跟我来吧",就把三个人带进了隔壁的一间屋子里。

屋子里挤满了各种服装和配饰,这里像演出的后台。需要他们选的是那种蒙面舞会的面具,面具只遮半张脸,造型还算精美。

他们挑选面具时,外面有男人说话的声音,宋晞估计是其他的玩家到了。

她隐约地听见一个男人说:"快了,他好像是去给咱们买饮料了吧,我先帮他把名字签上吧。哎,老板,是不是要把名字签在这儿?"

宋晞先戴好面具出来时,有两个年轻的男人在外面,其中的一个人坐在沙发上垂头按着手机,随口抛出了一个问题,问站在门边抽烟的同伴:"裴哥来了吗?"

同伴叼着烟回答:"来了,我刚才瞧见他把车开进来了,他在找停车位吧。"

宋晞闻声看了一眼,总觉得坐在沙发上的那个男人的侧脸有点儿眼熟。

她细想时,又没有印象,想不起来自己什么时候见过他。

"对了,麻烦你们也签一下名字好吗?"

店员走过来,把笔递给了宋晞,说他们这里位于商住的居民区,来的顾客都需要登记名字和电话,会有人检查。

宋晞接过笔,正准备在登记的表格上写下自己的名字,目光忽然一顿。

一串用碳素笔写下的陌生姓名里,最末端的三个字对她而言无比熟悉。

在某段漫长的时光里,这三个字曾时常入梦。

这三个字化作了她踮起脚仍无法触及的一轮月、她张开双臂仍无法拥抱的一缕风。

此刻它们令人猝不及防地闯入宋晞的眼帘，和她的笔尖只有咫尺之遥。

宋晞握紧碳素笔，怔了数秒。

她深深地吸了一口气，反复地确认自己真的没有看错。

那三个字是——裴未抒。

登记的表格被放在前台的桌面上，宋晞俯下身子，在"裴未抒"三个字的下方填写自己的名字和电话号码。

她总有一种诡异的不真实感。

余光里，一个穿着黑色裤子的身影迈开长腿跨进店里，走过她的身旁，带起一阵柠檬茶味道的清风。

宋晞还以为自己表现得足够淡定，只是把"晞"字的那一撇拉得过长了。

直到杨婷从身后走来，熟稔地挽住她的手臂："晞晞，写什么呢，这么投入？"

"哦，没有，我帮咱们三个人登记一下信息。"

"我叫你半天啦，你都没听见？"

察觉到宋晞的异样，杨婷笑起来："怎么，你这个推理迷比我还紧张呀？别担心了，新朋友们刚刚都说了，他们负责带我们飞！"

在宋晞自以为没有失态的几分钟里，杨婷和她的男朋友已经跟那三位玩家简单地打过招呼了。

裴未抒给所有人买了饮品，提了挺大的一袋饮料过来。

杨婷和她的男朋友大大方方地接过他们的那份饮料，道谢，也友好地把零食分给对方，并介绍了自己这边的情况，说他们三个人是新手玩家，忐忑地表示希望对方多担待。

宋晞都没听见这些话，一个人安静地经历了一场来自内心深处的山呼海啸。

面对闺密的疑惑，宋晞没办法解释自己为什么忽然失聪，又为什么签三个名字都要花那么久的时间，只能顺着闺密的话，说自己是因为剧本杀紧张。

"这是新朋友买的饮料,给你,压压惊。"杨婷递给宋晞一杯柠檬茶。

宋晞对着裴未抒所在的方向,故作冷静地说了一声"谢谢",没敢真的去看他。

店长带着工作人员走过来,数了一下人数,拍拍手:"好了,咱们这个剧本的玩家都到齐了是吧?这是你们的'DM',你们跟着他就行了,他会告诉你们剧本杀的规则。祝大家玩得愉快!"

店长说完又叮嘱"DM":"咱们有新人玩家呀,你讲得仔细些,多照顾照顾新人。"

在剧本杀的店里,负责组织玩家进行剧本流程的主持人被称为"DM"。

"大家跟我来。"

"DM"招招手,带他们向尽头的一间屋子走去。

裴未抒他们跟着"DM"走在前面,宋晞跟在他们的身后。

这个位置让她能在裴未抒进店后第一次自然地向他的方向打量。

大学毕业后的两年里,很多校友走出校园,像变了一副模样,有装世故的,也有过于世故而让人感到不适的。

裴未抒看上去似乎和以前差不多,穿了一件没有任何 logo(标志)和图案的白色短袖 T 恤,下身穿着宽松的黑色休闲裤,周身清爽,没有多余的配饰。他拎起加冰的柠檬茶,叼着吸管喝了两口。

宋晞听到他的朋友问:"裴哥,你脖子上的伤是怎么弄的?"

她其实也留意到了,裴未抒的侧颈上有一道很红的伤痕,像是被什么尖锐的东西划过。尤其他的肤色又白,从她的这个角度看去,伤痕格外明显。

裴未抒放下柠檬茶,浅笑着和朋友谈起缘由。他今天早起去球馆打球,遇到一个戴精钢手表的哥们儿,对方打篮球时没摘表,抢球时不小心划了他一下,伤口不碍事。

其实裴未抒的长相有点儿清冷,个子又很高,一切总让人觉得他是那种不太容易接近的人。

但他笑起来眼睛会弯一下，又让人认为他一定很好相处。

朋友马上皱眉："那人什么素质呀，就不能把表摘了再打球吗？篮球这种运动需要身体对抗，他戴什么手表呀？！"

宋晞在心里赞同地谴责：

对呀对呀，他戴什么手表呀？！

这样的想法闪过脑海时，宋晞自己也是一怔。

算算时间，她大概五年多没见过裴未抒了，他们在生活上没有任何交集，完全像陌生人一样。

即便裴未抒是她曾暗恋了很久的人，她也没想到时隔多年自己还会有这种情绪。

其实这几年里，随着知识的增长，宋晞的人格不断完善，她也越来越自信独立。

意识到自己在成长的某些时刻，她也曾设想过：

她会不会在某天遇见裴未抒？

她会不会在某天有机会认识裴未抒？

她甚至设想过类似的桥段，然后猜测自己的表现是得体大方还是不尽如人意……

但那终究是设想，是她明知那种事不可能发生时的一点点贪念和慰藉。

谁能想到现实如此魔幻？

在一个天气有些好的周六傍晚，她走进一家剧本杀的店里，会遇见裴未抒，会拿着裴未抒买的柠檬茶，同他一前一后地走过一间间装潢得风格迥异的屋子，他们最终迈进同一间屋子里……

屋子有点儿像会议室，里面有一张长桌。桌上铺了丝绒的桌布，摆了一瓶蓬松的粉色鸵鸟毛。

长桌的两侧各有三把座椅，桌头也有一把椅子，"DM"坐在桌头处："你们自己挑座位吧，可以随便坐，位置无所谓。"

裴未抒示意朋友，让宋晞他们先选座位。

杨婷的男朋友道过谢，扭头看杨婷："女士们想坐在哪儿？"

"那……我们坐在同一边吧？"

"可以。"

宋晞和杨婷他们占了桌子的一侧，裴未抒和朋友们也陆续地入座。

很巧，裴未抒就坐在宋晞的正对面。

宋晞在学生时代就很容易脸红，工作后接触的人比较多，这个毛病也慢慢地好了些。

但裴未抒拉开椅子坐下后，视线无意间落在她的这边，她能感觉到自己应该是脸红了。

幸好她是戴着面具的。

面具遮不了多少脸，但给了她些许安全感。

他们选好角色后，"DM"给他们讲规则。宋晞怕自己露出端倪，只能稍稍地侧过身，面向"DM"，强迫自己认真听。

好在剧本杀是沉浸式的娱乐活动，每人扮演一个角色，剧本上有大量的文字需要阅读、记住，剧情也足够吸引人。

真正开始玩剧本杀后，宋晞反而没那么容易走神儿和慌张了。

剧本的背景是一个舞会，宋晞他们在剧本中的角色是来参加舞会的人。

不出意外，舞会进行的时候，有人被杀害了。而他们这些来参加舞会的人都和死者有着说不清的某些关系，个个都有杀人动机，他们又要凭借蛛丝马迹找出凶手。

推理迷不再记得对面坐着的是裴未抒，只想找出关键的信息。

来这里时，宋晞是散着头发的，室内空调的风力有些大，碎发总在脸颊旁，有些碍事。

轮到她发言时，她刚好从包里翻出了一根发绳，一边发表自己的推论，一边随手把头发盘成丸子头。

宋晞捋了捋碎发，把碎发别到耳后，反驳杨婷男朋友的发言："你的说辞在我看来有些不合理，最后一个同她跳舞的人不就是你吗？而且尸体被发现时，你就在离她不到两米远的地方。"

群体讨论之后,"DM"提出,他们可以一对一地交流,限时10分钟。

所有人可以找自己认为掌握线索的人或者怀疑的对象单独聊,聊天儿的地点可以是这间屋子,也可以是外面的走廊或另一间屋子。

"我怎么看谁都像凶手呢?"

杨婷嘀咕着环视一圈,最后目光落在自己的男朋友身上。

她玩起游戏来也是不管不顾的,指着男朋友:"你跟我来,咱们去隔壁的屋里单独聊聊,我觉得你很可疑。"

对面裴未抒的两个朋友也看对方不顺眼,约了去走廊上单聊。

其他人出去了,屋子里只剩下宋晞和裴未抒。

宋晞最怀疑的角色也是杨婷的男朋友,但人被约走了,这里只剩下裴未抒,她至少要从他的口中套出一些线索才对。

她还沉浸在角色里,垂眼看了看草稿纸上自己写下的疑点,思考片刻,准备发问。

她抬眼时,两个人的视线短暂地交汇。

为了贴合剧本的舞会背景,屋子里的主灯被关掉了,每个人的面前有一盏形似蜡烛的氛围灯。

裴未抒正单手把玩着他面前的那盏灯,指尖被灯光照亮,呈现半透明状。

他把两只手臂架在桌上,短袖的袖口遮住了手臂上部分肌肉的线条。他察觉到宋晞的视线,轻笑一声,率先开口:"怎么了,我在你这儿也不是完全清白的?"

他不笑还好,这一笑,又成了让当年的宋晞心动的样子。

"DM"走之前留下了正在播放BGM(背景音乐)的小音箱,小音箱还在不停地播放着钢琴曲。

群体讨论时的那首令人后背发凉的歌曲已经播放结束,小音箱自动切换歌曲,偏偏切回了舞会进行时的曲子。

旋律柔柔的,气氛有些暧昧。

那些疑问卡在嗓子眼儿里,宋晞问不出来,心中暗暗地唾弃自己:

就凭这副色令智昏的样子肯定是当不了侦探的，白看那么多推理小说了。

裴未抒的这个角色确实不怎么清白，刚才友好的率先笑问只是避重就轻的手段，但他说完话之后，对面的女孩一直没开口。

她像在和谁赌气，蹙了一下眉心。

而且从她进屋起，她的脸颊和耳郭就一直泛红，她看上去略有不适。

半地下室里的空气确实不流通，空调就在他的身旁，裴未抒偏头看了一眼上面表示温度的数字，暂时跳出角色，开口询问："你觉得很闷吗？需要我把空调的温度调低些吗？"

那段时间里，有几句美好的祝福在朋友圈里、公众号上流行——"愿你历尽千帆，归来仍是少年""愿你出走半生，归来仍是少年"……

有人说，这些句子是从苏轼的诗句演变来的，原句是《定风波·南海归赠王定国侍人寓娘》中的"万里归来颜愈少"。

而裴未抒的眼中带着礼貌的关切的样子，就让宋晞想起这句诗。

她也想起了他们初次相遇的情形。

她初见裴未抒是在2008年。

那一年，宋晞第一次来到帝都市。那时是8月，正值暑期，火车站里挤满了人，摩肩接踵。

巨大的屏上播放着奥运会的比赛，到处写着欢迎的标语，也有外国人举着小红旗走过，志愿者们站在人群中，友好地为有需要的人提供帮助。

整座城市洋溢着一种令人感到熨帖的热闹的氛围，热闹得如同过年。

宋晞的爸爸来接站。同母女两个人碰面后，宋爸爸主动地接过大部分的行李。

他提着好几个袋子，拖着箱子，扭头笑着问宋妈妈："你们俩是不是想把咱家搬到帝都来？"

宋晞背着被塞得满满的双肩包，提着布袋，跟在他们的身边。

她对新环境感到新奇,忍不住抬眼四处张望,爸妈的对话成了"耳边风"。她只隐约地知道妈妈在给爸爸讲哪些东西是给爸爸带的、哪些东西是给宋叔叔一家人带的。

被提到的宋叔叔叫宋家群,过去是他们同镇的邻居。

宋家群有一个在市区里当老师的亲戚,从初中起他就寄住在亲戚家里,在市区里上学,后来高考考得不错,去了大城市念书,又辗转到帝都做生意。

宋家群做生意顺风顺水,用镇上的人的话说,就是"出人头地啦""混得顶好"。

宋晞上小学时,有一年的春节宋家群回镇上过年,提了礼品来感谢一直帮他照应家里的老人的宋晞父母。

那时候宋晞的爸爸刚被裁员,正一筹莫展。听了宋家群的提议,春节后宋晞的爸爸便跟着他去了帝都,帮着忙一些生意上的事情。

家里只剩下宋晞母女,妈妈常常感恩地和宋晞念叨,宋叔叔他们夫妻俩都很好,在外面也很照顾她的爸爸。

宋晞的爸爸带着她们来到车站的停车场时,宋家群已经下车,站在人群里,高举双臂热情地挥手:"嫂子,晞晞,这里这里!"

他喊完又快速地挤过人群,接过宋晞妈妈手里的大袋子,连声道谢:"嫂子,你说你来就来呗,拿这么多东西干什么?东西这么沉,辛苦了辛苦了。"

"不辛苦,我们上火车时碰见好心人了,两个小伙子主动地帮我们抬了行李。我也没拿什么过来,这都是家里的土特产。我听弟妹说你想吃家乡的饭,特地带了很多笋干腊肉,回头做给你们吃。"

宋妈妈看了一眼车站外的商厦楼群,感叹:"帝都真好呀,真漂亮。"

宋晞那年16岁,第一次走出家乡的小镇,到了一线的大城市,看什么都觉得新鲜。

不过一路上车马劳顿,她来帝都时坐了40多个小时的火车,再加上市区里交通拥堵,连续的几次急刹车后,宋晞的胃里翻江倒海。她就近找到公共洗手间，吐了半天。

她回车上睡了一会儿，醒来时，车子已经驶入一片美丽的别墅区里。

宋叔叔家的房子很漂亮，是三层的别墅，五色菊顶着蓝紫色的花朵在庭院里盛放。

庭院里坐着一个笑盈盈的妇人。她见到他们，挺着肚子走出来，和宋晞的妈妈拥抱。

那是宋叔叔的妻子张茜，宋晞叫她"张姨"。

"晞晞，好久不见呀，真是大姑娘了，也长高了不少，再过两年就要比你的妈妈高啦！"

张茜捏了捏宋晞的脸："晞晞是不是在火车上休息不好，脸色怎么这么差？"

宋妈妈把宋晞在路上晕车的事说给张茜听，宋晞觉得丢人，脸都红了。

"那咱们快进屋吧，屋里有空调，晞晞吹吹冷风，喝点儿冷饮，可能会舒服些。"

进门前，张茜抬手朝楼上指："晞晞你看，三层是一个小阁楼，以后你和你妈妈就住在那里，你的宋叔叔知道你要来之后就闲不住，给你买了很多书，把书放在小书架上了。你到了这儿和在家里一样，别觉得拘束呀。"

那天他们进门后，没过几分钟，宋家群和宋爸爸就出去了，要忙生意上的事。

宋妈妈和张茜一起收拾她们的行李，带来的土特产被一样样地从包裹里拿出来。她们把土特产摊放在地上，拆开包装，再重新收纳。

张茜对着楼上喊："思凡？思凡？姨姨和姐姐来了，快下来。"

"你喊什么呀？我和同学连麦打游戏呢！别喊了，烦死了！"

张茜被儿子冲撞了一下，有些无奈地和宋晞的妈妈诉苦。

之前他们只顾着忙生意上的事，雇了保姆管家里的事情。虽然一家人在同一个屋檐下，但是他们天天早出晚归，和儿子总也说不上几句话。

保姆汇报时，也只在夫妻两个人的面前说好听的话，频频地夸奖他们的儿子成长得不错，张茜听了还很欣慰。

"我这次怀了二胎，因为反应太严重，不得不在家里休息，天天和思凡朝夕相处，这才发现原来这个孩子这么不像话，他真让我头疼。"

张茜正说着，楼上传来踢踢踏踏的拖鞋声，随后传来一阵滑轮掠过地板的声音——

宋思凡踩着滑板滑过来，停在那堆土特产前，嫌弃地嘟囔："哪儿来的这么多的东西呀？乱七八糟的……"

宋晞进门后喝过冰水，这会儿已经感觉好多了。

听见宋思凡这样说话，她忍不住在心里吐槽，觉得如果这个熊孩子是自己的亲弟弟，自己肯定要一脚踹飞他。

"思凡！"

张茜也是南方人，呵斥都是温柔的："过来叫姨姨，这是你的宋晞姐姐。宋晞姐姐的成绩很好，她上学期的期末考了全校的第二名呢，你以后多跟姐姐学学。"

熊孩子根本没听张茜的话，滑着滑板去了厨房。

宋晞瞧见他捧出超大的一桶冰镇饮料，他拧开盖子，直接喝了起来。

宋妈妈笑着打圆场："你还不知道老家的学校？学生少，她考第二名也没有你们想象中的那么厉害。"

喝下去半桶饮料，宋思凡突然盯着宋晞开口："你是从非洲来的吗，怎么这么黑呀？"

宋晞刚考完中考，暑假里没有作业。

小镇的家长不像大城市的家长那样有很强的教育观念，大城市的家长会让孩子提前学学高中的课程。

而她没作业就彻底闲下来了，天天和朋友出去玩，去山里和河边，在酷暑的南方晒了两个月,皮肤确实变得黑黑的。

她在老家时是不觉得自己黑的,伙伴们都晒得一样黑,谁也不嫌弃谁。

这会儿突然被人攻击外貌,宋晞瞥了一眼墙壁上的棱格镜子,自己和这种华丽的环境相比又黑又瘦,显得土里土气的。

但……

我黑不黑关你什么事?

我乐意,熊孩子!

宋晞也有脾气,被说了当然不高兴,想怼回去。

可她想想又觉得张姨和宋叔叔对他们家实在是很好,只能装作没听见。

宋思凡一直在客厅里踩着滑板瞎晃悠,时不时地拿出手机鼓捣几下。

张姨也许是被儿子晃得头疼,也许是觉得宋晞和大人待着无聊,提了一个建议:"思凡,你带姐姐出去在小区里走走吧,让她熟悉熟悉环境,好吗?"

讨人嫌的熊孩子不知道是搭错了哪根筋,居然点点头,动作利落地踩着滑板就往外走。

他走了几步,回头吩咐宋晞:"跟上啊,非洲人。"

宋晞在心里骂人,不情愿地跟着出了门,气得连眼镜都忘记戴了。

别墅区里没什么人,人造的池塘里游动着几条胖乎乎的锦鲤,周围安静得只有虫鸣、鸟啼这类属于大自然的声音。

而老家的小镇上到处是熟悉的面孔,她出去时,一路要和许多叔叔阿姨打招呼。家家户户挨得又近,窗口像每一家的叛徒,泄露着家中的谈话声和饭菜的香味。

走出去十几分钟,宋晞终于知道宋思凡为什么突然愿意出来了。

他根本不是想带她逛逛,而是想找一个机会开溜。

她只是胡思乱想了一会儿,再抬头,他早就没影儿了。

2008年，宋晞还没有手机，出门又没戴眼镜，扭头看向来时的路，一片模糊的漂亮房子栋栋都像是宋叔叔的家。

人生地不熟的她第一次觉得自己可能是一个路痴。

宋晞心知，宋思凡那个性格恶劣的熊孩子恐怕是"良心泯灭的"，他早就不知道跑到哪儿玩去了，根本不会回来找她。

北方的夏日有一种干燥的炎热，烈日下汗水顺着脸颊流淌。

蝉躲在树冠中，不住地鸣叫，让人听着更加着急，心头几乎起火。

她正无措，身后传来声响，一个骑着自行车的身影赶来。

他悠闲地经过她的身旁时，宋晞短暂地看清楚了些：那是一个男生，骑着一种车型挺酷的自行车，把上半身俯得很低。

他穿着白色的短袖T恤，背着黑色的篮球包，耳朵里塞着耳机，气质清爽，神情淡漠……

那个瞬间宋晞想了很多，想要叫住他问问路，但怕他听不见她的话，也怕他听见后会拒绝。

她有很多理由纠结，其中的一个理由是宋思凡说她是"非洲人"。

她明明不认同那个熊孩子的嘲讽，此刻却不知为何想起了那件事。

她眼看着自行车驶近了又远去……

宋晞还没纠结完，可自行车停下了。

男生把两只脚放在地上，迈着长腿蹬了几下地面，退回她的身边。

宋晞看清了他的长相，一时发愣。

他摘下一只耳机，好意地提醒她："鞋带开了，小心跌倒。"

男生的声音很好听，他说话时带着些京腔。

宋晞顺着他的话低头，右脚的鞋带果然不知道什么时候散开了。

她机械地蹲下，捏起鞋带，刚绕上蝴蝶结的一边，就感觉到男生准备离开了。

宋晞忍不住急急地开口，一连串地吐露出自己的诉求："你好，能不能麻烦你帮我指路？我今天刚来这里，不认识路，有些迷路……"

宋晞说出自己的困境时，男生的脚本来已经踩在了自行车的车蹬上，动作稍有停顿。

还好他没拒绝，转头迎上了宋晞的目光。

也许是看宋晞太过紧张，男生看着她，安慰性地浅笑了一下，随口问："你要去几号楼？"

"我不知道。"

他显然没想到答案是这样的，一愣，微扬眉梢，重复道："不知道？"

"嗯，我今天刚来……"宋晞也重复着描述。

"手机呢？"

"没有。"

宋晞和妈妈都没有手机，她们住的镇子不大，妈妈没有工作，就在家里帮人家补补衣服、裁剪裤脚，宋晞的学校也离得不远。宋晞有什么事情，进她家叫一声，人就出来了。

可现在她在帝都市，人生地不熟的，行动就没有那么方便了。

"你知道家里人的手机号码吗？"

宋晞点点头。

她知道爸爸的手机号。

男生从裤子的口袋里摸出手机，手机是黑色的，样子小巧精致。他把耳机拔掉，把手机递给宋晞："你给家人打电话问问吧。"

宋晞拨了爸爸的手机号，手机里传来片刻的忙音，没有人接听电话，爸爸和宋叔叔他们应该都在忙。

随后她又尝试了新办法，询问男生在这边认不认识姓宋的人家，比如宋家群或者宋思凡。

男生否定了，说不认识他们。

事情发展到这种地步，对帮忙的人来说，已经有些棘手。

宋晞也后知后觉，自己刚才开口要人帮忙时语速太快，显得无礼。所以在递还手机时，她小声地补充了一句："谢谢，我给你添麻烦……"

她还没说完话，手机突然振动，吓了她一跳，屏幕上的号码不是爸爸的。

男生拿过手机，接了电话。

也许有人在催他做什么事，他扫了一眼宋晞，应着电话里的人："我晚点儿过去，这边有点儿事，你们先玩着。嗯，我知道了，挂了。"

烈日炎炎，宋晞穿了一件棉质的短袖，被汗水浸染的布料贴在后背上。

灿阳晃得人目眩，宋晞虽然焦急，但也不打算继续给好心的陌生人添麻烦了。

又说了几句道谢的客气话后，她尽量用轻松的、不给人添负担的语气开口："谢谢啦，你还是去忙吧，我自己再找找。"

出乎她意料的是，他没走，只说自己没急事。

宋晞慌乱地同他对视，男生冷静、大方，眼中有一种让人镇定的力量。

"我先陪你找吧。况且，如果家人给你回电话，你也能接到。"

男生摇了摇手里的手机，主动地帮忙分析："你家是几层的建筑？或者，你来时见过什么特别的建筑物吗？"

在这座全然陌生的城市里，他的耐心给了宋晞极大的安全感。

宋晞一边回忆一边跟他讲，宋叔叔的家是两层的别墅，第三层只有一个小阁楼。她来时走过一段路，路过了人造的水池，里面有肥肥的锦鲤。

除了这些，她的记忆里好像也没什么特别的建筑物了。

"独栋还是双拼？"

"什么？"

"就是……"

话音微顿，男生整理措辞，重新开口："院子和邻居的家挨得近吗？"

"很近，篱笆的旁边就是邻居家的院子。"

"没有泳池？"

"嗯，没有。院子里种了蓝紫色的菊花。"

"那是双拼的户型。"

男生打了一个响指，笑着："我知道了，你跟我来吧。"

男生把两条手臂架在自行车的车把上，用脚踩着地，陪在她的身边，姿态很舒展。

他一路上什么都没问，不问她的名字，也不问她为什么搬来这里，只说他记得西边才有那种双拼户型的别墅，找对地方的概率很大。

天气实在晴朗，万里无云，阳光直射在他们的身上，两个人热得要命。

宋晞能看见汗水顺着他的侧脸流下来，但他丝毫没有不耐烦，转头看见她的目光时，还以为她是在担忧会找不到家，安慰宋晞说如果他们走一圈还没找到她家，他就带她去找物业的工作人员。

"有户主的名字就能查到电话，总有办法的，你不用着急。"

以前宋晞家的房子都是那种镇上自建的，她没有物业公司的概念。

但他说得那样笃定，连她都跟着放了不少心。

他带路的方向是对的。那天他们走了十几分钟后，宋晞看到了来时的人造水池，胖乎乎的锦鲤游在水草间。

后来宋晞凭借隐约的印象，终于找到了宋叔叔的家。

夕阳西沉，阳光把他们的影子拉得很长。

脸上有掩饰不住的欣喜，她站在门口，连说"谢谢"都不觉提高了声音，语调愉悦。

男生站在夏日的艳阳下对她一笑。

他的长相很有冷感，窄双眼皮和高鼻梁让他看起来有些高傲。

可他笑起来时眼睛竟然是弯的，温柔又好看。

后来宋晞再回忆起2008年初到帝都的那天，这里处处很美，但她见过的最美的风景，好像总是这一帧的画面。

男生没给宋晞第二次道谢的机会，随意地做了一个"拜拜"的手势，骑上自行车，直接走了。

宋晞在他的身后说"谢谢你呀，真的谢谢你"，他没回头，只高举手臂摆了摆手，身影很快消失在转角处茂盛的绿化乔木中。

那天宋思凡玩到该吃晚饭的时间才出现，进门就被张姨训斥了一番。

但熊孩子根本不怕他的亲妈，油盐不进，随手把滑板丢在鞋柜旁，蹬掉鞋子，掏掏耳朵，咧着嘴不耐烦地说："非洲人告状了？"

其实宋晞什么都没说，但哪里有不了解儿子的妈妈？

张茜很生气，幸好宋晞的妈妈在，帮着打了圆场，也恰逢宋家群和宋晞的爸爸从外面回来，气氛才缓和下来。

平时宋叔叔和爸爸应该是不在家里吃饭的，厂子那边有宿舍，还提供员工餐，他们忙的时候都是在那边糊弄着吃几口饭。

之前的那个不称职的保姆被张茜开除了，今天宋晞的妈妈下厨，做了很多家乡菜。

饭菜的香味充斥着整个餐厅，两家人围坐在一桌旁，电视机播放着令人热血沸腾的奥运赛事。

男人们开了冰镇的啤酒，杯子撞在一起，气氛比过年时还热闹。

宋晞端着一杯冰雪碧，和大人们一起碰杯。

只有宋思凡不举杯，还坐在一旁冷嘲热讽："喂，非洲人，碰杯子不是你这样碰的吧？"

他明明更不礼貌、更不尊重人，还要来挑别人的刺儿。

他真是讨人厌的熊孩子。

宋爸爸笑着揉揉宋晞的头："晞晞呀，和长辈碰杯时，杯子要比长辈的低上一截。"

宋晞当然会听有道理的话，不和宋思凡计较，装作没听见他的话，只对爸爸点头，然后举起杯子重新和长辈们的杯子相碰，这次杯身比他们的都低。

宋晞的妈妈给张茜夹菜："茜，这是我晒的笋干，不知道你们家那边的人吃不吃笋？"

"我家那边的人也是吃笋的，而且我从小就喜欢吃。姐，你多吃，不用照顾我。"

宋家群也笑:"以后有机会,咱们两家人去张茜的老家那边玩一次。她家的那边有一个湖,湖还挺有名呢,特别漂亮,我的岳父岳母也特别好。"

奶奶去世、爸爸来帝都后,宋晞很久都没感受过这种令人舒适的热闹了。

这是久违的温馨。

晚上休息时,张姨挺着肚子来到阁楼上,找宋晞母女聊天儿。

宋晞的妈妈从来不把宋晞当小孩子看,家里有什么事情,宋晞都会知道。

张姨说以前的保姆不好,保姆会偷拿家里的东西,对宋思凡也不上心,张姨自己又怀了二胎,需要人照顾,才请宋妈妈来家里做做家务。

"把钱给那些心术不正的人还不如给姐姐,这样我更放心。"

虽然张姨是这样说的,但其实宋晞也知道,这次他们来帝都市,是叔叔阿姨在帮助他们家。

叔叔阿姨真的很好,连房子都不让宋晞他们租,说钱不好赚,帝都的房租又贵,家里有这么多地方闲着呢,他们住在家里就好。

"趁着这几年的生意好,你们再攒攒钱,以后也能在帝都买一套房子。晞晞这么优秀,再考一所帝都的大学,你们以后就在这边定居了,多好呀。"

两位妈妈谈心时,宋晞坐在一旁观察小书架上的书籍。房门忽然被敲响了,得到允许后,宋晞的爸爸推开门。

他不住在这里,还是回厂房去住,现在准备走了,才忽然想起一件事——

宋晞的爸爸没进屋,站在门口:"对了晞晞,傍晚时爸爸才看见手机里有一个未接来电……"

他把电话打回去后,对方是一个男生,把下午宋晞迷路的事情告诉了他。

碍于张茜在场，宋爸爸也没说得太详细，只问宋晞："那是你的朋友吗，你要不要记一下电话号码？"

阁楼的空间不大，三位家长的目光都落在她的身上。

宋晞莫名其妙地心慌，回绝道："不……不用了。"

其实她说不清楚自己为什么要口是心非，明明用爸爸的手机给人家发一条道谢的信息才是周到的做法。

就像在此后的暑假里，她也说不清楚自己为什么要在出门前对着镜子仔细地整理好头发。

第二天的早晨，张茜开车带着宋晞母女去逛了天安门广场和故宫，在拥挤的人潮里拍了不少游客照。

以前住在镇子上，他们从来没奢望过到这样的大城市里生活，现在居然有了将来在这边定居的希望。

那两天宋晞的妈妈常常挂在嘴边的话就是："晞晞呀，我们真幸运。"

宋晞用左手挽着张茜，用右手挽着妈妈，时不时地咬一口手上的冰糖葫芦，快乐地应和："对呀，我们真幸运。"

不过，幸运的人也会偶尔走走小霉运。

宋晞因水土不服频频地呕吐和腹泻，在当天夜里的1点左右，被送进了附近的医院里。

水土不服倒不是难治的病，就是折磨人。连着被折磨了两三天，宋晞都蔫儿了，肠胃功能紊乱后，脸上也开始起那种红色的小痘痘。

但她挺乐观的，没觉得这是大事，能打起些精神时就开始跟着妈妈进进出出，在厨房里帮妈妈打下手，被轰几次都不肯走。

张茜也总是挺着肚子在厨房里转悠，找活儿干。最后宋晞的妈妈佯装生气，把两个人都撵了出去。

新生活让宋晞的妈妈感到很轻松，她也学会了开玩笑："我自己做我的工作，你们再怎么帮忙，我也不分给你们工资。"

宋晞扭头接话："你还是要给我买雪糕的！"

24

"等你的病好了，我就给你买。"宋妈妈和张茜异口同声地说。

气氛融洽，宋晞好高兴，笑着要往楼上走，被张姨拦住了。

"晞晞，别总在阁楼上憋着，楼上没有空调，今天太热了，小电风扇不管用，你在客厅里看看电视，凉快凉快。"

张茜把宋晞带到沙发边，按着她的双肩让她坐下："矿泉水在冰箱的旁边，自己拿着喝。你要多喝水才能好，知道吗？"

医生说，她水土不服的话最好暂时别喝当地的饮用水，先喝矿泉水，慢慢地适应可能会好些。

谁知道宋叔叔和张姨会买那么多矿泉水？五箱矿泉水堆在家里，等着她喝。

妈妈的话真对，她们太幸运了。

电视里在直播奥运赛事，宋晞看得心潮澎湃。

她正看得着迷呢，院子里响起几个人说话的声音，与此同时，楼上传来一阵飞奔的脚步声，"咚咚咚咚"的，像怪兽来了。

宋思凡举着手机从楼上跑下来，11岁的男孩子还没开始长个子，倒是学会了耍酷。

最后的几级台阶可能是烫脚吧，也可能是有刀子吧，他就是不能好好地走下来，偏要斜倚着楼梯的扶手往下滑。

结果他落地时趔趄了一下，险些摔个狗吃屎……

瞥见宋晞的那一刻，宋思凡才意识到客厅里有人。

他估计是觉得丢脸，脸一沉，瞪了她一眼，倒是没再开口叫她"非洲人"，改了一个称呼："你看什么？病秧子。"

天天被讨厌鬼无端地诋毁，谁都会有脾气。

宋晞忍不住回怼："我看胆小鬼演杂技呀。"

宋思凡没想到她会这么说，被戳中要害，脸一下就红了。

毕竟前几天的夜里，他在宋晞的面前做过超级丢人的事——

那天宋晞频频地腹泻，被送到医院前最后一次从洗手间出来，几乎虚脱，腿都是软的。

她披头散发地扶着门框出来，刚巧宋思凡打游戏打到半夜，下楼找水喝，在楼梯口瞧见了宋晞。

宋晞多虚弱呀，说话都没力气，又没戴眼镜，根本看不清来人是谁，只是条件反射地向前伸手求助，想让对方扶自己一把。

她刚把手抬起来，宋思凡就发出一声惨叫，坐在了地上，声嘶力竭地喊："妈妈，鬼——呀——"

那是宋晞第一次听见宋思凡叫"妈妈"。

被还击的宋思凡一时哑口无言，偏头咳了一声，假装淡定，走到门边开门去了。

门外的烈日下站着三个男生和两个女生，有一个还是金发碧眼的外国孩子，看样子他们是来找宋思凡玩的。

换鞋时，一个男孩问宋思凡沙发上的人是谁。

"她是你的亲戚吗？姐姐？"

宋晞预感到宋思凡的嘴里不会有好话，果然下一秒听见他冷着脸说："保姆家的瘦柴干。走吧，上楼玩。"

他怎么想了这么多讨人厌的外号？

小学生们欢乐地上楼去了，如台风过境，说笑声不绝于耳。

其中好像有一位新朋友，新朋友跟宋思凡说了自己的名字，似乎还介绍了学校。

宋晞听着渐渐地远去的对话声，忽然风马牛不相及地想到一个人。

那天陪她找路的男生没问过她的名字，也没告诉过她他叫什么。

这是不是说明，他只是在帮忙，并不想认识她？

宋晞这样想时，心里没来地有些失落。

也许是因为心里对宋思凡不满，她还做了一个梦。

她梦见某天的早晨，张姨叫宋思凡吃早餐，从楼上走下来的却是那个指路的男生……

24日，奥运会圆满地闭幕了。

宋晞的水土不服也好了，只是脸上的痘痘一直未消，怪让人烦恼的。

她在阁楼上看书时，张茜和妈妈一起敲门，然后走进来，妈妈说："看看张姨给你带了什么？"

张茜买了芦荟胶，说它是用来消炎的，宋晞把它涂在痘痘上，也许痘痘就能消得快一些。张茜让宋晞洗洗手涂好芦荟胶。

阁楼的空间比一层和二层小，空间被宋晞母女的东西填满了，稍显拥挤，放不下多余的桌椅，三位女士坐在床边的地毯上聊天儿。

药膏涂在额头上，宋晞感觉很清凉。

她仰着脸："谢谢张姨，你真好。"

小风扇吹不散闷热的气息，窗外有喜鹊"叽叽喳喳"地叫。

张茜说他们也联系好宋晞的学校了，宋晞和宋思凡不在一起上学。

宋思凡读的是国际学校，小初高的学生都在一个校区。那种国际学校的教育方式和国内公立学校不太一样，国际学校是专门培养孩子出国的。

宋晞不出国的话，其实没必要去国际学校。

最主要的原因是学费的问题。国际学校的学费高昂，宋晞家负担不起。

"但晞晞的高中也不错，我打听过了，带这届学生的老师挺好的。"

三个人聊了一会儿，宋晞的妈妈要去准备午饭。张茜也起身，说自己要去妇幼医院做检查。

"宋叔叔不陪你去？"

"你的叔叔太忙了，没有时间的。以前都是我们一起忙，现在我在家里，他就更忙些，我自己去也一样的。"

宋晞想起自己前些天半夜去医院，虽然医院里看起来干净整洁，但是她总觉得那是让人压抑的地方。

那天医生给她检查完身体，叫家属时，张姨和妈妈都在身后，让她特别有安全感。

推己及人，想想自己这会儿也没什么事情，宋晞主动地开口："张姨，我陪你去吧。"

宋晞的妈妈也笑着："让晞晞陪你吧，你检查时她也好帮你拿着包什么的，正好你们回来时，我也把饭做好了。"

张茜很高兴，说："那我们回来后去一趟超市，正好该给晞晞和思凡买些零食了，那天小朋友们来过，我看冰箱里也没剩下什么好吃的东西。"

其实这会儿宋晞的形象不太好，她涂芦荟胶时，动作太急，芦荟胶都是一小坨一小坨地堆在额头上，没有被涂匀。

她总想着厚敷也许见效快，没想到要出门，芦荟胶还没被吸收，脸上有好几颗亮晶晶的小痘子，这副模样很像小学时她起水痘的样子。

"张姨，我这样你会嫌弃我走在你的身边吗？"

"怎么会呢？晞晞是最可爱的大姑娘，还陪我去医院。"

宋晞的妈妈在门口挥手："早去早回。"

"知道啦——"

天气还很晴朗，张茜怀孕后，大夫叮嘱她别总吹空调，车上只开了正副驾驶位旁的车窗。

宋晞才来帝都几天，很多地方没去过，去妇产医院的路是一条新路线，她把头稍微地探出窗外，向外张望。

"晞晞，这边顺路，你要不要去看看你的高中？"

"好！"

那是一条又长又直的柏油马路，路两旁的梧桐树葳蕤成荫，巴掌大的碧绿叶片把阳光切割成斑驳的光块。

她的高中就在这样一条路的尽头。

操场上有塑胶跑道，旁边是红色的教学楼，"第十中学"用金色的字体写就，在阳光下熠熠生辉。

这可比镇上的高中气派太多了，可能比老家市区的高中还大，让宋晞对高中的生活都产生了一丝向往。

张茜开着车转弯，又驶过一个路口时，指了指宋晞这边的窗外："你看，思凡的学校就在这儿，你们两个人其实离得挺近的，上学可以一起走。"

宋晞顺着她的手把头探出去，向外看。

那里居然有那么一大片教学楼，可真正吸引她的目光的，其实不是校区的建筑。

路边走着几个男生，他们的个子都挺高。

最高的那个男生穿了一件白色的短袖T恤，拿着篮球走在中间，随手把球一抛，再用食指接住，篮球乖乖地在他的指尖上转着圈。

不知道他身旁的同伴说了什么话，他偏头一笑，笑容在阳光下格外耀眼。

那是宋晞在帝都市为数不多的熟悉面孔。

他是帮了忙之后就消失在她的生活里的人。

张茜的车速不快，那些少年的身影越来越近，也许是无意的，说笑着的男生们隐隐地有看过来的趋势。

宋晞猛然缩头，躲回车里，后脑勺儿撞到了窗框也浑然不觉，只急着揪起宽大的领口，把涂了芦荟胶的脸遮起来。

她好傻，动作好莫名其妙。

那是她的人生里从未有过的笨拙和慌乱。

后来的假期里，熟悉了周边的环境，宋晞偶尔陪张茜去散步，偶尔出门帮家里买东西，但没再见过他。

这种期待落空的感觉很像小时候的她在田野间追逐落日的感觉，她眼看着夕阳西下，想要快步地跑到没有山丘遮挡的地方。

可等她跑到空地上，橙色的太阳已经沉入地平线，只有霞云还映着它的余晖，她有一种说不上来的怅然。

9月开学，宋晞独自去报到。

她顺着指路牌找到自己的班级，进了教室，里面一片喧哗——

"看篮球赛了吗，看篮球赛了吗？真酷，那俩盖帽的动作也太帅了！！！"

周围有人搭话，说跳水的比赛和乒乓球的比赛也很酷，还有人说飞碟射击的那场比赛也很牛。

那个男生通通不理这些七嘴八舌的讨论，只顾着嚷嚷"咱们在篮球赛上虽败犹荣"，说着激动地从椅子上跳起来，对着空气做了两个投篮的动作。

宋晞不善于运动，看过很多比赛却一知半解，对篮球比赛的印象大概是有一天的晚上，宋思凡在楼下也是这样又蹦又跳地叫的，她在阁楼上都能听见他破音的"牛哇"。

高一（3）班的门口放着饮水机和垃圾桶，宋晞走进班里，略显拘谨。

暑假里有为期七天的军训，宋晞没能参加，同学们大多在军训时就熟悉了彼此，也有一些人本就是小学或初中的同学。

她走进教室后，没人同她搭话，最多视线短暂地在她的身上停留，带着些善意的好奇，随后他们又移开目光，同周围的人聊天儿去了。

班上暂时没安排固定的座位，宋晞找了一个靠后的空桌子，打算坐下。

她从那个激动地同人聊篮球的男生身边经过时，他突然又跳起来，险些撞倒她。

"哎，对不起对不起……"男生双手合十，连求原谅。

宋晞一笑，摇头示意他自己没事。

后来这个上蹿下跳地闲不住的男生成了她的前桌。

男生叫林伟楠，因为上课忍不住和同桌说话，常常被老师罚站。

宋晞的同桌是一个皮肤白净的齐刘海儿女生，叫李瑾瑜。

林伟楠被罚站后的课间，李瑾瑜总是气冲冲地蹬他的椅子，咬牙切齿地说："你就不能老实点儿吗？你总被罚站，我还能看见黑板吗？你有多动症？"

林伟楠每次都说自己错了，但下节课又会出于某种原因被罚站。

遇上李瑾瑜喜欢的课，她会不客气地举手："老师，林伟楠站在这儿，我看不见黑板。"

"林伟楠，你拿书去教室的后面站着。"

下课铃响起，站了大半节课的林伟楠乱叫着跑回来："哇，李瑾瑜，最毒不过妇人心哪！"

他以嘴欠换来一阵"毒打"。

宋晞在帝都上学,很多要求和以前不一样,老师也比较严格。

但班级里的氛围很好,宋晞和同学们相处得不错,唯一的烦恼就是英语课。

在镇上的高中上学时,她已经是被老师们捧在手心里疼的好学生了,但老家的英语课不太注重口语,而且受方言的影响,她的口语发音不正规。她到了这边,经常被英语老师抓着纠正发音。

她被抓的次数多了,英语老师开始故意地锻炼她,每节课都会点她的名字,叫她起来朗读课文或者回答问题。

李瑾瑜对此的评价是:"宋晞,你以前学的是那种'哑巴英语',会写不会说,这肯定是不行的。"

前排的林伟楠嚼着干脆面回头:"你说话怎么像我妈呀?"

他又招来一顿"毒打"。

尽管上课时宋晞起立读英语,经常因发音引起从教室的各个角落传来的笑声,但同学们也会在下课后同她凑在一起,打听她老家的方言或者生活。

宋晞的脾气好,人缘也好。她偶尔会把妈妈做的牛肉干带到学校来,午休时和同学分享。

那段时间有几个同学给宋晞的妈妈起代号叫"厨神",他们都喜欢"厨神"做的牛肉干。

李瑾瑜是一个"小辣椒",含着牛肉干打掉某个男生的手:"你别吃了!宋晞读英语,你笑得最大声,我都听见了。"

"李瑾瑜,你少来。你是不是自己吃得慢,想护食呀?"

宋晞也会开玩笑,把最后的两块牛肉干护住:"这是小李老师的,小李老师陪我练口语,需要补充能量。"

"那月考后,要是我的英语成绩超过了她的英语成绩,我当你的小胡老师,你把牛肉干留给我行不行?"有同学故意闹着说。

"做梦去吧!"

闹完笑完,李瑾瑜挽住宋晞:"走,小李老师陪你练口语去。"

走廊里偶尔有学生打闹，宋晞在同桌的指点下，一遍遍地修正自己的发音。

那时候她没有野心，最多也只是希望自己不被英语老师批评，希望读课文时不被笑，仅此而已。

日子这样欢乐地过着，10月中旬的某一天，李瑾瑜因为发烧，请假没来学校。

午休时林伟楠把手机给宋晞看，说李瑾瑜给他发了信息，她让他转告宋晞。

"小李老师明天就来，你好好地练口语。"

宋晞的心里一暖。

"林伟楠，我能用你的手机给瑾瑜回一条信息吗？"

"回呗。"

"我正打算去练口语，放心吧小李老师。好好地休息！明天见呀！"

宋晞拿着英语书在走廊里练口语时，林伟楠和他的同桌突然从教室里冲出来，两个男生的身后还跟着学习委员，林伟楠见到宋晞就开口："宋晞，快跟我们走，出事了！"

他们的表情太凝重，宋晞还没反应过来，已经跟上他们了。

她抱着英语书一路跟着这几个人跑下楼梯，急急地询问："怎么了？林伟楠，出什么事了？"

她还以为有什么大事，原来是外校的男生来"砸场子"了。篮球场上正举行比赛呢，外校的人要挑战十中。

"十中人十中魂，咱们得给自己的学校加油！"

宋晞虽然不懂他们的中二之心，但也跟着去了。

竟然也有其他班的同学跟着往篮球场跑，像跑马拉松似的。

宋晞能看出林伟楠他们是真激动，或许是平静的校园生活过于无聊，他们隐隐地期待有不平凡的事情发生。

他们跑得飞快，上体育课测400米时都没跑得这么快过。

宋晞是女孩，论体力哪里比得上他们？她遥遥地跟在他们的身后，抱着英语书一路跑到篮球场上，几乎喘不过气。

篮球场的外面有好多人，宋晞到了才知道，事情根本不是他们说的那样。

只是午休时，本校篮球队的同学叫了国际高中的朋友一起打篮球。

他们随机地组队，两队里都有外校的同学，压根儿没有什么"给自己的学校加油"的必要。

李瑾瑜要是在场，准要跳起来揍林伟楠他们一顿。

宋晞跑得鬓边都是汗，喘着气说："我还是先……"

她本想先回去，可开场的哨声把她的视线吸引过去——

一个瘦高的身影运着球，躲过了对方的队员，动作十分舒展。他拍着球向前跑，带球上篮，迈步和运球的动作都很养眼。

他球进时，一片欢呼声响起。

宋晞隐隐地听到人群里有人说："他好帅呀。"

他是那个陪她找过路的男生。

宋晞从未想过，自己会以这样的方式再见到他。

她看见球场上的另一个男生跑过来，男生伸出手和他击掌，他用手臂随意地蹭掉了额头上的汗水，冲着某个方向扬了扬下颌，示意同伴防守那边。

宋晞平时对这些体育活动没什么兴趣。

那天烈日当空，她竟然站在阳光下看完了那场篮球赛。

她能看出来他擅长打篮球，他打得游刃有余。

他所在的队伍赢了比赛时，宋晞满心说不清的欢喜，好像她也跟着赢得了什么东西似的。

几个女生拿了矿泉水走到他的身边，他转头摆摆手："谢谢，我自己带水了。"

另外的三个男生和他走在一起，同样拒绝了女生的水。

他们朝着宋晞所在的方向走来，她也是这时才留意到护栏的后面，那张休息椅上堆着几个款式相同的黑色健身包。

男生们打开各自的包，从里面拿出了同款的橙色运动毛巾擦汗，坐下来，背对着宋晞休息。

宋晗始终留意着他。

被汗水打湿的篮球服短暂地贴合皮肤，勾勒出窄腰的轮廓，他把毛巾搭在脖子上，从包里拎出一瓶蓝色的运动饮料，仰头喝了几口。

身旁敞开的长方形健身包里露出他的西装外套和衬衫，那是国际学校的校服，和宋思凡的校服差不多。

宋晗后知后觉地反应过来，原来他是国际学校的学生。

所以，他也应该有校牌吧？

她在人群里偷偷地踮脚，庆幸自己戴了眼镜。

西装的领口处果然别着校牌，上面写着他的名字：裴未抒。

有人问他们放学后要不要一起吃饭。

其中的一位同伴摆摆手："可算了吧，上高三了，我们忙得要死。"

"你们在国际学校，忙吗？你们还能比我们这些需要高考的人忙？"

"我可谢谢您嘞，哥哥，我们忙爆了好吗？你真当IB体系是说着玩的吗？而且现在是申请季呀……"

可能是觉得这样没有说服力，那位同伴从包里翻出一本笔记。

有人惊讶地问："不是，你出来打球还带笔记？"

"别说打球，我上厕所都得带着笔记好吗？来来来，你来看看，这不好玩吧？"

离得近，宋晗短暂地看见了笔记的内容，本子上全是英文和折线图，她完全看不懂那是什么。

提出一起吃饭的男生愣了愣，像怕沾上什么晦气的东西似的，一蹦三米远："这是什么呀？！"

"化学笔记呀。"

"你用英语写化学笔记也太恐怖了，别给我看，拿走！我要吐了……"

"宋晗，回班吗？"林伟楠他们叫她。

"回的。"

临近下午的上课时间，人群渐渐地散去了，宋晗不好久留，跟着林伟楠他们往回走。

他们热烈地谈论着刚刚的比赛，宋晞忍不住回头，看见那个身影斜挎着健身包向校外走去。

阳光明媚的午后，窗户敞开着，但教室里依然闷热，走廊的护栏上落着几只麻雀，它们"叽叽喳喳"地叫着。

今年帝都的10月是晚来的"秋老虎"，干燥和闷热让人打不起精神。尤其是在午休后的第一节课上，人最容易犯困。

政治老师用黑板擦轻敲讲台，提高声音："同学们，醒醒，再坚持一下，觉得困的同学可以喝点儿水，或者自觉地站起来清醒清醒，我下面要讲的内容是重点了。"

林伟楠被惊醒了，猛然坐起来，额头上有一道斜斜的红印子。

班里有几个同学站起来，怕挡住后面的同学，自觉地站到了教室靠后的地方。

宋晞倒是不困，但政治老师的话也让她一惊。

她回过神才发现，政治笔记上，自己竟然在"社会的主要矛盾"的后面无意识地写了一个"裴"字。

她惊惶地扭头，看见同桌空空的桌面，才想起李瑾瑜请假了。

见大部分学生打起了精神，政治老师开始讲重点内容。宋晞急急地用碳素笔把那个字涂掉，强迫自己认真地听讲。

她一直忍到放学，才放任自己胡思乱想。

那时候才开学一个多月，张茜不放心让她自己上下学。正好两所学校离得近，张茜都是亲自开车接送宋晞和宋思凡。

不过宋思凡有自己的主意，只有早晨才和她们一起去学校。下午放学后，他把书包往车上一丢就不见了，说自己用滑板滑回去。

宋晞坐在车里，看着宋思凡书包上的国际学校的标志，又有些出神。

可能他平时上学饿了就吃书包，书包的边缘被磨损了一大块，它像要漏了。拉链也没被拉严，瘪瘪的包里露出书籍的一角，那好像是英文版的课外书。

帝都的教材和老家那边的教材不太一样，这样看来，国际学校更是不同了。

平时上学、放学的路上，宋晞也会热络地同张茜聊天儿，但今天开启这个话题其实是"醉翁之意不在酒"。

心脏"怦怦"地跳，她莫名其妙地紧张，竟感觉像在英语课上被点名一样："张姨，宋思凡用的课本和我们用的不一样吗？"

"哦，不一样的。他们有很多课程没有教材，外国老师授课，讲到一个新的单元，就打印几张讲义发给他们。"

提到这些事，张茜回忆起以前给宋思凡选学校的经历："有几所国际学校也挺好的，我们当时考虑了挺久。他现在上的这所学校还是很不错的……"

因为宋思凡的性格问题，宋晞来帝都这么久了，从未和他有过任何有实质性意义的交谈。

吃饭时宋思凡也不喜欢聊天儿，或许是不喜欢和宋晞聊天儿。虽然他们在同一个屋檐下，但这还是宋晞第一次了解他的学习生活。

私心里，她也是在好奇另一个人的学习生活。

张茜说国际学校的小学老师是用双语授课的，起初他们讲的英文占20%，讲的中文占80%，从三年级起，两种语言已经各占50%了。

"宋思凡他们的班里有20个学生，有两位班主任，一位班主任负责语文、数学和语文主题，另一位班主任负责英语、数学思维和英语主题。"

"好高级呀，我老家的镇上没有双语学校，只有省城有。"

"学校好是好，就是学费太贵了。其实，他上双语幼儿园的那几年里，我们已经觉得很有负担了。那时候我和你宋叔叔的生意还没有现在这么好呢。我们本来都想着，就让他上普通的小学算了。"

张茜笑起来时，眼角有温柔的细纹："后来保姆说有很多家长都选了国际学校，而且思凡的英语还可以。我和你的宋叔叔焦虑了一段时间，后来想着，自己累点儿没关系，在教育上还是不能亏了孩子。"

那段时间张茜他们在扩大工厂的规模，忙得不可开交。

但他们又时不时地收到短信,家长和朋友之间会互相询问孩子将来上什么小学。

"我们也是幸运,第二年就大赚了一笔钱。幸亏我们选了国际学校,国际学校的活动社团很多,好像有三百多种。"

"三百多种?那么多?"

"嗯,很多社团都很特别。我记得有雕塑、民乐、击剑、马术这类的社团,好像还有天文、航模这类的社团。"

张茜到底是做母亲的人,自己的孩子无论如何都有令母亲骄傲的地方。

等红灯时,张茜笑着转头,眼睛里都是光:"你别看你的思凡弟弟现在讨人嫌,他上一年级、二年级的时候还学过古筝和琵琶呢。他可能没有别的同学学得好,但也能弹一小段曲子。他给我弹过,我都感动哭了,后悔没买DV(数码摄像机)录下来。"

国际学校的生活令宋晞惊叹,宋思凡会弹古筝和琵琶的事也让她意想不到:"这是他自己选的吗?"

"不是,一年级学古筝、二年级学琵琶是学校强制的,他们必须学,好像还要学着写毛笔字。"

那种学习生活和自己的完全不同。

宋晞尝试在脑海中建构场景,却想象不出那种生活。她忽然想起那本用英文记的化学笔记:"张姨,那……宋思凡也会用英语记笔记吗?"

"应该是会的。"

可能是两个人在车上的谈话让张茜想起了儿子小时候弹奏乐器的样子,她忽然有了些属于母亲的滤镜。

宋思凡进门蹬掉鞋子时,张茜异常温柔地叫他:"思凡回来啦!"

结果宋思凡辜负了这份温柔,突然说自己想养狗。

张茜不同意,他就不吃饭,坐在桌边梗着脖子:"养狗怎么了?伯特还养了蜥蜴和蛇呢,王嫣家有九只猫!"

宋晞没再听他们后面的争执,用座机给同桌打了电话,问候李瑾瑜,把作业一项项地告诉她,然后回到阁楼上做作业。

作业有很多,而且宋晞听说了那么多国际学校的事情后,忽然觉得某些生活、某些人是那么遥不可及。

她迫切地想抓住些什么来获取安全感,只能在阁楼上挑灯夜战,用老师传授的知识填满脑海。

后来她听妈妈说,宋思凡闹得很厉害,宋叔叔都不得不回来一趟。

夫妻俩没办法,先问了宋晞母女是否怕狗,得到否定的答案后,又打电话咨询了妇幼的医生和宠物医院,最终决定养一只性格温顺的小型犬。

几天后,宋思凡得偿所愿,在宠物店里买了一只健康的比熊犬。

比熊犬刚到家时,宋晞远远地看着,心也跟着融化了。

它太可爱了,像白白的棉花糖,毛发蓬松,大眼睛无辜地看着所有人,真的好讨喜。

宋思凡给它取名叫"超人",也是爱不释手地抱着它。

但他的喜欢是有那么一些不负责任的。他只在想和超人玩时才出现,平时一律不管喂食、遛狗的事。

张茜在孕期,宋晞的妈妈要做家务,两个男人又忙。

宋晞主动地担起了遛狗的工作,每天晚上拿着学习资料,带着"超人"出去,抽空背背课文、单词或者重点的公式。

有一天,她非常偶然地遇见了裴未抒。

他们四五个人一起骑着自行车,从她的身旁呼啸而过。

起初宋晞并没意识到那些人里有他,还在专心地看"超人"有没有排便,拎着纸袋,随时准备做铲屎官。

那群人里的一个女生路过时,随口称赞了一句"狗狗好可爱",吸引了宋晞的目光。

黄昏的天色里,她一眼认出那个人是裴未抒。

宋晞想起张姨说过,宋思凡学校的学生是可以选择寄宿的,但近一半的学生住在这个别墅区里,离得近,就不用住在学校里。

裴未抒也住在这个小区里吗？

难怪她迷路时会遇见他。

以前宋晞带"超人"出门，都是走固定的路线，沿着人造水池向东走，走到小区门口的花园，转一圈就回去。

那天之后，她忽然改变了遛狗的路线，带着"超人"往裴未抒他们骑行的方向走。

小区的另一边是独栋别墅的区域，宽敞的庭院里有泳池。

走到某户人家的门前，"超人"忽然扯着绳子要过去，宋晞一不留神，被"超人"带着向人家的门前走了几步。

她看它的动作就知道，它打算在人家的门边撒尿。

宋晞好尴尬，正想着把"超人"带走，院子里忽然传来犬吠声，她听声音就知道那是更大型的狗狗。

小比熊犬吓得连连地后退，紧张地对着门狂叫。

宋晞能透过铁艺的大门看见里面的景象，整洁的院子里，有一只雪白的萨摩耶犬。

宋晞跑过去抱住"超人"，安抚地顺"超人"的毛："不怕不怕，它出不来的。"

庭院里传来呵斥声："雪球，回来！"

宋晞一怔，看过去——

庭院里站着一个同她的父母年龄相仿的中年男人，他拿着一本很厚的书籍，戴着眼镜，身上有一种学术气质。

他牵起萨摩耶犬，抱着歉意对宋晞笑了笑："吓到你了吧？"

"没有没有，抱歉，是'超人'先过去的。"

"它叫'超人'吗？名字不错。"中年男人笑了笑，带着萨摩耶犬回屋去了。

宋晞抱着"超人"准备离开，可瞥见庭院里的花丛旁停放着的一辆自行车，猛然顿住脚步。

黑色的自行车架上印着金色的字体，车把上挂着篮球包。

她见过这辆车，而车子的主人，是裴未抒。

疑似知道了裴未抒的住址后，宋晞每天都会牵着"超人"从那栋房子前经过。

她怀揣着一份自己也说不清的隐秘心思，在经过那里时会特意地放慢步伐。

随着深秋的来临，她出门时通常天色渐暗。

她绕过合欢树丛和一片落着十几只金属鸽子雕塑的草坪，就能抵达独栋别墅的区域。

时间久了，宋晞也知道，那确实是裴未抒的家。

她看见过他的身影，也听见过他同家人的对话。

她听见过他站在落地窗旁说："雪球，回来。"

随后传来一个女人的声音，那听上去像是他的妈妈，他的妈妈问他怎么这几天的晚上不让"雪球"在庭院里活动了。

裴未抒说："就让它在门口吧，我听老爸说附近来了一只小比熊犬，怕雪球太热情把新邻居吓到。晚点儿我出去夜跑，再带它一起去。"

她看见过他站在庭院里晾晒衣物，他轻声哼唱着一首流行歌曲。

她听见过他们一家人坐在庭院里聊他的A2级论文和选择的专业："知道你选了法律的专业，你的奶奶很吃惊，还以为你会学电子工程专业。"

"奶奶搞错了吧，我不是从小喜欢法律吗？"

"你小时候不是特别喜欢拆电子产品吗？拆过电视机和电脑，你忘了？"

"老爸，别提陈年旧事了……"

宋晞甚至遇见过裴未抒的妈妈。

她是一个身材高挑的优雅女人，穿着运动装，拿着网球的球拍，正准备进庭院。

"超人"这个小家伙已经在小区里混熟了，经常做一些随地大小便之类的不文明的举止。那天它狗仗人势，对着裴未抒的妈妈"汪汪汪汪"地一通乱叫，宋晞连忙收收牵引绳，抱它起来。

女人只是笑笑,轻轻地颔首,跟宋晞怀里的"超人"讲:"你真可爱,这种小型犬才该叫'雪球'。我们家的'雪球'应该叫'雪山'才对。"

……

宋晞通过这些偶然捕捉到的只言片语也能拼凑出一些印象:裴未抒的家庭和睦,氛围温暖。

殷实的经济条件也让他的眼界很开阔,他的精神世界丰富,且扎实的知识功底让他在青春期内免于迷茫,他有一种一往无前的勇敢。

在18岁的年纪,他已经向着自己的目标努力,从容地追逐梦想了。

这些都令宋晞羡慕不已。

她开始回忆,自己上高一后的这段时光似乎没什么特别的:她有了新的集体,认识了新的同学,在新的学习环境中逐渐地进步。

那时候她对这个世界没有野心,只是在听见老师们苦口婆心的"一定要好好地学习"之类的话时,会有一些茫然的、目标并不明确的动力。

她当然也会说自己想要考上"985"或"211"。

但她其实并不是特别了解那些大学被称为"985""211"的原因,只是知道有些大学的声名显赫。

她会忍不住在课上和同桌传字条;

她会在某节自习课上禁不住同学的怂恿,把脸藏在课桌下,咬几口辣条;

她会在课间忍不住照镜子,看看额头上的痘痘有没有消;

她会在放学前的几分钟就开始偷偷地走神儿,想着要去文教用品店买东西……

值得欣慰的是,在宋晞的努力练习下,她的英语口语总算有了进步。

某一天的英语课上,她被点名,起立读了一段课文。英语老师听后,夸奖她进步得很快,班里的同学还为她鼓了掌。

宋晞红着脸坐下,听见老师说:"同学们,努力是会有回报的。"

课间,李瑾瑜拿了一罐旺仔牛奶过来,把它放在宋晞的桌面上。

红色瓶身上的旺仔娃娃咧着嘴笑,李瑾瑜也笑:"恭喜宋晞同学因为口语进步,首获老师的夸奖。"

"这都是小李老师的功劳!"宋晞开心地说。

小李老师不客气地点点头,坐在宋晞的身边,搂住她的手臂:"小李老师想吃'厨神'的牛肉干。"

"没问题!"

"我说宋晞!"

林伟楠在不远处嚷嚷:"那我坐在你的前面时天天上课睡觉,让你有更好的视野看黑板,这不也是你进步的一大原因?能给你的前任前桌也带点儿牛肉干吗?"

"小辣椒"替宋晞回答了,拿起一本书丢过去:"当然不能!"

李瑾瑜顿了顿,又说:"把书给我拿回来!"

这时候已经是11月的下旬,两次月考后,班主任老师根据成绩的综合排名,给班里的同学重新调换了座位。

林伟楠因为成绩差,被调到了教室的后排。李瑾瑜比宋晞高了三个名次,也不再是宋晞的同桌。

但她们还是很要好的,午休时一起吃饭、学习,有空就会凑在一起。

因为两个人要好,宋晞也渐渐地知道了李瑾瑜的秘密。

那天她和李瑾瑜做值日,下过几场雨之后,气温再也没回升。她们要在校服的外面穿上厚外套才能抵御寒风。

两个女孩把外套穿好,提着大垃圾桶,一起去外面倒垃圾。

教学楼后的墙边站着一个男生。

宋晞当时还在想着"数学作业也太多了""文言文好难背",路过陌生男生的身边时,连眼睛都没抬。她也就没留意到,身旁的李瑾瑜垂下了头,神情有些不自然。

她们即将走过去时,那个男生开口了:"小金鱼,没看见我吗?"

宋晞心不在焉的，反应慢了一拍。

她回过神时，听见李瑾瑜答了一句："好久不见，李晟泽。"

一定是深秋的风太凉，吹红了李瑾瑜的耳朵吧。

男生没再说什么，李瑾瑜也一脸镇静地走过去。

李瑾瑜在学校里碰到了认识的人，打一个招呼很正常，宋晞并没把这件事放在心上。

回到班里后，李瑾瑜坐在桌边发怔。

宋晞背好书包叫她回家，才惊讶地发现她的书本还摊在桌上，她没有把书收进书包里。

"瑾瑜，你是不是哪里不舒服？"

李瑾瑜摇了摇头。

走出教学楼时她们又遇见了李晟泽。他只对着李瑾瑜笑了一下，倒是没再和她说话。

第二天中午的午休时间，宋晞从洗手间回教室，听见几个女生在谈论谁打架的事情，突然记起了那个男生是谁。

开学后没过多久，李晟泽就因为打架被学校通报批评过，还在周一的升旗仪式上站在讲台上念了检讨书。

宋晞想起李晟泽叫李瑾瑜时的那个笑容，总觉得他笑的样子坏坏的，他像是不怀好意。

她一时担心起来，回到教室里，傻乎乎地抱着牛肉干跑去找李瑾瑜，把自己的担心说给朋友听——

"瑾瑜，那个男生不太好，还打架，你要小心点儿。"

李瑾瑜听完却突然大笑，笑得几乎岔气，好不容易止住笑声，才上气不接下气地跟宋晞说："他不打女生。"

"可是……"

"放心吧，李晟泽是我的初中同学，人没你想象中那么坏。"

李瑾瑜和宋晞讲，她曾有一次在外面吃东西，钱包被人偷了。她结账时才发现钱包没了，当时急得要死，难过又窘迫，恰巧遇见李晟泽，是他借钱给她的。

"宋晞。"

"嗯?"

"那天,他真的看着我笑了吗?"

问这句话时,李瑾瑜拉着宋晞的手腕,眼睛亮得不可思议。

宋晞迟疑着开口:"你……"

"告诉你也没关系,我倾慕他!"

她的脸一下子红了。

她被李瑾瑜笑了半天:"宋晞,你怎么比我还不好意思呀?!"

之前和李瑾瑜当过同桌,宋晞知道李瑾瑜用碳素笔在左侧的校服袖子上写了两个"L"。

那时候她不知道这是什么意思,也没问过李瑾瑜,只知道李瑾瑜每周一到学校后会用碳素笔重新把被洗得淡了的两个"L"描一遍。

现在想想,宋晞可能知道答案了。

见宋晞的视线落在自己的校服袖子上,李瑾瑜忽然也有些不好意思了,收回手,把手臂藏到身后:"怎么啦,你就没有倾慕的人吗?"

宋晞下意识地摇头。

"不会吧,顺眼的男生呢?真的没有吗?"

在李瑾瑜的追问声中,宋晞没有回忆起任何一张同学的面孔。

她只是在脑海里又走了一段路。她绕过合欢树丛和一片落着十几只金属鸽子雕塑的草坪,那里有一栋三层的别墅,灯火通明。

"一个让你觉得特别的男生都没有吗?"

李瑾瑜拿了牛肉干塞进嘴里,继续追问:"那种让你有一点点好感的男生都没有?"

好像有的。

有一个教养很好的男生,比她大两岁,马上要去国外读法律专业了。

但他还不认识她。

那时候宋晞对裴未抒的执念似乎没有那么深,她只觉得偶尔能听到他的消息也很好。

带着"超人"出门时,宋晞也有过一些幻想。

她想象在路上同他相遇,想象裴未抒还记得她并主动地和她打招呼。

因为这些潜匿在心里的百转千回的心思,出门时她会对着镜子理好头发,擦掉鞋子上的灰尘。

也是因为这些想法,才处于高一的上学期,她已经有了过去从未有过的紧迫感。

又一次月考的成绩出来时,即便名次进步了些,她也开始不满意自己的成绩。

宋家群是因为成绩好才有机会来到帝都的。他觉得读书重要,送给宋晞的小书架上也塞满了世界闻名的书籍。

宋家群告诉宋晞:"书中自有黄金屋,你有什么事情想不通,就去书里找答案。"

于是那段时间里,宋晞开始阅读书籍。

到帝都后的第一个下雪的周末,她坐在阁楼的床上,翻开了茨威格的作品。

那是很薄的一本书——《一个陌生女人的来信》。

那天的雪花纷纷扬扬,宋晞的桌上放着一杯喝过几口的温开水。

视线扫过油墨印刷的字体,她的心突然被一段话击中——

"我时刻为了你,时刻处于紧张和激动之中,可是你对此毫无感觉,就像你对口袋里装着的绷得紧紧的怀表的发条没有一丝感觉一样。

"怀表的发条耐心地在暗中数着你的钟点,量着你的时间,用听不见的心跳伴着你的行踪,而在它嘀嗒嘀嗒转动的几百万秒之中,你只有一次向它匆匆瞥了一眼。"

宋晞把这段话反复地看了几遍,直到听见妈妈和张茜在楼下喊:"晞晞,吃饭啦!今天有你爱吃的家乡杂菌汤。"

窗外的天色灰蒙蒙的，雪越下越大。

杂菌汤温暖了身心，宋晞打开窗户，抓了一块蓬松的积雪，被狂风吹得缩回脖子："哇，太冷了吧。"

12月时，宋晞才真正地感受到了南北方冬天的差异。

气温低得厉害，夜里将近10℃。

风也总是那样干燥，吹在脸上像小刀子刮。

宋晞的爸爸抽空去了一趟商场，给她买了新的棉衣，还买了围脖和毛茸茸的耳包。

宋晞放学后立马把新衣服穿上，戴上围脖、耳包，把自己包裹得严严实实，转了一个圈给大家看："我就算去北极也不会冷啦！"

晚间的新闻结束，电视上播放着天气预报，又一轮的降雪和降温将要来临。

张茜担忧地说："太冷了，从明天起还是我送你们吧，不然你们感冒了怎么办？"

这时候张茜已经怀孕五个月，入冬后，出于安全的考虑，家里的人不再让她开车接送宋晞和宋思凡。

但天气恶劣，她身为长辈难免担忧。

"张姨，我们坐公交车就行，放心吧。"

"炒洋芋来喽。"

宋晞的妈妈把一盘菜放在餐桌上："让孩子们自己坐车吧，你出门也容易感冒，处于孕期的妈妈更要注意身体。"

她们是在饭桌上谈论这件事的。

宋思凡估计觉得外面冷，贪恋私家车的温暖，听宋晞母女这样说，放下了手里的筷子，拼命地嚼着、咽着嘴里的饭。

见他有要反驳的趋势，宋晞在桌下狠狠地踩了他一脚。

宋思凡疼得差点儿蹦起来，猛然扭头，准备和宋晞理论。

但宋晞微蹙着眉，目光很坚定。

可能是没见过她这么强势的样子，宋思凡张了张嘴，一时也没说出什么话。

事情就这样定了下来,宋晞每天穿得厚厚的,把自己包裹成粽子。

大抵是不适应北方的严冬,她还是感冒了。

疾病来势凶猛,她感冒的第二天,嗓子已经哑到说不出话。

而且室内的供暖很足,把原本就干燥的空气烘烤得更加干燥。她上课时偶尔还会流鼻血,不得不举起手和老师请假,去洗手间清理鼻血。

李瑾瑜都心疼她,特地给她带了苦瓜炒蛋,午休时掀开饭盒:"我问过我的妈妈,你流鼻血是因为上火,吃点儿苦瓜也许能好些。"

宋晞本人倒是很安之若素,还有心情开玩笑,哑着嗓子开口:"你替我谢谢阿姨,我多吃两口饭,下午肯定就好了!"

她是很坚强的姑娘,只有病情最重的那两天里没带"超人"出门。

吃过晚饭,宋晞给摇着尾巴的"超人"戴好牵引绳。

她准备出门时,被张茜拦住:"晞晞,病还没好呢,你别出去了吧。"

"超人"已经迫不及待地要出去,"呜呜"地叫着,开始扒门。

宋晞围上厚厚的围脖:"我已经好啦,不咳嗽也不流鼻涕啦。放心吧,张姨,我一会儿就回来。"

躺在沙发上吃橘子的宋思凡听见她说话,突然直起身来,定定地盯着她看。

几秒后,他吐出一句:"乌鸦精,别忘了给'超人'穿鞋子。"

她看宋思凡的表情就知道,那天他被她踩了,十分不爽,时时刻刻地惦记着报复回来,逮着机会就给她起新外号。

小心眼儿!

小心眼儿、小心眼儿、小心眼儿。

宋晞给"超人"穿好鞋子,没理他,拿着一沓复习资料,开门出去了。

外面确实是太冷了,但白天又下过一场雪,雪景真的很美。

她对兴奋的"超人"说:"你要是跑到雪地里,我肯定找不到你。"

人行道上被撒过融雪剂,积雪已经化了。

宋晞出于好奇故意走到草坪边,去踩上面的积雪,弄出"咯吱"的声响。

学校附近的礼品店里卖那种水晶球,里面是雪人,谁拿起来摇一摇,就会有雪花在水晶球里飘落。

宋晞觉得自己现在像是生活在水晶球里。

她带着"超人"散步的路线还是老样子。

她听张茜说,国际学校的寒假比宋晞的寒假早一些。

放假后很多家庭都会出去旅行,或者让孩子去参加冬令营。

宋晞不确定裴未抒会不会在假期里出行。如果他要出去,整个假期里她能听到他的消息的机会可能更加寥寥。

所以那个大雪笼罩整座城市的夜晚,她在裴未抒的家门前的那段路上,来来回回地多走了两圈。

"超人"有两天没出门,今天出来可高兴疯了,在宋晞的脚边跑来跑去,和她闹着玩。

"为了加强君权,董仲舒宣扬'君权神授',提出了'天人合一'和……和……'超人',你这个捣蛋鬼,别咬我的鞋带呀!"

鞋带散开了,宋晞把复习资料卷成筒状塞进棉衣的口袋里,蹲下系好鞋带。

"你呀,出来玩就这么高兴?"

回家之后,宋晞上楼做作业,总觉得手边少了些什么。

准备做历史作业时,她翻了翻书包,蓦地拍了一下额头:复习的资料去哪里了?

在楼上和楼下找了几圈,宋晞终于确定复习资料是被她弄丢了。

资料是一沓 A4 纸,她把总结的重点誊写在上面,用长尾夹把资料夹在一起。今天她要做的历史卷子也被夹在最后面。

"妈妈,我出去一趟!"

"怎么突然……晞晞!穿好衣服,别着凉!"

"知道啦——"

宋晞穿上外套匆匆地出门,沿着那条她已经烂熟于心的路线寻找资料，没想到会在最毫无准备的时候看见裴未抒。

她都不知道自己是怎么想的，可能是出自下意识的自卑吧，脚步一顿，她退回了枝繁叶茂的松树后。

裴未抒刚从家里出来，穿着牛仔裤和白色的高领毛衣，白色的头戴式耳机挂在他的颈间。

他提了一盏野营灯，光线描摹出他的轮廓，五官立体，气质疏朗。

别墅区的灯光其实并不明亮，那些路灯稀稀落落的，被落满积雪的树梢遮蔽。

整条路是那样幽静，只有裴未抒手提光源缓缓地踱步。

裴未抒在信箱旁站定，转头对庭院唤了一声："雪球。"

萨摩耶犬从院子里奔来，嘴上叼着纸袋。

裴未抒把那盏野营灯放在信箱上，俯身从萨摩耶犬的嘴里接过袋子，把袋子挂在信箱处，又带着狗狗回去了。

不到一分钟，一人一狗返回信箱旁。

宋晞看见裴未抒从家里搬出画架大小的白板，他立在信箱旁，拿着白板笔思索片刻，在上面写下几个字。

世界银装素裹，身着白衣的少年的身旁跟着一只白色的大型犬，场面如画。

这么冷的天气里，宋晞都没意识到自己就这样躲在松树旁看了好半天。

她不知道他在做什么。

萨摩耶犬很会察言观色，见他写完了，就围着裴未抒摇着尾巴，"站"起来用前爪扒他。

他笑起来给人一种脾气很好的感觉，单手把狗抱起来："你已经是一个50斤的'小伙子'了，怎么还总是撒娇要人抱着？嗯？"

萨摩耶犬把两只前爪搭在裴未抒的肩上，很快乐地叫了一声。

直到裴未抒走开，宋晞才借着裴未抒留下的野营灯，看清了白板上的字："失物招领——高中重点资料一份。"

裴未抒捡到了复习资料，很认真地在门口立了失物招领的白板，

49

等着有人来拿回丢失的物品。

宋晞不敢相信地走过去。

复习资料被装在纸袋里,她提着纸袋,心里生出一种复杂的情绪。

也许她以前的关注只是出于好印象和好感。但在这个雪夜里,有些"特别的感觉"正在油然而生。

第二章
验证信息

那天的晚上,宋晞提着纸袋,无措又动容。

她想要敲门道谢,可想起自己被称为"乌鸦精",嗓子很哑。刚才她回家做作业时,又偷懒地在床上躺过,头发也一定很蓬乱……

宋晞最终没能勇敢地敲响裴未抒家的门,只好拿起白板笔,在他的字迹下面,认真地写下自己的感谢:谢谢你的失物招领,祝你每天开心。

以前她在镇上上初中时,班级后面的黑板报常常是她画的,她还得到过老师和校领导的表扬。

山区的菌子多,她很会画各种菌类的简笔画。

出于想要把擅长做的事展现给某人看的小心思,她在感谢语的后面画了一个笑眯眯的小蘑菇。

12月过得飞快,她和李瑾瑜等朋友互送过"平安果"之后,没过多久就开始了期末复习,考完期末考试,放了寒假。

转眼间到了2009年,这是宋晞第一次在家乡以外的地方过新年。

宋家群和宋晞的爸爸难得有几天的空闲时间,两家人一起吃吃喝喝,还去逛了庙会。

裴未抒应该是出去旅行或者参加冬令营了，早在元旦前，宋晞就已经没了他的音讯。

宋晞牵着"超人"路过那片独栋别墅的区域时，看似目不斜视，其实余光总落在某座庭院里。

庭院的门上挂了锁，看起来他们一家人都不在家，连"雪球"都被带走了。

大年初一的那天，宋晞偷偷地溜出家门，跑到裴未抒家的门口，用积雪在门口堆了一个巴掌大的雪人，在心里祝他们新年快乐。

她一步三回头，忧虑地自言自语："希望他不是已经出国读法律专业了……应该不会吧，他应该……还会再回来吧？"

毕竟张姨说，国际学校的高年级学生在五六月才会毕业。

那个寒假里，宋晞因为觉得裴未抒的字好看，也开始练字，用压岁钱买了两本字帖。

宋思凡嘲讽她："你是小学生吗，突然练什么字呀？"

宋晞头都不抬，用一句"小学生不是你吗"怼得他哑口无言。

再开学时，宋晞稍稍地长胖了一些，因为水土不服长过痘痘之后，每个月的生理期前后，她的额头上都会再冒几颗痘。

但好消息是，经过一个冬天，她黑黑的肤色终于有所改善，起码她看起来不那么黑了。

严冬也过去了，气温开始渐渐地回升，玉兰树顶着花苞，柳梢隐约地有了绿意。

现在放学后，宋晞会先和李瑾瑜她们一起走一段路，再乘公交车回家。

她再遇见裴未抒，已经是开学后将近一个月的事情。

那天放学后，宋晞她们站在斑马线的一端，等红灯。

身旁忽然停下两辆自行车，余光里似乎有两个男生用脚撑着地。

当时宋晞正在听李瑾瑜吐槽——

"宋晞，你听说了吗？咱们的地理老师因为怀孕要休假，好像10班的那个地理老师要来代课。"

"怎么办哪？我不喜欢她，听说她喜欢罚人抄写。她上课提问你，你要是回答不上来，就得把正确的答案抄100遍……"

宋晞摇摇头："假的吧，100遍也太多了。"

说这些话时，她隐约地听见斜后方有两个男生在聊天儿。

一个男生问："亚马尔半岛冷吗？你真的去坐那个有鲨鱼头图案的破冰船？"

另一个男生笑着回答："半岛挺冷的，我也坐那种船了。"

宋晞几乎在裴未抒开口的一瞬间就听出了他的声音，她惊喜地转过头，去看他。

裴未抒穿着国际学校的校服，在西装的外面又套了一件稍厚的白色外套。两个多月的时间里，他好像又长高了些，看上去更加挺拔。

和他们初次见面时一样，他姿态放松地把手臂搭在车把上，微侧着头，听他的同学问他："我听我的姑妈说那边的人喝鹿血呀——那种还带着体温的热乎乎的生血，你喝了吗？"

宋晞看见裴未抒的唇角弯起弧度。

他好笑地回答着："当然没有。"

他们离得并不远，也许是因为宋晞的目光过于直勾勾了，裴未抒感觉到了什么，忽然看过来。

宋晞同他对视了不足半秒，猛地转过头，脸皮发烫。

她拉着李瑾瑜的手臂，开始胡说八道："地理老师换了，咱们是不是就不用做之前的老师留的作业了？哈哈哈……"

这真的是很傻很傻的话，李瑾瑜都莫名其妙地看了她一眼："你说什么呢，咱们怎么可能不用做作业呀？老师不留更多的作业就不错了。"

红灯变成黄灯，又变成绿灯。

裴未抒骑着自行车，从宋晞的身旁经过——

"哎，你说，他们喝的鹿血会不会和咱们吃的鸭血豆腐是一样的味道呀？"

"不知道。"

"你拍照片了吗?回头给我看看,明年的冬天我也打算去一趟。到时候你把冲锋衣借给我穿……"

宋晞对他们的话题实在知之甚少。

过年期间,宋思凡过生日,张茜和宋家群给他买了一台新的笔记本电脑,淘汰的台式机被放到了楼下。

张茜说过宋晞可以随便地用那台电脑,但她一直不太好意思用。

那毕竟不是她的电脑,况且平时她也没有什么想要查的东西。

由于兴趣较少,她对游戏、动漫并不着迷。

那天回家后,宋晞第一次打开了电脑。

她在搜索框里敲下了"亚马尔半岛"这五个字。

亚马尔半岛。

Yamal Peninsula。

"2007年,考古学家在 Yamal Peninsula 发现了幼年猛犸象的化石,取名'柳芭'。"

"'柳芭'是目前为止世界上皮肤和内脏保存得最为完整的幼年猛犸象。"

"Yamal Peninsula 当地的涅涅茨人,旧称萨莫耶德人,以饲养驯鹿、发展渔猎业为生……"

配图上是一群驻足在冰原上的驯鹿,被冰雪覆盖的针叶林如同童话世界。

宋晞平时也只是在地理书上才看得见"北极圈""西西伯利亚平原""苔原带"这些字样。

她忽然想起,去年入冬时爸爸给她买了厚厚的棉衣。当时她兴高采烈地穿上棉衣,开玩笑说"我就算去北极也不会冷啦"。

说那句话时,宋晞觉得北极是遥不可及的地方,从未想过身边真的有人能去那里旅行。

她在网页上看见了裴未抒乘坐过的那条破冰船,船头上画着鲨鱼牙齿的图案。

网上说,那艘破冰船叫"Yamal",在涅涅茨语中,那是"陆地的尽头"的意思。

后来的某次地理考试中出现了关于亚马尔半岛的题。

出题人摘抄了一段《国家地理》中描述亚马尔半岛的文字。

两个问题问了亚马尔半岛的交通方式随季节变化的原因，以及当地的物价比俄罗斯其他城市的物价高的原因。

10班的地理老师来代课时，对那道题的答题情况很不满意，在课堂上发了好大的脾气。

但那位地理老师表扬了宋晞，因为她是班级里的唯一把那两问全做对的人。

宋晞会做那道题，并不是因为她储备的地理知识有多丰富，而是因为她搜索过太多太多次关于那边的报道。

她一直留着那张地理试卷。

她私心地觉得，那是她和裴未抒之间的微末的关联。

李瑾瑜告诉过宋晞，暗恋一个人，犹如在唱独角戏狂欢。

一点点关于那个人的事都会让她心花怒放，且让人在之后的很长一段时间里念念不忘。

宋晞听后，频频地点头。

好友瞬间看出了端倪，挠着她的痒痒肉"审问"："好呀宋晞，你有在意的人了！一定是！你居然不告诉我！"

宋晞的脸红成了早春的落日，她捂着脸躲避李瑾瑜的攻击："我说我说，太痒了，救命！"

那个春天，天气越来越热，路两旁的梧桐树生出茂密的绿叶。

也许是因为放学的时间恰巧相近，宋晞在放学的路上，频繁地看见裴未抒的身影。

皮肤的状态好、没有痘痘时，宋晞会迎着夕阳大方地回头，看他从身边路过。

处于生理期、状态差时，她就垂着头躲避，降低自己的存在感。

她也偶然听过裴未抒和同学说他喜欢"阿婆"的书籍。

那时候宋晞还没了解过阿加莎·克里斯蒂，不知道这位英国的侦探小说家被东方的读者亲切地称为"阿婆"。

她只是听得云里雾里,不知其意。她甚至还猜测过那是不是裴未抒的外婆,他的外婆是一个作家?

为此她暗暗地感叹:天哪,他的家人都这么厉害,还会写书呢。

那年的5月发生了两件大事:

张茜产下二胎,但过程并不顺利,胎儿脐带绕颈,幸亏医生有高超的医术,从死神的手里抢回了一条小生命。

宋思思小朋友在保温箱里待了一周,终于回到了妈妈的身边。

她健康、白里透粉,成了家里比"超人"更可爱的存在。

裴未抒在5月初离开了帝都。

宋晞带着"超人",在路边目睹他把行李箱放进汽车的后备厢里,他和家人拥抱,然后坐进了车里。

那天阳光明媚,她偷偷地喜欢着的人未来可期。

而宋晞突然对未来有了庞大的野心。

整个高一的最后一次期末考试后,她终于考进了年级的前十名。

她想,她也曾为一份喜欢斗志昂扬。

2008年的帝都、宋叔叔家的双拼户型的别墅、第十中学、国际学校、Yamal Peninsula、阿加莎·克里斯蒂、跻身年级前十名的期末考试……

宋晞某一阶段的成长中,掺杂了太多与裴未抒相关的记忆点。

那时候她把它们当成珍宝,总在四下无人时把它们翻出来,细细地回味。

裴未抒带给她的影响过大,以至于多年后的现在,他们面对面地坐在剧本杀的店里,裴未抒只是问她要不要调低空调的温度,宋晞的那些记忆就像一沓百韵笺,骤然展开。

种种旧事此时重现,画面帧帧清晰。

她怔了几秒,对着裴未抒轻轻地点了点头:"那……麻烦你了。"

裴未抒笑笑,挪开椅子,起身去调空调的温度。

趁他暂时走开了，宋晞迅速埋头去看草稿纸，上面密密麻麻地记录着可疑的线索。

这些令人毫无头绪的疑点终于把她的思绪拉了回来。

宋晞几乎屏息凝神，逼自己专心，去找裴未抒的那个角色可能掌握的蛛丝马迹的线索。

裴未抒落座，刚把手伸向他的柠檬茶，宋晞已经开始发问了："舞会是在下午的4点开始的，所有人在4点之前到达，只有你迟到了。请问你迟到的原因是什么？"

她刚才情绪内敛又红着脸，和此刻目光坚定、语气冷静的样子可能有不小的反差。

裴未抒的眉梢扬了一瞬间，他笑着端起柠檬茶，指了指身后，示意宋晞他刚帮她调过空调的温度。

宋晞也知道，裴未抒刚刚帮助过自己，她怎么也该委婉点儿。

可她也没办法，如果把对面的人当成裴未抒的话，她就不能专心地扮演角色，也不能继续玩好这场剧本杀。

她只能狠狠心，冷着脸继续诘问："请讲述一下你迟到的原因。"

她戴的舞会面具倒是好看，有白色的绣珠，左侧有两朵芍药绢花。只不过面具戴久了，她有些不舒服。

贴近面具的皮肤隐隐地有些痒。宋晞微微地偏头，用食指的关节触了触脸颊。

裴未抒绝对是一个难缠的角色，他肯透露出来的都是些无关紧要的信息。

一讲到关键的地方，他就轻描淡写地叙说。

"DM"从外面进来，把一堆小零食放在桌面上，调换了音响里的音乐。

音乐不再是柔和的舞曲，节奏略快，悬疑感又开始在屋子里弥漫。

"不用在意我，你们俩继续聊。"

"DM"看了一眼手表："时间快到了，你们有要问的问题就抓紧时间。"

屋里有第三个人在场,音乐也被换掉了。

这种氛围让宋晞更加入戏,她在剧本里的隐藏身份是侦探,她混迹于舞会,对追查和还原案件的真相更加执着。

不知不觉间,双方的言辞更加犀利,宋晞和裴未抒的角色互相试探,又互相隐瞒。

针锋相对中,谁也没打探出太多的信息,他们竟然有些棋逢对手的错觉。

私聊的时间结束,"DM"起身开门,把隔壁的屋里和走廊里的四位玩家叫了回来。

杨婷和男朋友率先从外面回来。

按照杨婷的性格,她如果发现男朋友的角色有什么端倪,肯定进了门就要拉住宋晞、挽着宋晞的胳膊和闺密分享的。

但沉浸在角色里时,大家有一种"大义灭亲"的凛寒之感。

进门后杨婷竟然对着宋晞说:"你也很可疑。"

对面,裴未抒的同伴——话最多的那个男生也伸出食指,指了指裴未抒:"我看着你呢。"

裴未抒戴着面具大概也不太舒服,把面具摘下来拿在手上,笑道:"你随便看,我是清清白白的好人。"

另一位同伴"喊"了一声,表示不相信。

剧本有很多种类,宋晞他们玩的属于硬核本。

硬核本的特点就是逻辑严谨,玩家需要耗费脑力去捋顺线索,逐步地找出凶手。

其实这种太难的剧本是不适合新手玩家的。

但那时候是2016年,剧本杀刚刚兴起,人们还没摸索出那么多门道。

宋晞他们玩得有些郁闷,知道疑点重重,就是找不到有用的信息。

推理陷入僵局,负责带节奏的"DM"旁观良久后,适时地出面。

"DM"不知道什么时候准备了扑克牌大小的一叠卡片,把卡片放在桌上,配合着诡异的音乐,不紧不慢地摊开它们:"各位,我也帮大家搜寻了一些证据,卡片共有六张,每人只能抽取一张。"

被做旧的棕色卡片的背面写着他们六个人的角色名字。

"DM"继续说话,语气里居然带着点儿幸灾乐祸的意味:"你们可以拿自己名下的证据,也可以拿别人名下的。拿到证据后是否对其他人公布,也是你们自己说了算。你们选好了吗?"

也就是说,有人心怀鬼胎地想要隐瞒事实,就可以把自己的证据拿走,选择不公布。可这样的话,也一定会加大别人怀疑自己的风险……

有人问:"拿牌的顺序是什么样的?抽签吗?"

大家还以为要通过竞争拿牌,但"DM"居然说抢就可以。

于是他的话音未落,宋晞已经反应很快地把手伸向她想要的那张牌,没料到有个人的动作更快,在她伸手的同时,那个人的手掌已经盖住了那张牌。

那是裴未抒。

宋晞一时来不及收手,手重重地落在裴未抒的手背上。

虽然他们很尴尬,但眼下两个人的动作同频的默契更令人惊讶。

他们同时抬眼,看到对方眼底的意外。

裴未抒先收回了手,做了一个"请"的手势:"你拿吧。"

宋晞没客气,拿回写着自己的名字的牌。

裴未抒则换了一张牌,拿了同伴之一的角色的线索。

他不拿自己的牌,为什么?

他不怕线索暴露,还是本就问心无愧?

难道他的角色真的是无辜的?

可是裴未抒又为什么想拿她的牌呢?

他是确定她的线索重要吗?

他知道她有一件事必须隐瞒,却把牌让给她?

心里满是疑问,宋晞忍不住抬眼去看裴未抒,恰在这时,杨婷选了裴未抒的牌,并且选择公布线索。

矛头一时指向裴未抒。

虽然线索在他们看来十分可疑，但裴未抒竟然轻松地解答了几句，洗清了嫌疑。

每条被公布的线索都经过了当事人的解答，只有两个人没有公布线索，一个是裴未抒的同伴之一，另一个是宋晞，现在他们成了主要的嫌疑人。

宋晞确实也不清白，关于她的线索是染血的袖口，她确实同死者有私人的关系，案发时还凑近过死者。

但她不能说这些事，现在局面如此不明朗，坏人一点儿都没露出端倪，她说了就有可能被当成坏人投出局……

又到了一轮的讨论时间，杨婷、杨婷的男朋友和裴未抒的一个同伴都主要怀疑宋晞。

宋晞有些招架不住他们的连环追问，整个人紧张起来。

裴未抒忽然开口："我觉得凶手不是她。"

"她不是凶手的话，为什么不敢公布线索呢？"

"而且她刚才也说过，入场时她是第一个来的，和死者攀谈过，他们还一起喝过酒。"

"对，主要是她不公布线索。"

裴未抒摇摇头："如果我是凶手，明知道自己不公布线索就会被怀疑，会选择公布。"

他的话是对的，凶手这样做可以减轻自己的嫌疑，公布线索之后随便地编编谎话，甚至能站在"好人"的阵营里栽赃别人。

裴未抒这样一说，没公布线索的人有嫌疑，公布线索的人看来也不是完全清白的。

玩家们互相看了看，总觉得脑细胞都要烧干了。

"DM"这时候又说话了，说"×××"给大家留了一段视频，要同大家分享。

那个"×××"就是死者的名字。

这句话本来就很让人毛骨悚然了，"DM"还"好心"地换了一首音乐，BGM能直接把人的灵魂浇得透心凉，像恐怖电影或悬疑电影里的配乐……

视频中应该是有很多细节,"DM"拉了一个临时的微信群,把视频发到群里,方便他们各自拿手机观看。

发完视频,"DM"笑眯眯地叮嘱道:"大家要好好地观察。"

"……"

气氛令人恐慌,一时之间大家沉默下来。

半地下室里的网速不太快,视频传得慢,玩家们各怀鬼胎地等待着。

宋晞觉得自己不是那种特别聪明的女孩,脑子里像缠了一团乱麻。她只能拿起笔,在草稿纸上一点点地罗列疑点,回忆、整理之前每个玩家说过的话。

坐在她身边的杨婷拿着手机,忽然"咦"了一声,凑过来问宋晞:"晞晞,你换头像了?"

宋晞一时没反应过来:"什么头像?"

"微信的头像啊。"

宋晞摇头:"我没换哪。"

"哦哦哦,你是没换头像,我看到啦,可是……"

杨婷把手机举到宋晞的眼前:"你不是叫'Yamal'吗?怎么群里有两个'Yamal'?好神奇呀,居然有名字和你的名字一样的人。另一个人是谁?"

屋子里的空间本就不大,杨婷也许是为了克服恐惧,没收着声音,大家能听见她说的话。

宋晞放下手里的笔,正要查看群成员时,她对面的人动了。

裴未抒放下柠檬茶,扬了扬自己的手机,对她们说:"是我。"

杨婷"哇"了一声,揽着宋晞的肩,大大咧咧地对裴未抒说:"那你的品位很不错呀,你居然和我的姐妹喜欢一样的名字。"

她说完话,还对人家竖了一个大拇指。

裴未抒仿佛是随口一答,笑着收回手机,没再说什么。

宋晞抬眸看过去。

那盏形似蜡烛的氛围灯照亮了裴未抒的身影。

他整个人嵌在光晕中,身后是晦暗的空间,让宋晞想起上大学时的某个夜晚,她和室友们挤在阳台上共赏月食。

裴未抒单手拿着手机,手边放着冰块化尽的柠檬茶、黑色的舞会面具、草稿纸和碳素笔。

他很厉害,一次都没碰过如此庞杂的剧本、"DM"发的笔和草稿纸,居然能记得住这些线索。

"Yamal"并不是那种很常见的名称,在同一场剧本杀的玩家中,有两位玩家的微信都叫这个名字,一时连"DM"都有些惊奇。

"DM"拿起手机翻了翻,调侃两位玩家说:"名字还真是一模一样的,看来你们挺有缘分哪。"

"真的假的?这也太巧了。"

裴未抒身旁的同伴也迎合着"DM"关于"缘分"的说辞,开了几句玩笑:"你们在谋杀案的现场还能遇见有缘的人呢?"

刚才还紧张的气氛忽然消散了,大家放松下来。

"DM"神情不太自然地挠了挠后脑勺儿,看起来是在暗自懊悔,不该提起这么一个话题,影响玩家的剧本体验感。

更不自然的是宋晞,只有她心知肚明,那并不是缘分。

她是从裴未抒那里得知"Yamal"的。尽管后来确实对此很感兴趣,但面对裴未抒本人时,她总觉得自己不够磊落、坦荡……

这像是她极力地藏起来的东西突然被掀开了一角。

在旁人的玩笑里,宋晞有些窘迫,再看向裴未抒时,难掩慌乱的神色。

裴未抒留意到了宋晞的不自然,在同伴继续聊这个话题时笑着应了一声"是挺巧的",然后看似随意地把话题引回剧本上:"看视频好了。"

大家不再讨论其他事,各自拿起手机,播放视频。

屏幕上的女人同样戴着舞会的面具,说话时红唇张合,显得有些诡异。

这个叫"×××"的女人竟然说:"我知道我会在今天晚上的舞会上被杀害,而凶手当然就是你们六个人中的一个。你们每个人不是都想杀我吗?"

"都想杀"?

每个人都有动机?

也就是说,一直掩饰动机、把自己伪装成好人的人,其实更有嫌疑?

视频播放到1分14秒,屏幕上的女人猛地凑近镜头,露出狰狞的笑容。

突然放大的面孔配合着面具后面的那双凶恶的眼睛,吓了宋晞一跳,她不得不把手机拿得远了些。

"我去,这也太吓人了!"杨婷的男朋友忍不住出声。

六部手机先后发出的诡异笑声融合在一起,那种让人的后背发凉的恐怖气氛又回来了。

可恐怖归恐怖,他们还是要硬着头皮找线索的。

视频长达1分50秒,宋晞反复地把它看了两遍。

其他人应该也一直在看视频,屋子里此起彼伏地响起视频播放到不同阶段的声音。

宋晞总觉得某个地方透着古怪,到底是哪里古怪呢?

她皱了皱眉,把进度条拉了回去,重新看视频。

视频又播放到了1分14秒,女人开始大笑……

就是这里怪怪的。

女人突然这样笑,只是为了吓唬看视频的人吗?

宋晞再拉回进度条,看她的笑容。

笑容还是怪。

宋晞拉回进度条,重看视频。

宋晞不知道这时候其实杨婷他们已经停下来了,他们都在看她和裴未抒。

因为画面实在太诡异了,只有这两个人不停地听那段笑声……

两个人还面对面地坐着播放视频。

整间屋子里飘荡着从他们的手机里传出来的"啊哈哈哈哈哈""啊哈哈哈哈哈"……

杨婷的鸡皮疙瘩都起来了,她无声地往男朋友的身边靠,偏偏宋晞和裴未抒看得很认真,让人不忍心打扰。

裴未抒的一个同伴用胳膊肘碰了碰另一个同伴,小声问:"裴哥干什么呢,中邪了?"

也是在这时,宋晞和裴未抒几乎同时放下手机,表情由凝重转为放松。

观看视频的时间只有10分钟,"DM"抬了抬手:"相信你们把×××留给你们的话看懂了。"

其他的四个人一脸的疑惑。

他们懂什么懂?!

"DM"不顾人死活地继续说:"好了,现在你们有三个地点可去,地点那里可能会有新信息,也可能没有。你们自己选择去查看哪个地点的信息。"

三个地点分别是卧室、花园、玉器店。

"DM"要求每位玩家把选择的地点写在纸上。

视频录制的背景里出现了床,杨婷、她的男朋友以及裴未抒的一位同伴都选择了卧室。

裴未抒的另一位同伴选了花园。

宋晞和裴未抒则选了玉器店。

选了不同地点的玩家会被分批带出去,由"DM"把新信息告诉他们。

最先被叫出去的是裴未抒和宋晞。

出来关上门,"DM"才开口:"你们选择的地点是有效的,这里确实有新信息,不过,你们为什么会选玉器店呢?"

宋晞和裴未抒异口同声地说:"因为手镯。"

"手镯。"

说完，两个人对视了一眼。

他们莫名其妙地有一种默契感。

视频里传达的意思并不只是字面上的那样，每个人都有作案的动机。

随着推理，宋晞其实已经发现，每个人都不清白，可以说几乎是"全员恶人"。

而在1分14秒的大笑中，其实"×××"做了一个撩头发的动作，露出手腕上的手镯。

她笑得那么疯狂，神情和撩头发的这个动作很违和。

宋晞觉得死者留下的信息是刻意地露出的手镯，因此选了玉器店。

她没想到裴未抒也这样认为。

这个环节之后，又到了讨论的时间。

这次"DM"给的时间比较长，因为讨论结束后，他们就要投出心目中凶手的人选。

在剧本杀的店里，时间过得尤其快。

不知不觉中，他们已经玩了将近六个小时的剧本杀，现在已经是夜里的1点多。

猜疑、举证、反驳……一番争论过后，大家有些累了。

宋晞平时没有熬夜的习惯，偏过头，举起草稿纸挡着嘴，悄悄地打了一个哈欠。

身旁传来包装纸被撕开的声音，杨婷把薯片递过来："晞晞，吃点儿东西吧，动脑子真的消耗能量，我感觉快要饿死了。"

对面有男生伸出手："也给我来点儿薯片，我急需补给能量，万分感谢。"

零食都被拆开放在桌子的中央，几个人一边吃零食一边继续争论。

杨婷说想去一趟洗手间，宋晞也要去，两个人正好一起走。

两个姑娘去洗手间了，讨论暂时停下来。

"DM"建议大家等等她们，免得信息被遗漏。

裴未抒的同伴叫了杨婷的男朋友，三个烟民要去外面抽烟，美其名曰"醒脑"。

裴未抒不抽烟，查看了一下手机里的未接来电，准备出去回一个电话。

宋晞从洗手间出来时，杨婷正在看之前的视频，似乎有所察觉，后悔地嘟囔："她戴的镯子是不是有问题？啊，我不该选卧室的，应该和你去玉器店。"

从镜子里都能看见杨婷皱成一团的脸，宋晞关掉水龙头，抽了两张纸擦手，笑着挽住闺密："晚啦！"

"唉……对了晞晞，你的微信名有什么渊源吗？"

"Yamal"在涅涅茨语中的意思是"陆地的尽头"。

有一艘破冰船就叫"Yamal"，而裴未抒曾经乘坐过那艘船。

网络的报道里说，Yamal号是世界上最大的破冰船，并且船的内部的核子重水反应堆现在也开放了，游客可以参观。

宋晞了解得越多，就越是着迷、向往。

那段时间微信刚刚流行，很多人开始使用微信，把它当成主要的社交软件。

在大学室友的怂恿下，宋晞也下载了微信。

到了起名字的环节，她想了又想，脑海里总是浮现出船头涂着鲨鱼牙齿图案的Yamal号，索性就用了它的名字。

宋晞没提及裴未抒，只说："有一段时间我真的很想去坐Yamal号，就是费用太贵了。我看网上说，机票、船费加起来大概有几万块钱。"

"你为什么要去那么冷的地方旅行？"

杨婷表示不理解，问："是海边不美吗？是草原不够吸引人吗？"

"那艘船上有核子重水反应堆。"

"什么水堆？听不懂听不懂，剧本杀已经够烧脑了，我今天不想再动脑啦！"

杨婷抱着头，痛苦地拒绝了闺密的安利："走吧，马上就能知道凶手了，我倒要看看是谁藏得这么深！"

宋晞伸了一个懒腰，笑着："走吧，让我们再动动我们的灰色小细胞。"

"灰色小细胞"是阿加莎·克里斯蒂的推理小说中的侦探波洛常说的话。需要动脑时，他常说要动动他的灰色小细胞。

三个烟民抽完烟，从外面进来。同伴看见裴未抒靠在书架旁，他拿着手机，不知道在想什么。

同伴走过来，顺着裴未抒的视线看了一眼空无一人的走廊，纳闷儿地问："裴哥，还在琢磨凶手呢？"

"没有。"

裴未抒若有所思地说："我总觉得好像遇见了挺合拍的人。"

夜里的1点30。

宋晞他们重新坐回桌边，开始最后的推论。

六个人各有动机，难以断定真凶：

杨婷和"×××"在工作上是死对头，她们水火不容，巴不得对方早点儿消失；

杨婷的男朋友曾向"×××"借过巨款，现在因为生意破产，无力偿还借款；

裴未抒是小城的医生，熬到今年，刚接触顶级的富豪圈并得到了富豪们的认可。但他之前对"×××"有过误诊，被她以此威胁；

宋晞是侦探，发现自己的先生出轨了，经过排查，推断他出轨的对象是"×××"；

裴未抒的同伴曾犯过命案，多年前与别人争抢物品时过失杀人，"×××"是报警的目击证人；

另一位同伴则是"×××"的丈夫，"×××"有一份意外保险，受益人是他，被保人如果身故，他能拿到一笔巨额的赔偿金。

讨论的时间结束，"DM"从外面进来，给他们发了纸卡，催促他们写下各自认为的凶手名字。

动笔之前，宋晞下意识地看了一眼裴未抒。

他已经在写了，笔尖落在纸卡上。

时间太晚，裴未抒似乎有些困倦了，放下笔，抬手捏了捏眉心。

之前去玉器店拿新信息时，宋晞和裴未抒曾并肩走在走廊里。裴未抒忽而偏头对她一笑，问她现在是否觉得他清白。

宋晞已经排除了他的嫌疑，于是点点头。

谈到凶手的可能人选，他们说了相同的名字。

当时裴未抒判断："但我们可能赢不了，他藏得太深，我们又没找到关键性的证据。"

宋晞收回视线，提笔，写下某个名字。

"DM"收走了那些纸卡，一张张地看过它们后，宣布票数最多的人是杨婷的男朋友。

"真的不是我。"

杨婷的男朋友百口莫辩："冤枉啊，我比窦娥还冤哪！"

裴未抒的两个同伴和杨婷写的都是杨婷的男朋友。

杨婷急急地问："我们是不是投对了？"

"DM"耸耸肩，开口："很遗憾，你们判断错误，没能抓住真凶。"

"那我的答案呢？对吗？"杨婷的男朋友问。

他写的是宋晞。

"DM"摇摇头，叫了宋晞和裴未抒在剧本中的角色名字："只有他们的投票是正确的。"

"这也太难了……"

杨婷抓住闺密的手："晞晞，凶手到底是谁呀？"

不等宋晞回答，对面有人举起手。

那是坐在裴未抒身旁的男生。直到这时，他才露出胜利的笑容："凶手在此，哈哈哈哈哈……"

"好哇，程熵，原来是你。"

另一位同伴用手臂勒住他的脖子，开玩笑地说："亏我那么相信你，还和你一起投了对面的兄弟！你欺骗我的感情。"

"DM"给予了肯定："凶手玩得确实不错，不会玩的人扮演这个角色真的特别容易露马脚。"

作为全场唯一获得胜利的人,"凶手"本人十分快乐。

程熵在众人的怒视中缓缓地起身,很得意地发表了获胜的感言:"感谢各位的信任,感谢感谢,不过你们输了也不丢人,毕竟是输给我嘛,我可是墨尔本大学的心理学高才生……"

程熵的每一声"感谢"都像是在"感谢"投错票的人的愚蠢。

连裴未抒都听得摇头笑了一声。

"DM"带着他们开始复盘,揭开案件的真相:

原来当年程熵的角色并没有过失杀人。

他觊觎被杀者手里的某样东西,与"×××"合谋杀人。然后按照计划,"×××"报了警,作为目击者出庭作证,证明他是过失杀人,他被判刑五年。

出狱后,他找到"×××",她却不肯承认当初和他有过约定,并声称那个东西已经丢了。

"那到底是什么东西?我感觉没看到有关的线索呀?"

裴未抒开口:"是玉镯吧。"

那的确是玉镯。

确切地说,那是玉石。

程熵最开始公布的和自己相关的信息,就是带血的大石头。

当时他说那是他过失杀人时的凶器,又坦白了"×××"是目击证人,所以自己恨她。

杨婷他们都觉得他坦诚,从头到尾没怀疑过他。更没人想到那块石头会是玉石。

"程熵,你是真可以。"

"我紧张死了好吗?后来裴哥和宋晞一直咬着我不放,但凡你们中有一个人跟着他们俩投我,我就完了好吗?"

程熵说话的语气让宋晞觉得熟悉。

她回忆起多年前的十中球场——

"别说打球,我上厕所都得带着笔记好吗?来来来,你来看看,这不好玩吧?"

宋晞想起来了,当时程熵在篮球场上给众人展示他的笔记,她才第一次看见有人用英语记化学笔记。

只不过那时候,她把大部分的注意力放在裴未抒的身上,对程熵的印象并不深。

难怪进剧本杀的店时,她觉得程熵的侧脸有些熟悉。

他们走出剧本杀的店时已经是夜里的2点多了。

杨婷的男朋友看了看手机上的打车软件,有些犯难:"怎么回事?没司机接单哪。"

夜里的风大,杨婷穿了露脐装和短裤,这会儿有些冷,搓着手臂问:"那怎么办?"

宋晞和他们要去相同的方向,是要一起走的。

她把自己的薄外套披在闺密的身上,提议:"我们去旁边的麦当劳店里坐着等吧?"

裴未抒开着车过来,看见他们三个人,停下车,问杨婷的男朋友:"你们打不到车?"

"可不是吗?愣是没人接单,可能是时间的问题吧。"

"你们住在哪边?我顺路送你们一程。"

熬得太晚,被剧本杀耗费过脑力后,宋晞也有点儿蒙。

她站在夜风里,下意识地觉得裴未抒还住在那个别墅区里,嘴比脑子快:"不顺路的……"

杨婷裹着宋晞的外套,奇怪地看了她一眼:"你怎么知道不顺路?"

宋晞瞬间清醒了,说:"我……瞎猜的……"

幸好杨婷是一个粗心的可爱姑娘,听了往宋晞的身上一靠:"剧本杀都结束啦,你别猜了,我现在听见'猜'这个字都头疼。"

两个姑娘对话时,杨婷的男朋友已经接受了裴未抒的帮助:"谢了兄弟。"

宋晞的住处稍远些,裴未抒却说他先送她回去,再送杨婷他们。

虽然他这样做绕了些路，但杨婷也很放心，闺密先到家，就不用和不算太熟的男生独处了，安全些。

宋晞也明白裴未抒的好意，坐在副驾驶座上，认真地说了一声"谢谢"。

毕竟他们玩完剧本杀了，坐在裴未抒的车里，她还是有些紧张，一路都没再说话。

车里只有杨婷的男朋友在和裴未抒闲聊。

男生之间似乎很容易成为好朋友，他们已经在说有空可以再约着一起玩剧本杀了。

"下次"还不等同于"周八""13月32日"的那种应付的话，他们是在很认真地约定。

杨婷的男朋友甚至已经问："我再拉一个群，还是把'DM'踢出去？"

杨婷也很外向，说："你把'DM'踢出去呗，省事。"

他们最终决定，把"DM"踢出去，换一个新群名——剧本杀王者六人组。

杨婷的男朋友觉得自己把群名起得很不错，还声称并没有夸张，六个人里起码有三个人算是王者。

杨婷问："宝贝，你说的三个王者里有我吗？"

"有你？不可能的。"

男朋友发表送命式的发言："他们那边的裴未抒和程熵多厉害呀，咱们这边厉害的也就……"

杨婷把一只手伸向男朋友的腰侧，阴恻恻地说："是我？"

"你呀，可不咋行。"

"哦，全场就一个傻子投了晞晞，那就是你，你还评判上了？"

杨婷的男朋友反驳说杨婷也没投对票。

两个人拌了几句嘴后，突然提起了宋晞，说他们这边还好有宋晞。

宋晞本来在跟着笑，忽然被夸，人都愣了，红着脸："也不是……"

她没想到裴未抒跟着来了一句:"宋晞是挺厉害的。"

杨婷是"闺密吹",夸宋晞的话张口就来:"那是,我们的晞晞可厉害了,平时就喜欢推理,上大学的时候就把那个……谁来着?"

听了男朋友的提醒,杨婷才说出了全名:"对,阿加莎·克里斯蒂,晞晞上大学的时候就把她的书都看完了呢!"

那是人家裴未抒高中时看的书。

宋晞的脸彻底红透了,她小声地求饶:"好啦,别夸了……"

裴未抒却并没有笑话她,只说:"幸会,我也是'阿婆'的书迷。"

说话间,他们已经抵达宋晞家所在的小区,车子停在楼下,宋晞挥手和他们告别。

在剧本杀的店里发生的一切太不可思议,她进门后照了照镜子,脸还是红的。

她就这样认识裴未抒了吗?

他们甚至可能再在一起玩剧本杀?

宋晞觉得自己需要去做点儿别的事,分散一下注意力。

她换好睡衣,准备洗漱时,手机振动了。

"剧本杀王者六人组"的群里,杨婷发了消息,说自己已经到家了,感谢裴未抒的慷慨相送,还问宋晞有没有安全地进门。

宋晞回了一个点头的表情。

她想了想,又加了一句"大家晚安"。

群里的其他人也纷纷地发了"晚安",宋晞拿着手机等待片刻,没见裴未抒出现。

她洗过脸,从洗手间出来,手机里有一条未读消息。

裴未抒也在群里发了"晚安"。

宋晞盯着手机看了半天,心潮像被风吹动的麦浪,不住地起伏。

这天的夜里,她失眠了。

她明明已经熬到了太晚太晚,很困、很疲惫,一个接一个地打哈欠,眼睛也酸涩到流泪,但她就是怎么也睡不着。

她的脑海中闪过剧本杀的案情,以及裴未抒的言谈举止——

走廊里静悄悄的，墙上贴着各种宣传剧本的海报。

裴未抒立足于一幅暗色系的设计画前，对着宋晞遗憾地笑了笑："但我们可能赢不了，他藏得太深，我们又没找到关键性的证据。"

他的眉眼生得极好看，他笑时眼里有光。

画面像一颗小石子儿被投进意识的海里，激起涟漪……

她根本就睡不着！

凌晨的 3 点 30 分，宋晞忍不住从床上"噌"地坐起来，摸索着按亮床头的台灯。

窗外是一片深邃的黑暗，楼群中偶尔有一两个窗口透出灯光。

连鱼缸里的小金鱼都睡了。心静不下来，宋晞在屋子里晃了几圈，扯掉昨天的日历纸，喝了几口凉白开，盯着月亮发呆……

最终她拿起《无人生还》，重新钻回被窝里。

书籍里夹着的书签是她自己制作的，她用水彩笔画了一簇粉色的小蘑菇。

宋晞把书签拿出来，从上次看到的地方往下看——

"五个人围坐在餐桌边，似乎找不到任何话题。屋外，一阵狂风袭来。维拉打了一个寒战……"

视线机械地落在油墨印刷的宋体字上，但其实宋晞并没有真的看进去。

她看过这本书很多遍，知道书里的众人很快会发现麦克阿瑟将军已经死了，而桌上的陶瓷材质的小士兵只剩下七个……

每一个陶瓷士兵的消失都是宋晞以前最喜欢的情节。

可她第一次没有跟着阿加莎·克里斯蒂走入迷雾团团的书中、体验惊心动魄的剧情，反而想起裴未抒在车里对她说的话。

她仔细地想了想，抛开玩剧本杀时的角色对话不谈，在现实中，他只对她说过两句话：

"宋晞是挺厉害的。"

"幸会，我也是'阿婆'的书迷。"

所以……她给他留下的算是偏正面的印象吧？

月亮驮着几十亿年的月陆、月海，承载着神州大陆数千年的悲欢离合，静静地悬在夜空中。

无论宋晞怎样试图转移注意力，遇见裴未抒的这件事还是让她久久地不能平静。

好在这天是周末，她有时间补觉。宋晞失眠到天色蒙蒙亮，才勉强地睡着了。

梦境光怪陆离，场景一会儿是剧本杀的店，一会儿是高中时的那条两旁有梧桐树的上学路。

她疲惫地睡了几个小时，再睁眼时已经是上午的 11 点多了。

被静音压在枕头下的手机里竟然挤满了未读的消息。

宋晞瞬间清醒，还以为领导又交代了什么紧急的任务。

点开微信，她才松了一口气。

这是虚惊一场，未读的消息都来自昨天夜里的新群——剧本杀王者六人组。

裴未抒的同伴蔡宇川、程熵、杨婷的男朋友和杨婷都在线，看起来是在聊昨天的剧本，裴未抒倒是一直没出现。

只是一夜过去了，昨天还说"太难"的几个人已经把剧本分析透了，甚至找出了一些疑似有 bug（缺陷）的点。

"选地点查看信息的那个环节中，规则是玩家之间不能共享信息，就很不对，有点儿为了设置障碍而设置障碍的意思。"

这一条消息是杨婷发的。

宋晞还躺在床上，手边放着昨天没看进去的《无人生还》。

她下意识地想说，如果"阿婆"写剧本就好了，"阿婆"写的剧本一定逻辑缜密又耐玩。

但毕竟这不是她和杨婷的私聊，裴未抒也在群里，昨天才说过他是"阿婆"的书迷。

她今天又提"阿婆"的话，会不会让裴未抒觉得有些逢迎？

碍于这些千回百转的心思，宋晞也就没说话。

群消息太多，宋晞翻看后才得知，原来昨天失眠的人不止她一个。

早晨的6点钟,程熵已经在群里活跃起来,说自己做了一晚上关于剧本杀的梦,醒了好几次。

7点多,杨婷的男朋友也醒了,在群里回复说自己也入戏太深了,失眠到天亮才睡着。

杨婷的男朋友还说杨婷做噩梦,杨婷大喊"凶手一定是他",大半夜突然喊了一声,差点儿把她的男朋友送走。

宋晞担心闺密,从通讯录里找到有"树袋熊"图案的备注,给她打了电话。

还好,杨婷挺精神的,说自己做梦玩剧本杀逮住了凶手,只是在郁闷:"啊……明天又是周一了,怎么这么快?我又要去上班,真不想去上班哪。"

的确,周末结束了,每个人都有要忙的事情,要回到所谓的生活的正轨上。

群里的几个人平时偶尔会聊几句,憧憬着在大家有时间的时候再去玩某个据说不错的剧本或者密室。

某天,蔡宇川忽然在群里问宋晞午饭吃了什么。

宋晞当时在食堂里,端着餐盘看见消息,有些意外。

之前杨婷他们确实在群里聊午餐,宋晞也没多想,被问了就实实在在地回复消息,发了单位食堂的菜单,找到座位后,还拍了一张午餐的照片发过去。

过了几分钟,宋晞看见了蔡宇川的回复。

他说自己原本想问的人是裴未抒,但宋晞和裴未抒的微信名是一样的,他看走了眼,点错了。

蔡宇川还解释说他一到吃午饭的时间就头疼,不知道吃什么。因为他的单位和裴未抒的公司离得近,他就想着问问裴未抒,参考一下裴未抒的答案。

宋晞看着群里的消息,恨不得找一条地缝钻进去,脸又红了。

其实这并不是多大的事情,但她就是觉得自己丢了脸。连餐盘里的那份刚才很让人垂涎的小酥肉,这会儿都勾不起她的食欲了。

如果是在平时或者她和杨婷他们聊天儿时发生这样的事情，她不会这样在意，可能还会觉得"对呀对呀，午饭就是很难选的"。

她会有这么大的反应，可能还是因为裴未抒在群里吧。

那天玩了剧本杀之后，宋晞其实也渐渐地习惯了"认识裴未抒"这件事。

但她还是会不自然，会因为无关紧要的小事敏感。

整个下午，宋晞都抱着一种逃避的心理，没敢再去看群消息。

她晚上回去后才发现，中午回复蔡宇川的人是裴未抒。

他说今天没在公司里，在外面办公，然后说了这样的玩笑话："本来我想给你推荐一家不错的牛肉粉店，看你问错人就算了。"

他回复消息之后，蔡宇川发了好几个表示可怜的表情，哀号着表示以后一定不会再点错人，跪求好人把牛肉粉店的名字告知一下。

程熵"挑拨离间"地说："裴哥，你别告诉他。这么多年里你都没换过头像，他还点错人，是真不把你当回事，这种人不配吃到牛肉粉。"

之后他们在互相开玩笑。

宋晞看了后，心里暖了一瞬间。

9月的中下旬，宋晞很忙。

她在帝都市的一家很有名的国企工作，薪金待遇很好，单位还解决了她的户口问题。

当初她考进这家企业，爸爸妈妈都高兴坏了，还叫了宋叔叔一家人出去吃饭，庆祝她找到了好工作。

企业是很好的，她能一次考进去也真的不容易。

但也因为这份工作在大家的眼中是"铁饭碗"，办公室里年纪大些的同事比较难相处，总想把他们这些年轻人当成廉价的劳动力使唤。

反正这里不缺人，一个人忍不下去辞职，还有一万个人挤破脑袋想进来。

不只有宋晞频繁地加班，其他人也很忙，一直说要一起出去玩，却几次都没有时间。

终于到国庆假期的前一天,群里才重新热闹起来。

程燏他们找了一家推理型的密室,据说有朋友去过,那里非常值得一试。

宋晞国庆节前的周末没休息,终于放了假,回家后就进了浴室,准备好好地泡一个热水澡放松放松。

她从浴室出来,才看见手机里都是未读信息,还有好几通未接来电,电话是杨婷打来的。

宋晞还没吹干头发,戴上干发帽,把电话打过去。

她打开了扬声器,一边等杨婷接电话,一边翻群消息。

"晞晞,谢天谢地,你终于接电话啦——"

杨婷的声音从手机里传出来,带着准备放假的喜气洋洋:"我给你打了好多次电话,你别告诉我你又加班了,中秋节没假期,国庆节也加班?你们的单位让不让人活了?"

"没有,我今天难得准时地下班了,刚刚去洗了澡。"

杨婷说群里的人在约着玩密室,他们暂时定了10月2日去,现在就差宋晞和裴未抒没确定时间,其他人能去。

"你那天放假吧?你看群里程燏的话了吗?那是推理型的密室,应该挺不错的,你去不去呀?"

如果裴未抒不能去,宋晞会觉得有点儿遗憾。

但她仍然想在休假的时间里出去和朋友们聚聚、玩密室逃脱。

宋晞拿了吹风机,爽快地应下来:"去呀,我好不容易放假呢。"

手机屏幕亮着,停留在群聊的界面上。

她正说着,裴未抒也在群里回复了,说刚刚在开车,然后说他去。

蔡宇川回复:"OK(好的),那现在就差宋晞没确定时间了,等宋晞的消息。"

过了几秒,裴未抒又在群里发了新消息。

他叫了宋晞:"@Yamal 脑力担当,你来吗?"

宋晞被称为"脑力担当",觉得很不好意思,但挂断杨婷的电话后,还是大大方方地在群里回复裴未抒说自己去玩密室,并和冒出来说话的其他人也聊了几句,约定后天见面。

谁知国庆假期的第一天,她的生理期就到了,右脸上起了一颗小痘痘。

宋晞涂了芦荟胶,第二天起床后照镜子,痘痘似乎稍稍地变小了,但还是粉红色的。

她倒是没过多地在意它,难得放假呢。她哼着歌,踮脚从阳台的晾衣绳上摘下了一套干净的衣服,换了衣服出门。

上学时,宋晞有过很多自卑的时刻——

比如她第一次和同学去唱歌。

她尚且不知道自己唱歌跑调,让同学帮忙点了一首听过很多遍的流行歌曲,很自信地拿了麦克风,对照字幕唱着。同学却笑倒一片,闹着说她唱的每个字都没在调子上。

比如她来自小县城,在家里时和妈妈省吃俭用惯了,从来没去饭店吃过饭,到帝都上学后也都是用保温饭盒带午饭。

她第一次和李瑾瑜逛街时,她们在外面吃午饭,朋友很快选好了鸡排饭。轮到她时,她看着没有图片的菜单犯难,又不好意思多问、多犹豫,慌乱中点了一份普通的炒饭。

李瑾瑜好奇地问:"宋晞,你喜欢吃炒饭呀?"

她不喜欢吃炒饭。

后来朋友的鸡排饭被端上来了,有沙拉酱和番茄酱,一看就比炒饭好吃多了。

…………

宋晞不是很时髦、很会玩的那种女孩,在成长的过程中有过很多在外人看来又闷又无聊的独处时光。

但她遇见了裴未抒,羡慕他的优秀和从容。

于是在那些平平无奇的日子里,她有了野心,博览书籍、潜心学习,终于有了一些底气。

这些底气伴随着她,几年后的现在,即使脸颊上顶着一颗粉红色的痘痘,她仍然可以在看见朋友时灿烂地笑着,向他们挥手:"程熵,蔡宇川。"

"嘿,宋晞。"

程熵和蔡宇川走过来,程熵拿着烟盒,瞧见宋晞手里的大购物袋,问道:"你怎么买了这么多东西呀?"

宋晞把袋子敞开给他们看:"我给你们买了瓶装的柠檬茶,密室不是不让人拿东西进去吗?我就没去饮品店,感觉带这种包装的饮料方便些。哦,里面还有一些零食,谁万一饿了,可以垫垫肚子。"

她对闺密的偏爱也明明白白:"不过,黄瓜味的薯片是给杨婷的。"

蔡宇川笑着说知道,毕竟杨婷的微信名就叫"黄瓜味薯片",头像是一堆绿色的薯片包装。

约定的时间快到了,宋晞看向他们的身后,有些不解:"密室不是在那边吗?你们这是要去哪儿?"

"我们俩是蹭裴哥的车来的,到店里有一会儿了,这不是琢磨着出来抽烟吗?算了,先不抽了……"

程熵说着,把烟盒塞回裤兜里,接过宋晞手里的购物袋:"哟,东西还挺沉,我拎着吧。哎,蔡狗,你别不出力呀,咱们俩一人拎一边?"

"走吧,你一个大男人,拎不动这点儿东西?"

蔡宇川扭头和宋晞聊天儿:"感谢'脑力担当'的饮料和零食,'脑力担当'人美心善还聪明……"

宋晞没让他继续夸,摆了摆手:"你这么说,我就太不好意思了,上次玩剧本杀明明也没赢。"

"不过和你们组队真的挺不错的,是吧,程熵?你记不记得以前咱们遇见的那些牛鬼蛇神?"蔡宇川问。

10月份的天气依然很热,风也被烘烤得温热。

宋晞穿着条纹短袖,搭配宽松的牛仔长裤,走在程熵和蔡宇川的身边,听他们说以前和陌生人一起玩密室或者狼人杀时遇见过很奇怪的人:

那些玩不起的人输了就暴跳如雷；

有些情侣开局时还腻在一起亲来亲去，玩着玩着突然急眼了，直接打起来。

宋晞被他们逗笑："我也遇到过那种人，上大学时跟旅游团去苗寨，车上有一家人吵起来了，我当时好尴尬……"

说着，她推开密室逃脱店的门，裴未抒就坐在大门正对面的沙发上，和店长养的猫玩。

店里有一窝一个多月大的小奶猫，它们都是虎斑猫。

裴未抒穿着布料看起来很舒适的白色短袖，手里托着一只虎斑猫，腿上趴着另一只小猫，有两只猫在他身旁的沙发上闹成一团，还有一只猫踩在他的运动鞋上，用小爪子攀着他的裤角，企图往上爬。

宋晞没想到场景是这样的，愣了一下。

裴未抒弯弯腰抱起地上的那只奶猫，同她打招呼："好久不见。"

"好久不见。"

那些虎斑奶猫吸引了宋晞的注意力，也缓解了她的紧张感，她主动地走过去："好可爱呀。"

"伸手。"

宋晞伸出两只手，小心地托住裴未抒放在她手上的小萌猫，欣喜得不得了，忍不住又夸："这也太可爱了。"

裴未抒也笑："你手里的那只猫最老实，剩下的这几只猫都是淘气包。"

"它真的好乖呀。"

宋晞用指尖去挠小猫的下颌，它就闭起眼睛，享受地打着呼噜。

再抬眼时，她无意间看见裴未抒的脖颈。

他们上次见面时他脖颈上的那道红色的伤痕已经完全消失了，她才意识到，他们确实很久没见面了。

"宋晞，想什么呢？"裴未抒忽然开口。

宋晞不好提伤痕的事情，找了一个其他的话题："你……喜欢猫吗？"

"我挺喜欢小动物的。家里有一只狗,我养它 11 年了。"

宋晞在心里说:我知道,你的狗狗是白色的萨摩耶犬,叫"雪球"。

程熵从洗手间出来,往裴未抒的身边一坐,拎过一只淘气的猫,问:"裴哥,你喝不喝柠檬茶?袋子里有好多柠檬茶,是宋晞买的,还有零食。"

宋晞本来在很放松地同裴未抒交谈着,听到程熵的话,心瞬间提到了嗓子眼儿。

她买柠檬茶时,其实是没有私心的。

如果是和其他的朋友出去玩,她买饮品时也会挑朋友们可能喜欢喝的饮品买。

这次也是一样,因为裴未抒之前给大家买过柠檬茶,她觉得起码应该有人喜欢这种柠檬茶,上次大家又喝过它,她买了不会出错。

理由是磊落的,她不知道为什么自己要心虚,害怕会被误认为在讨好他。

她胡思乱想的时候,裴未抒已经走过去,拿了一瓶柠檬茶,拧开瓶盖。

裴未抒的肩上蹲着一只虎头虎脑的奶猫,他笑容温和地说:"谢谢,破费了。"

宋晞忽然放松下来,摒弃那些杂乱的念头,尽可能自然地同裴未抒开了一个玩笑:"我怕密室太难,自己徒担'脑力担当'的虚名,万一带着你们走不出来怎么办?我只能先买饮料赔罪啦。"

密室逃脱店的门这时被推开了,杨婷拉着男朋友走进来:"抱歉抱歉,我们迟到啦,刚才走错路了,还以为店在旁边的那条街上……"

上一局密室逃脱已经结束,工作人员进去清理道具、复位机关。另有工作人员把对讲机拿过来递给裴未抒,给大家讲密室的规则。

"需要存一下女士们的包和随身物品,还有你们所有人的手机。"

裴未抒他们把手机都给了宋晞和杨婷,她们俩跟着负责前台工作的小姐姐去存物品。

她们把东西放进去后,工作人员刚准备关柜门,宋晞的手机振动起来。

宋晞本想把手机拿出来调成静音模式的,但看了一眼来电显示,只好说:"不好意思,我先接一下电话。"

宋思凡在国外上大学,平时几乎不和她联系。

毕竟人在异国他乡,他突然打来电话,宋晞有些担心他有急事,她在手机停止振动之前接起电话。

不等宋晞开口,宋思凡已经不耐烦了,说:"宋晞,你怎么才接电话?"

有一段时间宋思凡突然猛长个子,过了半年就比宋晞高了,然后天天叫她"小矮人"。

不知道从什么时候起,他又不给她起外号了,总是直呼大名,反正就是不叫"姐"。

宋晞皱了皱眉:"你突然打电话,有什么事?"

"我没事就不能给你打电话了?"

宋思凡小时候是小讨厌鬼,长大了是大讨厌鬼,一开口就让人想打掉他的头:"现在不是国庆的假期吗,我怎么不见你回来呀?"

宋晞不知道他在抽什么风,只说自己准备过两天过去。

"那你明天来吧,我在家。"

"你又放假了?"

"这几天我没什么课,反正你记得明天来,别忘了。"

顿了顿,宋思凡不怎么自然地补充了一句:"是宋思思那个小鬼吵着要见你,非要让你来,可不是我呀。"

宋晞接电话时,密室已经被布置好了,工作人员说可以带他们进密室了。

见柜子旁只有杨婷,程熵问:"宋晞呢?"

"咱们等会儿再进去。"

杨婷指指不远处,说宋晞在那边接电话,等等她。

程熵"哟"了一声,欠欠地问:"男朋友的电话?"

身后的裴未抒闻言,抬了抬眼。

宋晞的电话让人摸不着头脑。

国外的大学又不像国内的大学,一趟回国的航班都要飞十几个小时,宋思凡只是偶尔课少,不知道为什么要来回折腾。

挂断电话,宋晞走回朋友中间,抱歉地笑笑:"久等啦。"

"程熵刚刚问我你是不是在接男朋友的电话。"

杨婷挽住她的手臂,开玩笑地同她讲:"我也听见那是男生的声音了,你是不是有什么新情况,还不快快地招来?"

脸上浮现出生动的嫌弃表情,宋晞言简意赅地说:"是宋思凡。"

杨婷是知道宋晞的这个弟弟的,也见过宋思凡一两次。

他长得挺帅,也挺高,总是穿着一身潮牌的衣服,就是性格不怎么行。

那时候她们上大三,宋思凡和几个朋友一起从帝都来到她们读大学的城市旅游。

可能是被长辈嘱咐过,宋思凡不得带了一堆家人做好的牛肉干,打车把它们送到宋晞的学校。

宋晞和杨婷刚下课,接到电话,抱着专业课的书籍一路小跑到校门口。

上高中的男生自带一股叛逆的气质,拎着两个袋子站在那里,一脸烦躁:"你属乌龟吗?这么慢?"

宋晞接过东西,问他要不要一起吃饭。

宋思凡说还有朋友在酒店里等他,说完拉开出租车的门,扬长而去。

晚上宋晞和妈妈打电话,杨婷就坐在她的床上,抱着那些零食,和闺密"有福同享"。

电话里,宋晞的妈妈说怕她们这些学生在外面吃不好,正好宋思凡去那边,就给她带了一些牛肉干。

宋晞瞟了一眼床,巧克力、饼干、薯片、红枣、杧果干塞了满满一袋，但她又没听妈妈提到过这些零食，又只好给宋思凡打了一个电话，问他怎么回事。

宋思凡倒是很快就接了电话，就是说话太气人："那都是我给宋思思买的，她不爱吃，你不吃就扔了吧。"

当时杨婷凑到宋晞的耳侧去听，还傻乎乎地憧憬过："晞晞，你的弟弟好酷呀，要是我也有一个这样的弟弟就好了。"

宋晞给杨婷的回应大概是——

"要不是家人积善成德，这种天天用鼻孔看人的烦人精可能早就被人打残了。"

后来又和宋思凡接触几次后，杨婷收回了她无知的蠢话。

并且现在，杨婷在听说那是宋思凡的电话后忽地扭头，"责备"程熵："你快'呸'，多'呸'几下，什么男朋友？这话可不兴说，太不吉利！"

这只是随口提及的话题，大家简短地说了几句话便不再说了。

密室逃脱店里有几个刚玩完一局密室逃脱还没走的玩家，他们在沙发那边歇着，一边撸猫一边惊魂未定地讨论：

"NPC（非玩家角色）出来时我简直要吓死了。"

"现在脑袋里还响着那首童谣……"

工作人员怕那些玩家剧透给宋晞他们这种新玩家，提醒了一下，几个人不再讨论，渐渐地散去。

把手机锁进存储柜里，宋晞接过工作人员递过来的钥匙圈，随手把它套在手腕上。

她对着大家晃了晃手腕："好啦，走吧。"

工作人员站在门边，把一只手搭在门把手上，进行最后的提醒："禁止蛮力开锁，禁止破坏道具，禁止攻击NPC，OK吗？"

众人点头后，工作人员按下了门把手。"咔嚓"一声响起后，他说："各位玩家，你们的密室逃脱之旅即将开启，祝你们旅程愉快。"

门被打开，宋晞随着朋友一同进入密室里。

关门前，工作人员突然露出灿烂的笑容："小心这里的门，要保护好女朋友呀。"

工作人员是对着宋晞和裴未抒的方向说的这句话。

宋晞有些不好意思,想要摆手澄清关系,但想了想,觉得没必要多此一举。

何况工作人员说完这句话,就把门"哐当"一声关上了,根本不给人辩解的机会。

四周霎时间一片漆黑。

杨婷提高声音说:"之前剧本杀店的'DM'就知道吓唬人,刚才这个工作人员还挺好的,还好心地提醒我们小心门呢,哈哈哈哈哈……"

宋晞了解闺密,知道杨婷突然这样说话一定是因为害怕了,于是伸手拉住了杨婷的手,以示安慰。

几秒后,她们都听见了蔡宇川疑惑的声音:"杨婷,你……确定吗?"

视觉适应了黑暗的环境后,所有人的想法是:确定。

那人绝没有安什么好心!

他们所处的环境黑暗、逼仄,头顶的照明灯一闪一闪的。

借着诡异的光源,宋晞能看清周围的墙壁上嵌着大大小小的七八扇门,门包围着他们。

这场密室逃脱是有真人NPC的,也就是说,某扇门随时可能突然被打开,然后有一个NPC蹿出来……

那人不提醒还好,提醒了,他们更害怕。

感觉每扇门后都好像藏了人,几个人不由自主地挪动脚步,惶惶地聚到屋子的中央。

他们总这么站着,也不是办法。

裴未抒拍了拍程燏的肩膀:"蔡宇川留意着门,走吧,我们先去找线索。"

宋晞和杨婷到底不是那种柔弱得不能自理的女孩,适应了环境之后,主动地加入了搜寻的队伍。

· 85 ·

头顶的灯闪了两分钟后，彻底不再亮了。

杨婷的男朋友说："也行，它不亮了也比一直闪强，眼睛都快被晃瞎了。"

屋子里的陈设看似简单，但这里实在是太黑了，他们什么都看不清，找东西时全靠摸。

他们不仅要提防着门，偶尔还会从不知名的角落里摸出一个人偶，这也怪让人害怕的。

刚刚宋晞就听见程熵"嗞"了一声，他丢出去一个娃娃："天哪，它被拿起来还会睁眼睛，吓我一跳。"

裴未抒笑道："你不是无神论者吗？"

"但我从小就怕娃娃呀，高中的时候不是和你讲过吗？我妹晚上把娃娃落在我的卧室里了，半夜我从被窝里摸出来它，吓得都发烧了，烧到38℃！"

"一个娃娃有什么可害怕的？菜狗，哈哈哈哈哈，咦？"

蔡宇川刚嘲笑完程熵，抬手也从角落里摸出一个娃娃，娃娃在他的手里突然睁眼。

它睁眼就睁眼吧，还只睁一只眼，圆溜溜的眼睛死死地盯着他。

这是在和他 wink（眨眼示意）呢？！

蔡宇川都吓傻了，开口就是一连串的脏话。

程熵爽了，在旁边说风凉话："哟，蔡秘书平时在公司里温文尔雅，不是一个挺文明的人吗？你怎么也骂人哪？"

幸亏几个男生说了些玩笑话，缓解了密室里的恐怖气氛。

宋晞蹲在垃圾桶边，翻出一个挺重的方形物品。

她做过近视手术，可能有些后遗症，在光线暗的地方看东西比过去更模糊。

裴未抒刚好在身边，宋晞把东西拿给他看："裴未抒，我找到了这个东西，感觉它像收音机，按钮……哪个是播放？"

"你晚上视力不好吗？"

"嗯，我有点儿看不清。"

裴未抒接过收音机，找到播放键。

他长按按键片刻，收音机里传出"沙沙沙"的声响。很快，它开始尖声吟唱了：

"八个洋娃娃排排坐，一个突然掉了头；

七个洋娃娃排排坐，一个突然断了手；

六个洋娃娃排排坐，一个突然瞎了眼；"

…………

声音和内容都太诡异，那种尖锐阴森的声音逼得人想发疯，杨婷的男朋友捂住了杨婷的耳朵。

只有宋晞和裴未抒听着听着，突然对视了一眼。

在其他人不知所措的时候，他们异口同声地说："《无人生还》！"

童谣的内容很像《无人生还》里的情节，"阿婆"的两位书迷突然来了兴致，显露出旁人无法理解的兴奋。

宋晞大步地向程熵丢娃娃的方向走去，裴未抒也拿起了被蔡宇川扔在一旁的娃娃。

"这肯定和娃娃有关。"

他们开始找娃娃，把找到的娃娃都凑在一起。

情况果然如童谣里唱的那样，每个娃娃都不完整，有断头的，有缺手缺脚的。

刚才和蔡宇川 wink 的那个娃娃是"一个突然瞎了眼"的。

经过仔细察看，宋晞发现娃娃的裙子上有数字，按照童谣的顺序把它们排好，得到了一串密码。

"密码！"

"我去，宋晞，可以呀！"

宋晞从地上一跃而起，快乐地同众人击掌。

裴未抒见过宋晞坐在桌前冷静地分析线索的样子，也见过她红着脸不吭声的样子，倒是第一次见她的这种蹦蹦跳跳的活泼样子。

小黑影跳到他的面前，他也抬起手，同她击了掌。

得到密码，他们能走出第一个房间。

但门太多，四面的墙壁上都是门，出口未知，他们要依次去试。

密室逃脱是限时的，为了节约时间，每人试一扇门。

偏偏宋晞试的那扇门后有一个真人NPC。

NPC披头散发，一身白衣上染着血污。

身后的杨婷他们听见动静，扭头瞧见NPC，都被吓得惊声尖叫。

宋晞作为被"贴脸杀"的人，直接定在了原地，连眼睛都忘记闭上了。

裴未抒忽然出现在身旁，抬手挡住了宋晞的眼睛，然后拉着她往身后一带，把她护在身后，利用身高差挡住了宋晞的视线。

她只能看见他的背，闻到他的身上淡淡的洗衣液的清香。

宋晞喜欢推理，但对鬼之类的东西一直很怕。

周围漆黑一团，刚才的一幕惊得她好半天都是蒙的。她再回神时，只听见裴未抒在和那个鬼对话。

裴未抒大概不怕鬼，用半开玩笑的语气跟对方说："商量一下，后面你再出场别吓这个姑娘，这是我们的'脑力担当'，我们能不能出去可全靠她呢。"

NPC大概有工作的任务，不把玩家吓住不能走似的。

他固执地站在裴未抒的面前，吐着一截硅胶类材质的假舌头，发出"嗷呜哇呜"的恐吓声。

头顶上的那盏暗了很久的灯，又开始闪起来，配合着NPC吓唬人的行径，为其造势。

其余的四个人在宋晞和裴未抒身后的不远处，尖叫过后厌了，闭着眼睛缩在一起，假装自己是瞎掉的鹌鹑。

宋晞的视线被裴未抒挡着，她什么都看不见，心里也就少了几分恐惧。

唯一和NPC面对面的裴未抒神色从容。

他长得高，表情淡漠，目光向下扫着NPC的样子有些像在嘲讽。

NPC有点儿急了，又"嗷呜哇呜"着凑近了些。

裴未抒抬手拍了拍NPC的肩膀，略显无奈，用一种安慰的口吻说：

"吓死我了。"

NPC："……"

门被NPC"砰"的一声关上。

裴未抒再开门时，里面已经没人了。他察看过，发现里面暂时算是"安全"的，转身对其他人招了招手："来吧。"

第二间密室是一条极窄的走廊，宽度最多容纳并排的两个人。

照明的设备不足，这里和上一间密室黑得不相上下，他们能隐约地看见斑驳老旧的墙体，感到十分压抑。

更令人压抑的是，墙上大大小小的门比之前更多。

已经见过一次NPC了，大家有点儿心理阴影，但碍于要找线索，又不得不靠近那些门，硬着头皮上前，检查柜格、置物架等陈设。

密室逃脱的店里有玩家们不知道的套路，工作人员都通过监控看着玩家们呢。发现胆子小的玩家，他们就更高兴了，会用对讲机通知NPC，让NPC专门挑那些胆小的玩家吓唬。

他们这群人里除了裴未抒，每个人都是工作人员喜欢的样子，NPC也就频繁地搞事情——

门时不时地被从外面敲响；有的门还会忽然被打开一条缝隙，露出瘆人的眼睛……

宋晞一直跟在裴未抒的身边，披头散发的NPC再次探出头来吓她时，裴未抒正在翻一沓报纸和杂志，寻找线索。

听见开门的声音，他头都没抬，直接举起了一本杂志，把杂志伸过去挡住宋晞的视线，跟NPC说："过分了呀。"

NPC可能觉得这个女孩被人护着不好吓唬吧，再出现时是开了程熵身旁的门。

程熵当时就疯了，一个箭步差点儿撞到裴未抒的身上，躲在他的身后"嘤嘤"地说："裴哥，我不行了，需要保护。"

杨婷捂着眼睛不敢看，但这不妨碍她幸灾乐祸，她在黑暗中笑出声来。

蔡宇川仗着自己没被"贴脸杀"过，嘲笑程熵："堂堂墨尔本大学的心理学高才生、无神论者,不是只怕洋娃娃吗?怎么你还怕真人NPC呀?丢脸,你真是丢脸,我要是裴哥都得说不认识你。"

"行行行,我丢脸,待会儿别让我听见你叫。刚才NPC出来的时候,不知道是谁叫得那么大声?"

程熵闭着眼睛,"啪啪"地鼓鼓掌:"声音简直震耳欲聋好吗?"

裴未抒跟着笑了一声:"别打嘴仗了,你的意思是今天不出去了?你要住在这儿?"

他们开玩笑的时候,宋晞用大半个身体抵住离自己最近的门,以防被再次"袭击"。

她应该去仔细地分辨门上的字,看看那是涂鸦还是什么别的线索,可她难以专心。

她不是在害怕,是在走神儿。

第一次裴未抒帮忙挡住NPC时,宋晞确实吓得不轻,整个人惊魂未定,也就没反应过来。

可刚才的事已经是第二次发生了。

裴未抒收回杂志时,还轻声告诉她:"好了,没事了。"

这种环境压抑、骇人,而他的声音有一种温柔的力量,和多年前她第一次见他时一样,让人的心里有底、有安全感。

那是一种很熨帖的感觉。

她像在寒冬腊月时走在冷风里,突然得到一个香喷喷、热乎乎的烤红薯,把它捧在手里。

可是……

她捧烤红薯应该不会心跳加快吧?

她沉思时,那个NPC并不死心,又冒出来一次。

NPC恰好在蔡宇川和程熵之间,两个人正在斗嘴,转头看见NPC,程熵"哐当"一声把门关上了。

蔡宇川心有余悸地看了一眼门,揽住程熵的肩:"行,够兄弟,我现在看你顺眼不少!"

程熵"喊"了一声:"你看我顺眼有什么用?"

顿了顿,他忽然郁闷地说:"还是和异性一起来这种地方比较好,还能搞点儿吊桥效应。"

宋晞听他们的意思,好像程熵才失恋不久。

不过她没听进去后面的话,只是拍拍胸口,也给自己找了一个理由:吊桥效应,这都是吊桥效应。

心跳都是被吓出来的。

"宋晞?"

"嗯?"宋晞抬头,迎上裴未抒探究的目光。

裴未抒拿着一截报纸,都从她的身旁走过去了,又退回来。

他垂着头,黑暗中侧脸的轮廓很好看。他把报纸卷成筒状在她的面前晃了晃:"你害怕?"

"没有,我在看线索,有点儿走神儿……"

怕被问走神儿的原因,宋晞换了一个话题:"裴未抒,你就一点儿不怕吗?"

"我是不怎么怕这种游戏。"

裴未抒想了想,说:"非要对比的话,我更怕刀叉在餐盘里划的声音吧。"

宋晞默默地在心里比较,虽然刀叉划盘子的声音也让人十分不适,但当然还是和NPC贴脸更恐怖呀!

他该不会是为了安慰他们这些胆小的人,故意这样说的吧?

不过裴未抒不怕NPC是真的。他一直走在前面,如果撞见某扇门打开,也会和里面的NPC打一个招呼,态度还挺友好的。

甚至后来他们走进第三间屋子里,需要单独出去从NPC那里拿一条线索,他都闲庭信步地去了。

团体里有一个胆子大的人,其他人也慢慢地受到了影响,逐渐地不被NPC干扰了,开始认真地解题。

真正和裴未抒接触下来,宋晞发现他是真的很聪明。

也许是因为她比较留意他的举动,在最后的一间密室里,她看见裴未抒拿到了线索和道具,感觉他第一时间已经想到了答案是磁铁,他都准备往磁铁槽那边走了……

但其他人都在推测、猜想,他的脚步顿了顿,他走回来,也没打断大家,就默默地听着,随后加入讨论,很自然地说出自己的一些想法。

他聪明却不锋芒毕露,让人相处起来十分舒服。

玩密室逃脱花的时间比玩一局剧本杀花的时间要短很多,他们从里面出来时,天还亮着。

离开了逼仄又令人感到憋闷的环境,杨婷喝了半瓶柠檬茶,在新鲜的空气里伸了一个懒腰,扭头和男朋友说:"我突然好想吃小龙虾呀。"

密室里的机关多,后来大家又爬梯子又钻洞的,出来时都很饿。

程熵他们也正商量去哪里吃晚饭,听见杨婷的话,果断地申请加入。

于是大家坐在密室逃脱的店里,共同商讨出一家店,打算去那家店里集合,一起吃晚饭。

杨婷的男朋友打了一辆车,宋晞和他们一起出发。

黄昏的风终于有了些凉意,也许是因为现在是国庆假期,才5点多,大排档的外面几乎坐满了人。

宋晞他们和裴未抒一行人到达的时间差不多,裴未抒去找位置停车,其他人先找了一张桌子,坐下点菜。

周围有十几张桌子,人们吵吵闹闹的。

有人吆喝着:"老板,再加一份小龙虾,要大份的呀。"

"我们点三份小龙虾吧,今天要大吃特吃。"

杨婷直接在菜单栏上写了一个"3",又点了些其他的菜,最后点饮料,要了六罐冰镇的北冰洋汽水。

宋晞出于身体的原因,拉了拉闺密的手,小声说:"婷婷,我喝常温的吧。"

笔尖一顿,杨婷秒懂:"OK!"

服务员收走菜单,抱歉地跟他们说今天太忙,麻烦他们自取一下饮料。

杨婷拉着男朋友跳起来："走，我们俩去拿饮料，你们先等着吧！"

再回来时，杨婷不仅给宋晞拿了常温的北冰洋汽水，还拎了一壶热开水："看我对你好不好？"

他们吃饭的地方在小胡同里，现在是节假日，裴未抒挺难找停车位，绕了一圈才看见有车离开了，那辆车腾出一个空位。

他停好车回来时，刚好就看见这样的一幕：宋晞坐在桌边，拿着一瓶插着吸管的橘子汽水，仰头对着杨婷笑。

她迎着夕阳，脸上有一种松弛的喜悦，笑意盈盈："谢谢，你最好了！"

杨婷好像说了"谢什么谢，跟我还用这么客气"之类的话。

裴未抒只看着宋晞。

他忽然觉得这一幕有些眼熟，就好像曾经见过有人这样喜悦地和他道过谢似的。

这家店的小龙虾是厨师用大锅现炒的，后厨加了十足的香料，在烟火气里用大火爆炒小龙虾，小龙虾的味道极好，十里飘香，这家店也因此生意红火，客源不断。

运气不错，宋晞他们坐下没多久，后厨便炒好了一大锅小龙虾，称重分装，有一份小龙虾是他们的。

杨婷的男朋友拆开一次性手套，抬眼看见裴未抒，挥着手套叫他："裴未抒，这边。"

"裴哥回来得正是时候，小龙虾刚被端上来。"

宋晞听了他们的话，看过去，胡同被笼罩在落日的余晖中，十几张桌子开外，裴未抒正走过来。

这人高，长得又好，总会引来一两道打量的目光。

裴未抒对着这边笑着点了一下头，示意自己听到了。

不知道为什么，宋晞忽然感到脸颊一烫，垂头去喝饮料。

周围弥漫着麻辣鲜香的气味，裴未抒就坐在宋晞的对面，和玩剧本杀时一样。

他的吃相很好,手被包裹在手套里,指尖灵巧地挑开小龙虾的壳。

店里的围裙搭在他身后的椅背上,他没穿围裙,但白色的短袖T恤依然整洁,竟然一点儿都没被弄脏。

宋晞就不太行了,用她妈妈的话说,她有点儿不灵活。

她平时吃点儿汤汤水水的东西,汤汁一定会溅在衣服上,火锅、烧烤、小龙虾这类食物更是要命。

宋晞也剥开龙虾的壳,胡思乱想着:幸好她和裴未抒面对面地吃小龙虾,是在今年。

几年前她第一次吃小龙虾,出过洋相。

那时候帝都的人管麻辣小龙虾叫"麻小","麻小"还带着儿化音。

老家没有这种东西,宋晞也没听说过小龙虾,只是有一次宋思凡嚷嚷着要吃"麻小",宋叔叔买了很多小龙虾回来。

刚看见小龙虾,她还觉得这种东西有尖尖的头、长触须,它们长得有些瘆人。

但餐盒被掀开后,麻辣鲜香的味道确实让人食欲大增。

宋晞像吃大虾一样去咬小龙虾,里面的辣油冲进口腔里:"喀!"

那次她被呛得厉害,扶着桌子咳了好半天,大人们都跟着忙前忙后,给她递纸、倒水,她觉得特别丢脸。

尤其是她好不容易缓过来后,宋思凡已经吃了好几只小龙虾,捏着白嫩的虾肉,说她是"fool(傻瓜)",狗嘴里吐不出象牙。

宋晞在帝都生活得久了,剥小龙虾也渐渐地顺手了,现在不会再闹出那样的笑话。

但对面就坐着裴未抒,宋晞还是吃得有些"束手束脚"。

杨婷的男朋友和宋晞熟,打趣她:"宋晞,你今天的速度可不怎么行啊,一锅见底了,你也没吃几只小龙虾,都没发挥出你的实力……"

杨婷知道闺密在生理期,觉得宋晞吃得慢是因为身体不舒服,当即踢了男朋友一脚:"你少管女孩子的事。你要是闲,帮我们俩剥虾得了。"

辣椒刺激味觉，再加上杨婷男朋友的话，宋晞的脸都红了，她笑着摇头："今天我是发挥不了了。"

她发挥什么……

她的包袱重，手笨得像义肢！

蔡宇川倒是还挺像人的，剥了龙虾放进程熵的盘子里："来，程狗多吃点儿，化悲伤为食欲。"

"什么悲伤？程熵怎么了？"杨婷问。

话题就这样围绕着程熵展开。

蔡宇川说程熵春天时和谈了六年的女友分手了，这件事挺可惜的，本来两个人的感情极好，兄弟们也等着喜讯。

蔡宇川叹了一口气："我都想好在红包里塞多少钱了，谁能想到……"

"你……"

碍于有两位女生在旁边，程熵顿了顿，把脏话咽回肚子里："你说就说，别说得这么煽情好吗？你再这样我可要哭了。"

裴未抒喝了一口汽水，开玩笑地道："蔡宇川想好了包多少钱就把红包给他吧，就当是安慰他了。"

程熵一喜，说："嘿，我看行！"

蔡宇川悲愤地说："裴哥！"

看得出来他们三个人的感情很好，宋晞本来把自己代入了程熵失恋的故事中，有些伤感，这会儿都没忍住，"扑哧"一声笑出来。

"也就是因为程熵失恋了，这段时间里我们有时间就约着他玩剧本杀、密室逃脱，怕他自己闲着瞎想嘛。他也是真爱热闹，要不是你们三个人吃饭，我们也不能说跟来就跟来。"

杨婷放下小龙虾，问程熵："你们都相处那么多年了，是出于什么不得了的原因，一定要分手呢？"

"其实我们一直都有矛盾，只是拖到不得不面对现实的时候了。你们在国内上大学，不是听过一种说法——'毕业即分手'吗？"

程熵说，他觉得情侣毕了业分手大概是因为两个人走出校园后要面对就业的问题,生活的城市也要发生改变,两个人谈异地恋很难维系感情。

他们这些在国外读书的人也一样,毕了业就要面临选择。

很多人是会留在国外发展的,甚至有一部分同学的全家都移民到国外去了,他的前女友就是这样。

而他是要回国的。

"我倒也想过陪她在国外发展。"

程熵的语气明显低落下来,他说:"但谁也说不准这些事。就像裴哥读的可是top10(排名前10)的法学院,他不还是回来了……"

程熵顿了顿,像是误说了某些不该提及的事情,瞬间改口:"算了,不说这些事了。"

"我们点了三份小龙虾是吧?"蔡宇川没头没脑地接了一句话,岔开话题。

那像是他们三个人都知晓的某一个关于裴未抒的秘密。

宋晞敏感地看向裴未抒,他垂着眼,似乎有一瞬间的出神。

所以,他为什么回国?

他回国也是因为……失恋吗?

说不出原因,宋晞也有些情绪低落,剥小龙虾的动作更慢了。

也许是因为关于失恋的话题太压抑了,程熵很快转移了话题,聊起了其他的事。

他们聊着聊着,甚至又提到了宋晞和裴未抒相同的微信名。

"宋晞,你是从那种小众网名的帖子里找的这个'Yamal'的名字,还是自己想的呀?"

"我是自己想的。"

宋晞感觉到裴未抒也在看她,声音不由得小了些:"有一艘破冰船叫这个名字,我有一段时间很向往来着……"

程熵竖了一个大拇指:"裴哥去坐过那艘船,那好像是高中时期的事了吧。后来咱们班的那个老胡不是也去了吗?他就没裴哥幸运,没瞧见极光。"

宋晞有些惊讶，问："在那里还能看见极光吗？"

回答她的人是裴未抒："嗯，我看见了，确实很幸运。"

他说当时用手机录过视频，像素不好，画面不太清晰，不过家人用专业的设备录下了当时的场景，有机会他可以把视频找出来给她看看。

小龙虾太麻太辣，吃第三锅小龙虾时，蔡宇川起身，又去拿了一堆北冰洋汽水回来。

他挺贴心地把它们打开了，把吸管插在里面，给每个人分发。

汽水是冰镇的，宋晞接过来，暂时没喝它。

后来大家庆祝放小长假，起哄举杯时，宋晞伸手越过那瓶冰镇的汽水，想去拿水杯，手在触到玻璃杯的瞬间顿了顿。

本该空空的水杯里盛着温热的白开水，而水壶在裴未抒的手边。

她愣了愣，在嘈杂的环境中对裴未抒说："谢谢。"

裴未抒摘下一次性的手套，手套的材质不透气，他的肤色白，指节被闷得泛红。

他拿起汽水，玻璃瓶撞上宋晞手中的水杯。他抬眉一笑，像是在说"不用客气"。

天色渐渐地暗下来，华灯初上，飞蛾扑着灯管，路边偶尔驶过一辆电动车。

那天的晚上他们聊得太多太多了：

裴未抒和程熵从小学起就是同学，住得也近；

蔡宇川是他们参加冬令营时认识的，几个人一起去坐过有名的K3列车，跨越将近8000公里去了莫斯科；

…………

最后他们聊到宋晞是南方人，她在南方的某所学校上大学，和杨婷是大学室友。

"我旅游时去过那所大学，学校挺漂亮的，听说不好考呢。宋晞、杨婷，你们俩挺厉害呀！"

程熵挺好奇地问："杨婷是帝都人，那宋晞是大学毕业后才来到帝都的？"

宋晞摇摇头："我是读高中时来的，在第十中学。"

"十中？邻居呀，那里离我们的学校可近了，我们还去你们的学校里打过篮球呢！"

他们聊了那么久，直到聚会散场，宋晞始终有那么一点儿在意。

为什么裴未抒会选择回国发展？

其实她也有些糊涂，不知道自己现在的状态是什么。

要说她还在暗恋裴未抒，宋晞是不想承认的。

毕竟他们真的是好几年没见过面了，而且那时候她坚定地下过决心、发过誓不再喜欢裴未抒。

可是她面对过去暗恋的人时，真的很难不在意呀！

晚上回家后，宋晞收到了杨婷的微信消息："你到家了吗？"

"我有一件事想和你说，憋一晚上了！"

"收到速速回复！"

宋晞回了一个"安全到达"的可爱的小表情，刚准备打字，杨婷已经捕捉到她的动态，又迅速地发来信息："好了！"

"知道你到家了，那我可开始说啦！"

"准备好。"

"裴未抒好像对你有点儿意思。"

"咯！咯咯咯！"

宋晞没被小龙虾呛到，倒是差点儿被闺密吓死，手机和水杯都差点儿被她丢出去。

这怎么可能？！

杨婷想多了吧？！

可杨婷还在继续发消息，手机"嗡嗡嗡"地振动不停：

"真的，我觉得裴未抒总在照顾你，你没感觉吗？"

"刚才吃饭时他还给你倒水了，我都看见了。"

"在密室里他也总帮你吧？"

脸皮都烫得快熟了，宋晞想说那是因为人家裴未抒的人好。

他一直都是这样的，这是他骨子里的教养。

闺密似乎觉得这样打字不够过瘾，发起了视频通话。

宋晞接起来视频电话，就看见杨婷把男朋友押到屏幕前，杨婷逼问人家："你说，你有没有注意到裴未抒对晞晞比较照顾？"

杨婷男朋友的脸都被挤变形了，他一脸愁容地说："我怎么知道？你在密室里叫得像'惨叫鸡'似的，我哪里还顾得上瞧别人？"

"我要你有何用？！"

视频电话被挂断，宋晞笑着摇摇头，估计他们是"掐架"去了。

手机忽然在手中振动，屏幕亮起来。

通知栏显示，她收到了一条验证信息——

"Yamal 请求添加你为朋友"。

第二部分

玻璃城

第三章
词不达意

宋晞给杨婷的所有猜测画了句号，回复闺密："你肯定想多了，裴未抒非常优秀，不会对我有意思。"

杨婷"嗖嗖嗖嗖嗖"地连回好几条消息："你吃错东西了吗？"

"你在说什么鬼话？"

"他是很优秀，但你也不差呀！"

"你们郎才女貌，我看你们很般配！"

托杨婷那些话的"福"，宋晞现在看着裴未抒发来的好友申请，没有觉得开心，而是又开始敏感起来。

她并不觉得裴未抒对自己有好感，反而开始自我反思：在密室里，她是不是因为紧张和害怕，站得离裴未抒太近了？

他们吃小龙虾时，她坐的位置是不是不太对，她是不是不该坐在裴未抒的对面？

宋晞很担心杨婷口中的"裴未抒好像对你有点儿意思"其实只是杨婷在闺密的滤镜下才有的错觉。

她也担心自己受"暗恋过裴未抒"的影响，无意识地做了某些没有边界感的事情，才导致杨婷有了这种错觉。别人看在眼里，会不会反倒误会了裴未抒?

这种敏感让宋晞不由得忧心忡忡,她处理好友申请时都觉得棘手:她现在通过好友申请,会不会显得太急切?可是她迟迟地不通过好友申请,会不会不太礼貌?

纠结良久后,宋晞突然回神,拍了拍自己的额头:真是,她都在想些什么乱七八糟的事情啊!

她通过了好友申请,同裴未抒的对话框里显示了系统自带的提示:你已添加了 Yamal,现在可以开始聊天了。

现在已经是晚上的 10 点多,好友验证通过后,裴未抒并没有和她说话,群里也静悄悄的。

处于生理期的人格外容易疲惫,宋晞怀着满腔不安的心事,竟然这样握着手机睡着了。

夜里手机的振动声也没能吵醒她。

她这一觉睡得很沉,梦里却不太开心。

最终被宋思凡的电话吵醒时,宋晞正在梦境中走向网球场。

她攥着信封,脚步有些急。心里紧张得要命,她把腹稿过了一遍又一遍。

别去,宋晞。

你不该去……

就在这时,手机接连不断地振动,梦里的她也终于停住脚步。

这是她曾经非常害怕的一个梦,宋晞因此发自内心地感谢宋思凡,带着这份感谢接起电话时,语气都比平时柔和一些:"早呀。"

电话那边的人安静了几秒,没吭声。

宋晞怀疑宋思凡误打了电话,纳闷儿地试探:"宋思凡?"

电话那边的人终于说话了,像吃了枪药,连珠炮似的发问:"宋晞,你是不是还没起床?你不是说今天来我家吗?这都几点了?"

宋晞被念叨得一惊,还以为自己真的又睡到了中午。

她连忙坐起来,查看手机,屏幕上安安静静地显示着时间——8:36。

现在明明还不到 9 点。

"宋思凡,你是不是疯了?我和张姨约的是午饭。"

电话里隐隐地传来宋思凡的威胁声:"你说不说?你不说,我不带你去欢乐谷了。"紧接着,接电话的人变成了宋思思。

宋思思小朋友今年 7 岁,童声甜甜的。她可比她的哥哥讨喜太多了:"宋晞姐姐,你什么时候来呀?思思想你啦,你可以早点儿过来吗?"

宋晞不知道这对兄妹的葫芦里在卖什么药,但她对宋思思是很宠的,不忍心让小朋友失望,连声应下,冲进洗手间里洗漱。

直到坐上了去宋叔叔家的公交车,宋晞才看到裴未抒发给她的消息。

消息是他昨晚 11 点多发来的,那是几段他乘坐 Yamal 号时家人拍的视频。

"家人用专业的设备录下了当时的场景,有机会我把视频找出来给你看。"

吃小龙虾时,宋晞还以为裴未抒只是随口一说,没想到他真的会去找视频,而且他这么快就把视频发来了。

宋晞从包里翻出耳机戴上,点开视频:

璀璨的极光出现在夜幕上,那么美,柔顺得像纱料。

舰艇破开冰层,冰层破碎的"轰隆"声混合在周围的感叹声中。

裴未抒短暂地出镜。

他穿了一件宽大的白色冲锋衣,大概是在看极光,仰着头,下颌线清晰流畅。

这只是一瞬间的画面,镜头又转去拍摄极光了。

视频很长,宋晞从没有在网上搜到过这么完整的影像,像是跟着去了一趟冰原,恍然间抬头四顾,发现窗外的建筑已经很熟悉了,这是她曾经生活过的区域。

公交车到站了,宋晞收好手机,拎着东西下车。

只走了几步,她又放下袋子,站在太阳下,寻找着措辞,先给裴未抒回了信息。

"真的很抱歉，昨晚我睡着了，没看到视频。刚才我认真地看完了，极光真的很美很美，感谢你的分享。"

她又发了一个"小熊鞠躬"的表情包。

她这样回复消息应该还算礼貌吧？

她在礼貌之余，应该没有过分地表达出什么其他的情感吧？

宋晞这样思忖着。

昨晚在电话里，宋晞和张茜约了中午煮火锅。

宋晞买了不少食材，在手被购物袋勒断之前，终于到了宋叔叔家。她才迈进院子里，宋思凡已经把防盗门打开了。

以前他们在同一个屋檐下生活时，宋思凡在家里经常穿着一身家居服。

见他穿着整套潮牌的运动服，宋晞还以为他要出门，主动地给他让开路，随口问了一句："你要出去吗？"

她没想到宋思凡的反应这么大，他皱着眉反问："你是什么意思？我在家碍你的事了？"

"超人"已经听见宋晞的声音，兴奋地摇着尾巴冲出来。

宋思思也跟着往门口跑："宋晞姐姐！妈妈，姨姨，宋晞姐姐回来啦！"

宋晞在这边是"香饽饽"，连狗狗都喜欢她，她一进门自然忙得不可开交。

她要抱起"超人"，也要捏捏宋思思肉乎乎的小脸，又要提起食材往厨房走："张姨，妈妈，我来啦。"

她根本没空再理话不投机的宋思凡。

"你看你，拎了这么多东西，回家还买什么东西呀？过来张姨看看。"

张茜系着围裙迎出来，看着宋晞的手："哎哟，手都被勒红了，你怎么不叫思凡去车站接你一下？"

"我两只手换着拎的袋子，还好。"

宋晞愉快地吸了吸鼻子："妈妈在煮什么呀,气味这么香?"

"早晨我和张姨去买了新鲜的菌菇,在熬菌菇汤,一会儿煮鸳鸯锅用。"宋晞的妈妈说。

"难怪,我闻着香味都饿啦。"

回家的感觉真的很好,宋晞蹲在地上,翻着她拎来的超大的购物袋:"上次你们说鱼饼好吃,我又买了些鱼饼,用来煮火锅。"

"哦,对了,思思,我刚从门口的便利店里买了雪糕,只给你,不给别人。"

"快吃吧,一会儿雪糕就化了。"

小朋友快乐地接过雪糕:"谢谢宋晞姐姐,宋晞姐姐最好啦。"

说完,她拿着雪糕,欢天喜地、一蹦一跳地回客厅去了。

扭头瞧见宋思凡黑着一张脸坐在沙发上,宋晞还觉得奇怪,小声问张茜:"张姨,宋思凡又怎么了?"

张茜一愣,往身后看了两眼:"不知道,早晨他的心情还不错呢,他还踩着平衡车出去理发了。"

那可能是理发师惹他了吧。

反正宋思凡阴晴不定也是常事,宋晞没多想,跟着张茜进了厨房,一边帮忙,一边和长辈们聊自己的近况。

客厅里突然传来宋思思的爆哭声。

那真是好大的哭声,吓了宋晞一跳。

宋晞还以为小朋友不小心磕着碰着了,反应很快地丢下手里的包装袋,瞬间冲出厨房。

宋思思本人是没事,还举着她的雪糕棒。

那真的只是雪糕棒,雪糕不翼而飞。

"思思,怎么了?"

宋思思好伤心,泪水涟涟地把嘴张得很大,宋晞都能看见她的喉咙了:"是哥哥……哥哥他……他吃了我的雪糕。"

宋思凡坐在沙发上,不耐烦地偏过头,事不关己似的,嘴角还沾着可疑的奶油。

"……"

宋晞有些无语，把思思抱在怀里："你没吃过雪糕吗？和妹妹抢什么呀？"

为了哄好宋思思，宋晞带着她又去买了一袋雪糕。

小朋友因为气性大，回家后也不想见到哥哥，缠着宋晞，带宋晞去阁楼上玩。

"超人"也跟着上来了，跟在宋思思的身边。

一人一狗在角落里翻到一辆小汽车，不知道这是不是思思以前上来玩落下的，这会儿宋思思瞧见它，又有了兴致，拿着汽车和"超人"玩起来。

阁楼的房间里还留着宋晞上高中时用过的部分物品，书架上的书还在。

这里甚至还有她做过的习题和试卷，妈妈没舍得卖掉它们，把它们堆放在房间的角落里。

宋晞踏进这间屋里，就像踏进了时光机里，又穿越回了上高中的时候，很多记忆重回脑海。

宋晞蹲在书架前，指尖拂过一本本书籍的侧脊，最终落在那本《一个陌生女人的来信》上了。

她知道自己最近太敏感，像一个胆小鬼，一面对裴未抒就总是慌手慌脚的。

可她也有过一次勇气——哪怕只有那一次。

"晞晞，爸爸和宋叔叔回来了。"

妈妈在楼下的呼唤声和手机的振动声同时响起，宋晞先回应了妈妈："我这就下来！"

手机收到的新消息竟然是裴未抒发来的语音。

宋晞一边往楼下跑，一边点开语音听。

裴未抒的语气里含着笑意："宋晞，我没添加错人吧？你怎么突然变得这么客气？"

其实在语音消息里，裴未抒也没说什么，只是简单地开了一句玩笑,然后表达了些歉意。

他说自己没想到发过去视频需要那么久,问夜里是不是吵到她了。

他就说了这么简短的几句话,因为语音消息是贴着耳郭播放的,宋晞下楼时,脸皮都是红的。

连宋晞的妈妈都注意到了,关心地问了一句:"阁楼上没开窗,是不是很闷?"

宋晞只能胡乱地摇头。

楼下的空调开着,带有鸳鸯格子的锅具被端上餐桌。

格子的一边是菌汤,另一边是麻辣的汤汁,电磁炉被调到火锅的挡位,锅里的汤汁很快沸腾起来,两家人围坐在一起,热热闹闹地吃起火锅来。

宋思思小,人又活泼,在桌边根本坐不住,吃了满满的两碗肉和蔬菜后,就急着跳下椅子,和蹲在桌边等候的"超人"玩去了。

张茜摇摇头:"你连嘴都不擦,嘴边还沾着油呢!"

小朋友非常有个性,大步地跑上楼梯,头也没回,抬起手背蹭蹭嘴边就算是听妈妈的话擦完嘴了。

宋家群扭头看着自己的小女儿,好笑地问:"你急着上楼干什么呀?"

"拿我的玩具汽车。"

家里的条件好,这些年宋叔叔和张姨给孩子买过的玩具不计其数,宋晞看他们的表情就知道他们早不记得有什么汽车了。

宋晞给他们描述说那是黄色的塑料小车,看标识,小车像是汉堡的套餐里送的。

"思思是在阁楼上翻出它来的,吃饭前玩了半天了。"

宋晞搬走后,阁楼仍然是宋晞的妈妈住的地方。

平时张茜很少让宋思思上阁楼,这会儿也依然提高声音叮嘱:"思思,把汽车拿下来玩吧,不许乱动姨姨和姐姐的东西呀!"

"我能有什么东西?"

宋晞的妈妈把一把青菜放进沸腾的菌汤里:"让孩子玩去吧,她别磕着碰着就行。"

宋思思还是乖的,没过一会儿就下楼来了:"妈妈,我在姨姨那里找到一封信。"

小朋友说这句话时,宋晞正在吃一块刚被捞出锅的笋。

她听到"一封信",筷子一松,笋掉进酱料碟里。

她明明知道,这不可能是那封信。

她也清晰地记得,那封信现在在她租住的房子里,被夹在阿加莎·克里斯蒂的《底牌》里。

但她听到"一封信",还是会下意识地心慌,连鸡皮疙瘩都起来了。

宋晞僵硬地扭头,亲眼看见宋思思举着的是一个淡蓝色的信封,才松了一口气。

她隐约地想起,这好像是某一年的元旦时宋思凡从学校带回来的烫金贺卡,他说这是别人给他的,说它没什么用,就把信丢给了她,让她帮忙扔了。

贺卡挺漂亮,当时宋晞借花献佛,写上祝福语,把贺卡送给妈妈了。

这会儿宋思凡突然冲过来,面红耳赤地要抢那个信封。

"宋思思,你给我拿过来!"

"我凭什么给你?这又不是我从你的房间里拿的。"

一个人非要信封,另一个人不肯给,兄妹俩又开始争吵起来。

信封现在是宋晞妈妈的,最后也是她出来做了和事佬,把贺卡转送给了宋思思。

宋思凡倒是没说什么,臭着一张脸坐回桌边,埋头大口地吃肉。

宋晞住的地方离这儿不算近,她难得放假,晚上也就没回去,住在阁楼上,和妈妈挤在一张床上,她们聊了很久的家常。

后来宋晞的妈妈睡着了,宋晞还是没睡意,暗暗地怪自己晚上不该贪嘴喝那罐可乐。

阁楼上有一扇拱形的窗,月光从窗口洒进来,宋晞借着月色悄然地起身,去翻她的小书架。

书架上有她的同学录,她上高中的时候手机还没在学生间普及,他们很流行写这种同学录。

上面像调查问卷似的列了一堆问题,姓名、星座、血型、喜欢的歌……

宋晞随手翻开同学录,一眼看见林伟楠写的那张同学录:

喜欢的歌曲是《海角七号》《偏爱》。
最喜欢的电影是《阿凡达》。
最喜欢的运动是篮球。
最想对宋晞说的话是:祝宋晞天天快快!

"天天快快"是什么意思?
宋晞盯着这四个字,忍不住笑出声。
上学的时候林伟楠就是一个"小马虎",每次语文老师点作文里错字多的同学的名字,里面准有林伟楠。
没想到他写同学录也能写出错别字,当年她怎么就没注意到呢?
前面的一张同学录是李瑾瑜的。
李瑾瑜的字很秀气,她在写祝福语的空白处写了很多很多祝福的话。
最下面还有一行小字:

希望你能有机会认识他(你知道我说的是谁)。

落款是"小金鱼"。
宋晞在静夜里笑了笑。
她知道,李瑾瑜笔下的"他"是裴未抒。
女孩子之间有很多秘密可以共享,宋晞想起那段时间里她们凑在一起聊天儿，她曾表示过自己想要认识裴未抒。

一定是因为她念叨过太多次，朋友才会在祝福语里写下这样的话。

记忆被这些文字拉扯着，回到2010年——

那一年的冬天，宋晞离开了第十中学，那时并不是毕业季。

上了高二之后，她才知道因为自己的户口是外地的，自己不能在帝都市参加高考，要在高考前的半年里回老家适应考题。

所以高三的上学期，是她在第十中学度过的最后一个学期。

2010年入冬，高三的上半学期即将结束时，宋晞买了同学录，把它们分发给班里的同学填写。

她不能和他们一起毕业，但还是想留一个纪念。

午休时李瑾瑜把同学录填完，突然撂下笔，红着一双眼睛抱住宋晞："宋晞，我一定会很想你的，真不想让你走。"

宋晞被她说得鼻子泛酸。

她也不舍得走，但还是拍了拍朋友的背，乐观地安慰李瑾瑜说："现在才12月，咱们怎么也要到1月底才能放假，我可能到那时候再走呢。"

"你1月底再走吗？"

"嗯，我还能陪你过元旦。哦，还有春节，那我可能过完年才会回老家。再说，我考完高考就回来啦，到时候咱们一起出去玩。"

李瑾瑜那天摇着头，说宋晞越是这样说，她就越难过。

因为只有要分开的人才会计算时间，两个人能够天天在一起的话，是根本不会去想这些事的。

"好啦，你再说我都要哭了。"

宋晞吸了吸鼻子，有意地岔开话题："你为什么要在落款那里写'小金鱼'呀？你不是不喜欢别人给你起外号吗？"

"我肯定不喜欢林伟楠他们起的那些外号呀！"

李瑾瑜的眼睛还红着，但她已经在笑了："'小金鱼'是李晟泽起的，只有他一个人这么叫我。"

宋晞一本正经地跟着点头："知道了，所以你才喜欢。"

像是得到了启发，李瑾瑜重新拿起笔，在同学录上写起来："我想起来了，要加一句话。"

她一边在同学录上写着字，一边询问："你过完年回老家的话，是自己回去吗？叔叔阿姨都不陪你回去？"

宋晞的爸爸会送宋晞回老家，但工厂的生意忙，他安顿好她，还得再回来。

宋晞的妈妈得留下照顾张茜和两个孩子，尤其是宋思思还小，根本离不开人。

妈妈已经跟镇上那边的高中联系好了，宋晞回去就住在学校的宿舍里，周末会有家里的其他亲戚去接她、照顾她。

宋晞整理着那些同学录："放心吧，我一个人也没问题的。"

因为要回老家高考，宋晞比其他的准考生辛苦一些，要做两份作业。

她要做十中的作业，也要做家人托人弄来的小镇高中的试卷。

她其实挺累的。

有时候她没写完卷子，半夜困得直点头，只能喝几口白开水，掐自己一把，勉强打起精神继续写卷子。

实在觉得累了，她就去想想裴未抒他们的生活，以此鼓励自己。

那时候宋晞偶尔会用旧台式机上网，已经有了自己的社交账号。因为加了宋思凡的好友，她能看见他的空间动态，也能顺着他的空间访客去看别人的动态。

很多访客都是他在国际学校里的同学，宋晞又通过同学的访客，摸到了同学的家长甚至哥哥姐姐的空间里，像一个"特工"。

她通过这些动态窥见了国际学校的学生的日常：

他们会做全英文的复杂的思维导图；

他们会去其他的国家看科技展览；

他们会在上课时真的动手解剖动物的心脏；

他们会参加学校组织的舞会。

除此之外，课外的活动更是丰富得让人咋舌。

感觉疲惫时，宋晞就去想想这些事。

她告诉自己，裴未抒就是在那种优质的教育环境下长大的，她没有那么好的环境，只能努力一点儿、再努力一点儿，争取考上一所好大学，好好地长长见识，变成更优秀的人。

在这种自己对自己的施压下，离开帝都前的那段时间里，宋晞也忙得无暇他顾。

但心里隐隐地有些期待，她希望能在离开帝都前再见见裴未抒。

她本来也只是有些期待，并没妄想着真的可以见到他。没想到一天晚上，宋晞带着"超人"散步，路过裴未抒的院门口时，居然听见院子里有人温柔地呼唤——

"未抒，把奶奶扶过来吃饭了。"

未抒？那是裴未抒吗？

就这一句话让宋晞惊喜交加，她还以为自己是幻听了。

裴未抒出国后，宋晞时常猜想：

他在国外生活得怎么样？

听说外国人不吃米饭，只吃比萨、汉堡，他会不会吃不惯外国的饭？

他吃那些东西会变瘦吗，还是会变胖些？

换了地方生活，他会长高吗？那他会不会水土不服？

她有很多很多疑问，想知道答案。

但那天她站在庭院的门外看见裴未抒时，发现他就像是从来没离开过，气质是那样使人感到熟悉。

他穿了一件宽松的连帽衫，扶着一位拄拐杖的老人，同老人有说有笑地路过客厅的落地窗。

灯光照亮了他的身影，那只白色的萨摩耶犬也依然跟在他的身旁。

那一刻宋晞的心悸动不已，哪怕作文每次都能获得较高的分数，她仍然不知道该怎样去形容这种骤然见到他的喜悦。

也许是因为被喜悦冲昏了头脑，宋晞突然觉得自己应该做些什么。

她要在离开帝都之前，为"想要认识裴未抒"这件事展开一些行动。

宋晞欣喜地发现,裴未抒这次回国后,常会在傍晚出门。

他经常带着他家的萨摩耶犬"雪球",推着一位坐轮椅的老人,去别墅区附近的网球场散步。

所以她掐着时间,制造"偶遇",想增加自己和他的羁绊。

冬天的网球场里没什么人,那是一片安静的空地,裴未抒偶尔会和萨摩耶犬在那边玩飞盘。

那位坐轮椅的老人就坐在路灯下,笑眯眯地看着他。她满头银丝,戴着老花镜,穿得很厚,整个人显得更加清瘦,面相却很慈祥。

宋晞知道老人是裴未抒的奶奶,暗自感叹,他家人的气质也都很好。

她有时候冲动地幻想,干脆冲上去和他打招呼好了。

她就说自己是以前接受过他的帮助的人,想要认识他一下。

但这些也只是幻想。

宋晞当然想要认识裴未抒,可即便打定了主意,也还是很难走进他的世界里。

因为她和裴未抒的生活有那么多的不同之处,不同之处繁如星海。

就连他们的校服都有着不小的差距。

第十中学的校服松松垮垮,没什么版型,颜色也不尽如人意。

宋晞上高一时,在学校刚发校服的那段时间里,每天都有同学吐槽校服"紫不溜秋""像茄子皮""又傻又丑"……

连李瑾瑜都忍不住刻薄地说:"就这?我们还不如披一个麻袋好看。"

林伟楠很没有眼色,胡乱地接话:"啊?那不至于吧,麻袋哪里能和校服比?这好歹是衣服……"

都没说完话,他就被"小辣椒"逮住,"小辣椒"用笔袋"暴打"他。

但裴未抒从小到大的校服都很好看,而且国际学校的校规和宋晞他们的截然不同。

那些国际学校的女孩子在夏天穿着西装和格子短裙,柔顺的头发披散开,指尖亮晶晶的,张扬又明媚;她们冬天穿着有牛角扣的大衣,把丸子头梳得蓬松又时髦……

这还只是国内的学校,裴未抒在国外的生活是什么样,宋晞尚未可知。

但她想,裴未抒一定见过太多优秀的、漂亮的女生了。

这样的裴未抒,又凭什么会想认识她呢?

这些纠结的念头让她迟迟地无法将"想要认识裴未抒"的想法诉诸行动。

她和裴未抒的关联也仍然只是她在网球场见了他一面,以及她牵着"超人"一次次地从他的家门前路过。

这天,她又一路心事重重地抱着"超人"散步回来。直到她进了门,妈妈递过来毛巾,宋晞才忽然察觉出外面不知道什么时候下起了雪。

大片大片的雪花落下,打湿了她的头发。

宋晞的妈妈比了一个噤声的动作,压低声音叮嘱她:"一会儿你上楼小声点儿,把'超人'也带上去吧,思思妹妹刚睡着,你别吵醒她。"

2010年的生活其实有点儿不顺心。

房价疯涨,价格飙升到了他们不敢想象的地步。之前爸爸妈妈"在帝都买一套小房子"的愿望已经落空。

受物流和网络购物的发展的影响,宋家群的工厂的生意也不算好,竞争激烈,他们不得不压低交易的价格,以保证有生意可做。他们比之前更忙碌,但收入并不乐观。

但没有人抱怨,也没有人说丧气的话。

当宋晞表现出担忧时,四位大人就会这样说:

"晞晞,好好地备战高考,这些小事都不需要你操心。"

"天塌了有我们这些家长呢,知道吗?"

"再说天也塌不了,咱们是普通人,钱财是身外之物,咱们不强求那些东西，有多大的本事吃多大的饼。"

"咱们尽人事听天命，大家平安健康就行了，这就是最好的结果。"

宋晗接过毛巾，忽然觉得即便自己面对裴未抒时身无长物，但家人给她的爱绝对不输于裴未抒的家人给他的爱。

之后几日的天气都不太好，冷得要命，寒风凛冽。

宋晗下台阶时没留意，踩在了结冰的台阶上，跌了一跤，被周围的同学惊呼着扶起来。

脚踝崴得那么疼，她竟然在庆幸：幸好不是摔在裴未抒的家门前，不然可真够丢脸的。

宋晗不知道别人的"喜欢"是什么样子，后来想想，也觉得自己好笑。

事情明明和他毫不相干，在心里弯弯绕绕地兜上180个圈子后，她还是会想到他。

崴了脚的宋晗走路一瘸一拐，放学后却仍然背着书包绕了路，从网球场那边回家。

不出意外，她遇见了裴未抒和他的奶奶。

暮色昏暗，雪花飘飘，宋晗同他们擦肩而过。

她听见老人说："法律是你的爱好或者工作，你要学着把这些事和生活分开。就像你的爸爸，虽然做医疗器械，但不能天天抱着器械和数据生活……"

裴未抒突然大笑，笑声很爽朗。

他和家人在一起时，身上总有一种温雅的气质。

夜色宁静，雪轻柔地洒满帝都，裴未抒笑着说："奶奶，想问我有没有谈恋爱可以直说，真不用绕这么大的弯子。"

老太太可爱地"哦"了一声，再开口时果然变得很直白了："那你谈恋爱了吗？"

宋晗恨不得像裴未抒身旁的那只萨摩耶犬一样竖起耳朵，连脚步都停了下来。她屏住呼吸，格外紧张。

雪花落在耳郭上，她终于听见裴未抒说："没呢。"

那两个字如同糖衣炮弹,击中宋晞,让她无比欣喜。

可是期末越来越近,意味着宋晞在帝都的时间也进入倒计时。

宋晞的爸爸和老家那边的亲戚打过电话,亲戚问过学校那边了,高三的寒假里学生要补课,加起来也没有几天真正的假期。

而且他们过完年就要迎来第一次模拟考试了,两地的考题有差异,宋晞在这种情况下最好不要休息太长的时间,寒假的那几天里也应该找一个老师补习补习。

"年前你让孩子回来吧,高考重要,这可是一辈子的事呢。"

宋晞的爸爸很犹豫,觉得宋晞年前就回去给亲戚那边添麻烦,也不舍得让宋晞一个人在老家过年。

但为了高考,家里的人同宋晞认真地商讨过后,还是决定以她的学业为重。

宋晞在帝都,等到期末的第一轮总复习结束,年前家人就送她回了老家。

因为这件事,宋晞的班主任在放学的时间留住了她,同她谈心。

"宋晞,这两年里你进步很大。别紧张,努力是不会辜负你的。回老家了也一样,你在最后的阶段要好好地冲刺,争取考一所好大学,老师相信你,等你的好消息。"

"谢谢老师,我会的。"宋晞鞠躬。

班主任笑道:"你不是有那种同学录吗?老师也给你写一下吧,把我们几个任课老师的电话都留给你。你在学习上有什么不懂的问题,欢迎随时打电话来问。"

在帝都上高中的时光里,宋晞一直在努力,老师们看在眼里。

而老师们的关照和肯定也帮助她建立了自信。

回家后,宋晞把放学时和班主任的对话讲给妈妈听。

她几乎和家长无话不谈,唯独没有提起过裴未抒。

那是她无法宣之于口的秘密。

她甚至也没有把想要将"认识裴未抒"的念头诉诸行动的这件事

告诉李瑾瑜。

元旦前夕,宋晞拿着零用钱走进精品店里。

那时候学校的附近有很多这样的店,同学们互送生日礼物之前,会去店里挑选礼品。店里可选择的礼物种类也多,有娃娃、摆件、挂饰等等。

宋晞是那种过年时收到压岁钱都会把钱给妈妈的女孩,平时很少会给自己买什么东西。

那天她在店里耽搁许久,选了一些图案素雅的信纸和卡片,想要在带"超人"散步时,趁人不注意,把信封投进裴未抒家的信箱里。

她这样紧张地琢磨着,走出精品店,却意外地遇见了裴未抒。

确切地说,她不是"遇见"了裴未抒,而是听见有人在路的对面叫了他的名字。

宋晞抱着纸袋转头,看见对面的路边停了一辆扎眼的红色跑车,一个气质像艺人的女生从车里迈出来。

她身材高挑儿,穿了一件样式很时髦的短款羽绒服,两条腿又细又直,被包裹在皮质的长筒靴里。

她是一个大美女。

宋晞在心里评判。

阳光很不错,那位女生就站在她的跑车旁,撩了撩棕色的鬈发,抬起手,又喊了一声:"裴!未!抒!"

宋晞顺着她挥手的方向看过去——

裴未抒应声回眸,看见女生后似乎有些意外,告别了同伴,面带笑容地站在了斑马线的另一端。

绿灯亮起,裴未抒一路跑着过了人行横道,呼出一团白雾。

宋晞能看出那个女生的出现确实让他高兴。

隔着两三米远的距离,裴未抒已经含笑开口:"你回来怎么也不提前说一声?"

那个女生笑着晃了晃头,很活泼地说:"Surprise(惊喜)!"

"确实是惊喜。"他这样说。

女生把车钥匙丢裴未抒："你开车吧，刚才下高速堵车了半小时，我累死了。"

宋晞傻傻地愣在原地，眼看着他熟稔地接住女生丢过来的车钥匙，他坐在驾驶位上，发动车子，扬长而去。

原来暗恋不只是扭伤了脚踝仍然愿意步履蹒跚地绕远路，只为了同他擦肩而过；暗恋不只是听他说没谈恋爱时心头的窃喜；暗恋还是发现他的身边出现了耀眼的异性时的惊疑和心酸，是没有任何立场、任何身份多问一句。

早在宋晞小的时候，家里的人对她的评价就是"心里藏不住事""没心眼儿"，她的情绪都挂在脸上，她不用开口，情绪就能被人瞧出来。

她放学回家后要是笑盈盈的，那就是学校里发生了什么让她高兴的事；她进门后要是垂头丧气的，那保准有谁惹她不痛快了。

就连和邻居家的小伙伴玩扑克牌时，她要是摸到一张好牌，嘴都能咧到耳根。

但就是这样心思单纯的宋晞，在撞见裴未抒和美女的那天也突然学会了伪装。

她像给自己裹上了"一切正常"的壳，吃晚饭时依然和妈妈、张茜说说笑笑，饭后也照常带着"超人"出去散步，没有任何人看出端倪。

宋晞没有走老路线，带着"超人"去了另一个方向。

"超人"没有一点儿心机，完全不觉得换路线有什么不对，兴奋地在新地点跑来跑去，抬起毛茸茸的后腿，雄赳赳气昂昂地到处留气味标记。

回家后宋晞还是同平时一样。

她给"超人"擦脚，同长辈们打招呼，捏捏宋思思的小脸蛋儿，喝下一大杯温开水，瞪一眼说她喝水像河马的宋思凡……

一切正常，只是坐在桌前开始写作业时，宋晞已经完全想不起来晚上到底吃了什么菜。

也许"魂不守舍"这个词描写的就是她现在的状态。

元旦她只放一天假,作业倒是有很多很多。

宋晞从书包里掏出厚厚的一沓卷子,做作业时还分心地自夸了一番,觉得自己真是很厉害,看见了那么有冲击力的画面,居然还能学习,做作业时还是这么专心。

这份专心只堪堪维持到她写完作业。夜里的12点多,准备睡觉时,她才感到大事不妙。

她躺在床上,摊煎饼般翻来覆去,脑海里浮现的全是裴未抒对着那个女生笑的画面。

之前在学校里,她和李瑾瑜玩过一个"一分钟内不准想到白色小熊"的游戏。

那时候她们不知道,这是哈佛大学的心理学家做过的"白熊效应"实验,她们只是按照游戏的规则,闭上眼睛,越是告诉自己不要想到白色的小熊,脑海里越是有白色小熊的影子。

夜里她辗转反侧,裴未抒就是她的"白熊"。

她越是告诉自己不要想他,就越是做不到。

过去宋晞从没有失眠的毛病。都学习得那么累了,她永远都是沾到枕头瞬间睡着,连起夜都很少。

今天真是反常,她怎么都睡不着。

她隐隐地听到楼下有哭声,宋晞反正睡不着,蹑手蹑脚地起床,溜出门去。

宋思思小朋友还不到2岁,脸蛋儿肉嘟嘟的,很可爱。就是体质太弱了,宋思思总是犯肠胃上的小毛病,夜里也时常哭闹。

宋晞推门进屋时,张茜正抱着宋思思哄。北方的暖气足,当妈的人又心疼孩子,急得额头上都是细密的汗水。

看见宋晞进来,张茜有些意外,问:"晞晞,是不是思思哭得太大声,吵醒你了?"

"没有没有,我自己睡不着,听见思思哭就下来看看。思思怎么了?要叫我的妈妈来帮忙吗?"

"这是老毛病,没事。让你的妈妈休息吧,白天她已经帮了我很多忙了,别折腾她了。"

宋晞陪着张茜哄思思,把手捂热给小朋友揉肚子,过了十几分钟,小朋友才渐渐地不哭闹了。

张茜今天也不舒服,处于经期,觉得腹痛:"晞晞,张姨去一趟洗手间,你能不能帮我抱会儿思思?"

宋思思从出生起几乎每天都被宋晞抱几次,对她不太排斥,宋晞抱住宋思思之后,宋思思也只是象征性地哭了几声,又消停了,瞪着圆溜溜的大眼睛看宋晞,还对她笑。

宋晞抱着小朋友在卧室里走来走去,拍着她,哄着她,低声给她讲故事:

从前有一座花园,花园里有一棵生得很美很美的树。

那棵树的周围种植着奇花异草,它们又美又香,都是树的家人,漂亮的花蝴蝶和歌声动人的小鸟是树的朋友。

可是花园的篱笆外,有一株不起眼的小草。它偷偷地喜欢那棵树,喜欢了很久很久……

儿童睡的卧室格外需要注意室温,刚入冬时,宋叔叔已经给窗子都贴上了密封条。

窗外的天气再恶劣,这里也是温暖的避风港。

可宋晞后来回忆起那天晚上的情形,总觉得窗外的雪飘了进来,雪花沾湿她的衣襟,她感到潮湿冰冷,难受得无以复加。

语文老师曾给他们发过厚厚的一沓纸,纸上印着各种正能量的话语,老师让他们常读常看并把佳句用到作文里。

有一句话宋晞记得格外清晰,那是席慕蓉写的:

"挫折会来,也会过去,热泪会流下,也会收起,没有什么可以让我气馁的,因为,我有着长长的一生,而你,你一定会来。"

她不太敢去想那个漂亮的女生和裴未抒的关系,宋晞可以选择逃避,反正那些"偶遇"大多数是她自己制造的。只要愿意避开他,她在离开帝都前都不会再有裴未抒的任何消息。

但她还是眷恋，还是不舍。

第二天的傍晚，宋晞忍不住去了网球场的方向，没有遇见裴未抒，却遇见了他的家人和狗狗。

奶奶依然坐在轮椅上，萨摩耶犬甩着尾巴跟在老人的身旁。

推着老人的是昨天开红色跑车的女生。

她今天没化妆，用抓夹固定着松散的头发，脸侧垂着几缕鬓发，有一种慵懒的气质，依然很美。

宋晞鬼使神差地跟上去，有意地跟她们保持着不远不近的距离，和她们同行了一段路程。

女生很开朗，一路都在问："奶奶，我回来陪您过元旦，您高不高兴？"

"刚才我给您烤的纸杯蛋糕好不好吃？这比早上裴未抒煎的俩鸡蛋饼香吧？"

老太太很和蔼，说话慢条斯理的："你的蛋糕很好吃，未抒的蛋饼也好吃，不相上下。"

"不过那小子现在的厨艺是很可以，他出国练得还不错嘛。"

女生忽然想到什么事，猛然俯下身，凑到老太太的跟前："奶奶，您说裴未抒谈恋爱了没有？"

"我问过，未抒说他没谈恋爱。"

"Oh, really（哦，真的吗）？ Unbelievable（难以置信）！他自己连恋爱都没谈过，下午还好意思跟着爸妈教育我，还说得头头是道，岂有此理？！"

"嘉宁，你的爸妈和未抒说得对。那个男孩子总是言而无信，奶奶也觉得你该再考虑考虑。"

"奶奶！您怎么也不支持我了？他不是说话不算数，是有苦衷的，其实他人真的特别好！"

宋晞听女生说话的口吻，她并不像是裴未抒的异性友人，更像是他的家人。

她们行至网球场，宋晞的猜想得到了证实。

女生接到一个电话,把有小熊挂饰的手机举到耳侧:"那你开车过来接我们吧。你别开我的车,开爸爸的车,我推着奶奶在外面,正好带奶奶一起去。"

不久后,一辆白色的SUV(运动型多用途汽车)停在网球场的附近。

最先留意到的是"雪球"。未等其他人反应,萨摩耶犬已经叫着、摇着尾巴跑过去。

车门打开,裴未抒从车里下来,蹲下,伸手抚摩着兴奋的"雪球"。

元旦期间,小区周遭的树上挂满了黄色的灯串,小灯球在暗下来的天色里闪动着,空气里洋溢着节日的气氛。

裴未抒大概是去理发了,头发比之前短了些。

他穿了一件白色的连帽羽绒服,帽檐处有一圈蓬松的绒毛。笑容干净,他从不远处大步地走过来,接过轮椅:"姐,我来吧,你先把'雪球'带上车。"

宋晞是一路跑回家的。

冷空气涌入胸肺间,心里充满了难以言表的兴奋。

她进门后撞见了正在和"超人"玩的宋思凡。可能是因为她的笑容太显眼,宋思凡一脸嫌弃地问:"你吃错药了?"

宋晞当宋思凡是空气,只和狗说话:"嘿,'超人',我回来啦。"

因为元旦,宋家群和宋晞的爸爸也在家,难得清闲地坐在客厅里下象棋;宋晞的妈妈在做晚饭;张茜在照顾宋思凡小朋友。

宋晞一一地和大家打过招呼后,难掩兴奋地回到阁楼上。

之前买好的信封、卡片还在书包里,她左挑右选,选出最好看的一张卡片,把它摊在桌上。

正准备动笔,她忽然又蔫儿了。

可是裴未抒的姐姐好漂亮啊。他的姐姐都那么漂亮,那自己在他的眼里岂不是更平庸、更普通了?

人和人的差距怎么会这么大?裴未抒姐弟的腿怎么都又长又

直的?

宋晞沮丧地倒在床上，蹬了蹬腿。

她看自己时，眼里像安装了一面哈哈镜。明明自己也才90多斤，此刻她却苛刻地认为自己的腿粗壮得要命，像大象的腿。

宋晞没有问过李瑾瑜，在做课间操、参加升旗仪式、参加学校的大会时……李瑾瑜数百次回眸望向李晟泽的班级、寻找暗恋的人的身影时，是否也像她此刻这般患得患失。

宋晞最终还是写了卡片。

她没有署名，也没有写多余的话语，只写了一句简单的"元旦快乐"。

然后她在这句祝福语的旁边，又画了一个笑眯眯的小蘑菇。

这和她上高一时为了感谢裴未抒捡到了复习资料在白板上画的图案一样。

只是她不知道裴未抒是否还记得这个图案。

信封里封着这张卡片和张茜送给她的一袋进口巧克力。

宋晞趁着夜色，把这封满怀心事的祝福信投入了裴未抒的家门前的信箱里。

篱笆外的小草也有一瞬间的妄想。它妄想清风能带走它积攒许久仍寥寥无几的芳香，妄想芳香能飘向树的方向。

张茜送给宋晞的那袋巧克力是张茜托邻居家的太太从国外买回来的。那是比利时的货，据说价格昂贵，巧克力是按颗算钱的，每颗巧克力的味道都不一样。

纸袋里装了25颗巧克力，宋晞只尝了一颗。

这是纯度为75%的黑巧克力，醇香浓郁，夹心是软的，外面还裹着完整的松脆坚果。它真的很好吃，是她吃过的最好吃的巧克力。

她自己不太舍得吃掉巧克力，但每天都会在信封里放上一颗。

她把装着巧克力和写好的卡片的信封塞进裴未抒家门前的信箱里。

宋晞有自己的执拗和骄傲，不想把裴未抒当成发泄情绪的树洞。

即将离开帝都的不舍、回老家参加高考的紧张、独自在亲戚家过年的孤独……

她不想把这些事写给裴未抒看。

没有人有义务承受她的负面情绪，尤其是裴未抒。

如果能给裴未抒留下哪怕一点点的印象，她希望那会是好印象。

所以卡片上的内容十分简单："今天的天气很好，祝你开心。"

"东区的第二个路口有一个有胡萝卜鼻子的雪人，它超级可爱。"

"腊八节，祝你万事'粥'全。"

…………

在文字的旁边，她也会画各种表情的小蘑菇图案。

她像把自己积聚的勇气分割好并每晚切下一块，在夜色的掩护下，把它投递进他的生活里。

到了1月的下旬，第十中学的学生开始放寒假。

宋晞和李瑾瑜他们吃过一顿"散伙饭"，不舍地告别了相处两年半的友人，开始整理自己的物品，准备在几日后启程，坐火车回小镇。

春运期间一票难求，宋晞的爸爸在火车站里排了很久的队，才把车票买回来。

基于各种缘由，宋晞即将离开帝都，要说不难受肯定是假的。

张茜看出宋晞的情绪很低落，下午出门理发时，执意地要带着她："走吧，我剪完头发还要去一趟思凡的学校，你就当是陪陪张姨。"

理发店的装潢很华丽，店长给张茜剪发时，另一位店员就端来橘子和温水，坐到宋晞的旁边，同她聊天儿："美女，吃点儿东西呗，你的头发好长啊。"

这里的店员实在过于热情，估计是要完成销售的任务，三句话不离宋晞的头发。店员一会儿推荐她做这种发型，一会儿推荐她做那种发型。

因为脸皮薄，宋晞难以招架这种场面，一边支吾着应对店员的问话，一边偷瞄镜子里的张茜，求救的意味十分明显。

张茜接收到信号，笑着开口："她还是学生，今年上高三，在备考，不方便烫发染发的。"

"哎哟，你才上高三呀？"

"嗯。"宋晞推推眼镜，脸皮发烫。

她又开始敏感，不怎么自信地想：会不会是因为自己长得显老，人家才觉得她看起来不像学生啊？

店员问得实在没什么情商，坐在张茜的身旁挥舞剪刀的店长都看不下去了，挑起一缕头发精剪，嘴上笑骂店员："你会不会说话？人家小姑娘看着就是学生，你在这儿瞎推荐什么？"

"不过晞晞，你的头发这么长了，会不会很沉？"张茜问。

店长扭头看了宋晞一眼，给了中肯的建议："她是高三生，头发太长了，也不好打理吧？小姑娘的发梢都分叉了，头发看着有些毛躁，剪短点儿合适。她的头发这么厚，我们把她的头发剪完再去去薄，她会觉得轻便很多。"

"晞晞，要不你也剪一剪头发吧？"

想起洗头时确实不太方便，宋晞也就点了点头。

她被之前的那个热情的店员带着去洗头发，洗完头又裹着毛巾，红着脸回来，坐在镜子前。

理发师把她的长发剪到锁骨的下方那么长，又给她剪了修饰脸型的刘海儿，把头发吹干后，头发蓬松地散着，她确实觉得整颗头都轻了不少。

"这种发型适合你，好看，是不是？真好看！"

"这多好呀，头发能散着能梳起来，还显得发质健康，多好看哪！"

"从侧面看也好看，灵动，你看看。"

不知道是不是店员们的极力夸奖给了宋晞一些心理暗示，她对着镜子左右照照，自己都觉得自己还真有点儿好看。

她们从理发店出来，张茜开车直奔国际学校。

国际学校的学生已经放完了假，开学好多天了，今天是"课外活动展览日"。

前两年张茜一直在照顾宋思思,也没怎么参加宋思凡学校的活动,连小学的毕业典礼都没去成。

现在宋思思也断了母乳,张茜总觉得愧对儿子。学校有什么活动,她都会抽空来一趟。

至于为什么带着宋晞来,张茜说:"你这段时间天天闷头学习到凌晨,也该出来散散心。"

这是宋晞第一次走进国际学校。

来参加活动的人很多,据说还有往届的校友。

宋晞跟着张茜在学校里参观,感叹着他们的游泳馆好大、教学楼里的设备好先进……

最令她欣喜的是,她在某面墙上的"优秀毕业生展示"里看见了裴未抒的照片。

她没见过谁能有这么好看的证件照,他朗目疏眉,眸光温和。

宋晞想记录下来,奈何没有手机。

她跟着张茜,又不好停留太久,一步三回头,叹息着走开了。

操场上有横幅,上面写着"课外活动展览日"的字样,周围支着不少帐篷和摊位,居然还有人打鼓舞狮,人群熙熙攘攘的,宋晞感觉像在过年时逛庙会。

宋晞在那些摊位前又一次清晰地感觉到了差距。

各年级的学生展示什么的都有。他们展示的有各种摄影、雕塑、绘画、插花、实验的作品,也有手工香皂、自制点心,甚至有煮好的养生热饮,热饮在玻璃壶里沸腾着。

而制作热饮的学生看起来像是初中生,和宋思凡差不多大,是中医药活动组的成员。

张茜看见宋思凡,对他挥手:"思凡,思凡!"

"在学校里别叫我的名字,叫 Alex。"

宋思凡滑着滑板过来。他看见张茜和宋晞,没有任何开心的表示,反而显得不耐烦:"你们怎么来了?"

别人家的孩子都是亲密地挽着家长，带着家长参观学校，可宋思凡和她们说了这么几句话，转头就走了，说一会儿乐队要演出，他要参加排练。

宋晞在热闹的气氛的感染下也有些兴奋，而且垂涎那边的养生热饮。

热饮才卖两块钱，便宜又大杯！

"张姨，我去买那种热饮喝，你也来一杯吧？"

"好，谢谢晞晞。"

张茜拿出手机："我在这边给思凡拍几张照片，回头把照片给你的宋叔叔看，你去吧。"

"那我买好热饮回来找你。"

热饮摊位的生意不错，宋晞排在队伍里，偶尔也会走神儿，想象裴未抒在毕业前都参加过什么课外活动，他是不是也展览过某样作品？

她看看摊位前打扮成"人参"模样的外国男生，他的衣服上还缝了很多材质未知的人参须，她很难想象裴未抒会扮成类似的模样。

这样想着，她有些忍不住想笑。

不远处的活动社团不知道是什么，有人在玩球类的游戏，宋晞因为运动细胞不发达，也就没太留意。

她终于排到摊位前，付过款，在"人参"的"Thank you for shopping with us（感谢光顾本店）"的声音中，接过了两大杯热饮。

她迫不及待地想尝尝热饮，嘴唇触到杯沿的瞬间，热气蒸腾着，眼镜上瞬间起了一层雾。

好像有人在说："Hey（嘿），小姐姐，麻烦帮忙拦一下球。"

宋晞举着纸杯，凭直觉感到那些人是在叫她，可顶着两片起雾的镜片，什么也看不清⋯⋯

"睁眼瞎"茫然着，不知所措。

有两三个挺高的身影从她的身旁路过，其中的一个人抬脚，大概是挡住了他们口中的"球"吧。

镜片上的雾渐渐地散了，视线重新变得清晰，宋晞就这样猝不及防地看见了裴未抒。

一切就像戏剧，他在她的身旁不到半米的距离，穿着那件白色的羽绒服，抬脚把停在鞋侧的足球踢了回去，然后在那边"谢谢帅哥""谢谢啦""Thank you（谢谢）"的感谢声中，笑着迈步离开。

裴未抒的身旁跟着两位朋友，其中的一位朋友突然向身后一指："哎，裴哥，我们喝点儿热饮吧？"

裴未抒没反对，说："嗯，喝呗。"

三个人忽然转身，往回走。

有那么一瞬间，裴未抒的视线无意识地落到了宋晞的身上。

理发店里的那些人说过，她的发型是好看的。

所以宋晞这次没有躲闪，在不足一秒钟的时间里，强装镇静地同他对视。

她在心里说：你好，裴未抒。

那天宋思凡的乐队的演出居然很成功，张茜在人群里举着手机，快乐地为儿子呐喊。

舞狮的学生更厉害，还喷了火焰……

明明有很多很多的热闹而新奇的人和事，宋晞的记忆却像坏掉的光盘，画面总卡在裴未抒笑着回眸的那一帧。

吃过晚饭后，宋晞回到阁楼上。

抽屉里只剩下最后一颗巧克力和两张卡片。

窗外无风也无雪，宁静皎洁的月亮挂在天边。宋晞拿出其中的一张卡片，在卡片上认认真真地写下一行字："明天下午的6点钟，我们在网球场里见面吧。"

然后她画了一个小蘑菇。

宋晞把碳素笔重新放回桌面上，心跳像"课外活动展览日"的那天舞狮的鼓点，急促而不停歇。

楼下的厨房里，妈妈做了糖炒栗子。

宋晞把信封放在羽绒服的口袋里，在焦香的甜味中牵起"超人"出门，沿着烂熟于心的路线，绕过冬季光秃秃的合欢树丛、被积雪掩埋的金属鸽子的雕塑和草坪，"寄"走了一份心事。

天还未亮，宋晞已经半梦半醒地睁眼看了几次时间。

因为心里紧张，她怎么也睡不安稳。

钟表的时针将要指向 5 点，宋晞终于再无睡意，从床上坐起来。

宋晞的妈妈不在阁楼上。估计是宋思思又哭了，她去帮张茜哄孩子了。

宋晞已经提前打包了一些回老家的行李，行李被整齐地码放在墙角处。

宋家群和张茜给宋晞买了很大的一袋食物，怕她在路上饿着，也给家乡的亲朋好友买了塑封包装的烤鸭、帝都特产的糕点。

宋晞盯着那些摆在一起的箱子和袋子，愣了片刻。头脑不太清醒，她竟然有些怀疑昨晚她去裴未抒的家门前送信封的事，究竟是梦幻还是真实的？

学习桌上放着半碟炒栗子，炒栗子散发着丝丝缕缕的甜味，气味带动记忆，把她拉回现实中。

她确实是把信封送去了，也约了他今晚见面。

对呀！今晚她要和他见面！

5 点 06 分，宋晞忽然从床上跳下来，跑去洗手间洗漱。

这是她用时最久的一次洗漱，她以前都是图快，今天要仔仔细细地照着镜子，整理头发。

宋晞的头发细软，昨天被理发师吹得很好看的造型经过一夜的睡眠已经被压扁。

她用沾水的梳子梳了梳头发，效果平平。

如果是要去上学，宋晞肯定早都放弃了。

她找一根发圈把头发梳起来多省事。

但她今天有重要的"约会"，她果断地接了热水，洗了头发。

她在洗手间里鼓捣许久，吹头发也小心翼翼的，生怕把头发吹得不好看。

妈妈不知道什么时候回来了,推门进来,还吓了她一跳。

"晞晞,你怎么起得这么早?"

宋晞的妈妈有些纳闷儿,问:"学校不是放假了吗?"

"我……我睡不着,起来背英语单词!"

宋晞昨天剪完新发型,明明还觉得自己很好看,今天无论对着镜子怎么吹头发,头发好像都不太对劲。

她再想想裴未抒的姐姐……

怎么会有人只是随便地把头发用抓夹抓起来,就能好看成那样?

宋晞垂头丧气地放下吹风机,最终还是翻出了一根发绳,决定把头发梳起来。

她折腾了半天,再从洗手间出来,时间也不到7点。

现在离晚上约定的时间还有11个小时,宋晞找不到事情做,只能真的拿出单词本,背背英语单词。

她心不在焉,效率自然也不高。

人还坐在桌前,心早已飘到网球场去了。

她能想象到那幅画面:冬天的网球场里还是没什么人,球网旁堆着社区的工作人员清扫的积雪;裴未抒大概会穿着那件白色的羽绒服,站在那边,或者坐在长椅上。

其实宋晞有些小心机。

她投放了近一个月的信封,在每张卡片上都画了小蘑菇,试图唤醒裴未抒的记忆,让他想起那份拾到的复习资料,也试图让他对写卡片的人产生好奇心。

宋晞笃定地觉得,裴未抒看到卡片后是会赴约的。毕竟他是那样礼貌又温柔的人。

终于等到下午,宋晞拿出最后的一张卡片,在上面写:"裴未抒,我喜欢你。"

这次的落款不再是小蘑菇的图案,而是她的名字——宋晞。

宋晞从未觉得时间过得如此缓慢。下午4点,她已经等不及了,翻出衣服换上，故意没有穿绒裤，想让自己看上去没那么臃肿。

宋晞写完这张卡片，换上衣服出门，走在去网球场的路上，胸腔里始终有一种复杂的感觉：

2008年，她提着行李，站在帝都市的火车站台上，等待火车缓缓地驶来；

她第一次攥着稿件走上学校的领奖台，接过奖状，准备发言；

张茜生产的那天，她在家里守着座机，看秒针一格一格地滑过表面……

此时此刻的复杂心情融合了这些情景中所有的紧张、激动、惊慌、忐忑。

这种感觉让她的步伐发虚，她总觉得水泥路是软的，怎么踩也踩不到实处。

阳光却是不错的，像她遇见裴未抒的那天一样，天气明媚，万里无云。

网球场已经出现在她的视线里，宋晞攥着信封，步伐有些急。

她看见了裴未抒的身影，还没来得及激动，突然瞥见他的身旁还有其他人在。

宋晞的脚步蓦然一顿。

她隐隐地记得，那个和裴未抒身高相仿的男生是他的朋友。昨天在国际学校的校园里，裴未抒就是和他在一起。

这种场面和宋晞想象的不太一样，不安闪过心头。

送卡片和巧克力这件事情在宋晞看来很私密，而且想想裴未抒的性格，她也不觉得他会叫上朋友来赴这种约。

宋晞把羽绒服的袖口撩起，看了一眼自己的手表。

现在才4点17分，约定的时间是6点。

赴约的话，他不会来得这么早吧？

也许他是有什么其他的事情？

多一个人在场让宋晞十分慌乱，那些好不容易生出的勇敢又开始悄悄地溜走。

她没敢直接走进网球场里,而是绕到网球场的外围,从他们的不远处走过。

她走近了才发现,都不用刻意地降低存在感,自己根本无法引起他们的注意。

裴未抒坐在网球场内部的长椅上,表情很不对劲,他的朋友也一脸严肃。

这还是宋晞第一次见到裴未抒眉心紧锁的样子。

她愣了愣,快步地走开,藏身于社区宣传栏的后面,隔着两三米的距离,隐约地听到了他们的对话。

那大概是裴未抒朋友的声音:"要不……你先找她谈谈呢?但我看现在的这种情况,好像谈话也没什么用了,有时候女生的思维方式和咱们的就是不太一样,怎么办呢……"

朋友说完这句话,网球场那边安静了很久。

只有微风拂过光秃秃的枝丫,发出"窸窸窣窣"的声音。

他们在谈论什么?

他们该不会是在说她送卡片的事情吧?

宋晞的心里"咯噔"一下。

可能因为裴未抒给她留下的都是绅士、教养好、脾气好诸如此类的印象,在此之前,她对今天见面的设想都是盲目乐观的,从没想过自己投去的那些卡片是否讨喜……

宋晞不安地从宣传栏的后面探出头,裴未抒狠吸了一口气,压抑地呼出气息。

"但她现在的做法,实在是……"

像是压下了什么不太好听的词汇,几秒后,裴未抒才重新开口:"她的那些所谓的喜欢,在我看来只是自我感动,是用单方面的卑微讨好和逢迎换来的幻想。"

他的侧脸沉静,声音听不出喜怒,只是很冷,让人莫名其妙地有一种疏离感。

"那她自己不这样觉得呀,还乐在其中呢!我的妈呀,这太难办了。"

朋友似乎也很为难,犹豫地说:"说实话,我是你的话,可能也疯了。唉,不过你冷静点儿呀,别冲动。"

"我没不冷静,只是不理解。"

裴未抒说,在他的观念里,用原则和底线换来的感情不会是真的喜欢;一个人不计后果,单方面地付出,牺牲自己、伤害自己去满足别人,这种行为也不会得到对方的尊重。

"我们根本都不是一个世界的人……"

朋友突然说:"你站起来干什么?裴哥,你要回家呀?"

"我不回家,先去你家。"

"吓我一跳。你去我家还行,走吧,正好我家没人。"

裴未抒他们走开了,留下宋晞难过地蹲在社区宣传栏的后面。

她听不太清具体的内容,不知道裴未抒那边发生了什么事,只捕捉到一些字眼:"单方面的卑微讨好""逢迎""幻想""不是一个世界"……

宋晞下意识地觉得,是自己的那些莫名其妙的情愫让人家反感了。

她穿得少,不再激动后,后知后觉地感到冷。

她自己也知道该回家去了,可又僵在原地,动弹不得。

脑袋里像被轰炸机扫过,"轰隆轰隆"地响着,山崩地裂,一片狼藉,她捋不清头绪。

她还以为自己把喜欢藏得很好,写卡片时都尽量不透露心声。

可事情其实不是那样的,投放卡片和巧克力的行为本身已经让她的这些小心思暴露无遗了吧。

而这些喜欢和小心思对裴未抒来说是负担,他无法理解。

像是被浇了一桶冰水,宋晞从头冷到脚底,都不知道自己是怎么回到家里的。

她回家后才发现自己到了生理期。

那天她以痛经为借口,第一次任性,缩在被子里不肯下楼吃晚饭,妈妈送来了暖水袋，她抱着温暖的暖水袋，短暂地入梦。

梦里的网球场只有裴未抒一个人在，她勇敢地走出去，走到裴未抒的身旁，落落大方地把信封递给他。

好梦难圆。

她醒来后，信封还在枕头下，露出被她攥得皱巴巴的一角。

她侥幸地想：也许裴未抒和朋友谈论的并不是她送卡片的事情。

但宋晞仍感到无比难过。

她身无长物，没有底气。裴未抒说得很对，他们根本就不是一个世界的人。

阁楼的门没关严，张茜在唱童谣哄着宋思思睡觉，声音那么温柔，从门缝儿里溜进来——

"摇哇摇，摇哇摇，小宝宝，要睡觉，小花被，盖盖好。"

"小宝宝，快睡觉，你的宋晞姐姐都睡了，你也该睡觉了。"

隐忍了许久的自馁和心焦突然爆发。

宋晞把头埋进被子里，无声地大哭了一场。

就像北方夜里的阵雪随风飞舞一会儿后也终会停歇，天亮后剩下满目寂静的白色。

第二天宋晞起了床，在大家的眼中，她也只是比过去稍稍地沉默了些。

且离别在即，也没人多想，家人们只觉得让她独自回老家过年、备考确实残忍了些。

宋晞的妈妈抱着宋晞，止不住地落泪："马上就到2月了，你再过五个月就回来了。我的宝贝女儿好好地努力，妈妈在帝都等你。"

宋晞把头埋在妈妈的怀里，忍住啜泣的冲动，频频地点头。

她没有再走那条通向独栋别墅区的路，没有再去网球场。

她离开时，也没有和无法认识的人告别。

那个周末，宋晞跟着爸爸坐上了回南方的火车。

历经40多个小时的车程，他们最终回到了镇上。

南方的小镇暖阳高照，街边翠绿一片。生长在温暖的气候下的树木不会像帝都市的树那样落光叶片、只剩下光秃秃的枝丫。

明明两地的季节是一样的，她却像穿越了冬季，已经抵达春天。

小镇上有她熟悉的街道、面孔、乡音，空气清新又不干燥，环境很宜人。

只是不会再有一个骑着自行车的身影出现在她的视线中。

宋晞被安顿在亲戚家，请了家教老师，一天都没休息，当晚就开始跟着老师狂刷考题。

她把所有的心情埋藏在题海里，像安静的刷题机器，做完了一沓又一沓练习册和试卷。她每天很晚才睡下，第二天闹钟5点响起，她又准时地爬起来。

连新班级的班主任都很惊讶，竟然有学生肯努力到这种地步。

那时候周围有很多声音，少不了有人抱怨备考辛苦。

宋晞却是满怀感激的。

她发自内心地感激即将到来的高考，高考让她有机会凭借自己的努力到更高更远的地方。

因为对未来抱着希望，她才不至于因为某种打击，就此沉沦。

只是路上偶尔有一群男生骑着自行车同她擦肩而过，正在默背文言文的她会突然卡住，她下意识地回眸，去看那些身影。

6月的高考举国关注。

交警们加班加点地在各个路口站岗，平日里暴躁的司机在考场的附近也绝不鸣笛，早餐店的老板不厌其烦地对着孩子们说"考试顺利"……

最后一门考试结束后，很多同学是从学校里飞奔出来的，像雀鸟出樊笼。

宋晞反而有些放慢了步子。

迈出校门的那一刻，她的心里生出不合时宜的彷徨。她好像觉得有点儿遗憾，总觉得此后不再有事可忙了，心里空落落的。

月底宋晞的爸爸又抽空回了一趟老家，一直陪着宋晞等成绩出来，又陪她填报志愿。

7月,宋晞被排名前三十的南方某所大学录取了。

那所大学很有名,她随便地上网查查,网页上就会跳出"全国重点大学""985""211"这些字样。

那天宋晞的爸爸高兴坏了,给帝都那边打电话报喜,激动得喜极而泣。晚上他都忍不住在亲戚家多喝了几杯,双颊通红地拍着宋晞的肩膀:"晞晞,爸爸真为你高兴!高兴!"

宋晞举着半杯可乐,像所有高考时发挥得不错的考生一样,也跟着咧嘴笑。

2011年7月,宋晞又回到了帝都。

她又回到了楼群林立的繁华都市,坐在宋家群的车里,车堵在了晚高峰时的立交桥上。

她望着窗外的景色,恍如隔世。

张茜和宋晞的妈妈还是老样子,在她进门后就快乐地拥抱她,拉着她问东问西,给她煮她最爱喝的菌菇汤。

"晞晞怎么瘦了这么多?"

张茜心疼地捏捏宋晞的脸颊,转头又笑了:"前几年刚来帝都的时候,晞晞晒得黑黑的,这次肯定是总闷在屋里学习了吧?晞晞比我还白,是不是还长高了?是换水土的原因吗?"

宋思凡从门外进来,听见张茜的话,嗤笑一声:"长高什么长高?小矮人。"

宋思凡确实长高了不少。只是过了几个月而已,他像吃了化肥似的,现在身高居然有一米八二了。

同样长了个子的还有宋思思小朋友。

明明宋晞走时,宋思思小朋友还是一个半夜总哭闹的小肉球,现在已经能追在大人的身后,给人讲自己瞎编的故事了。

"超人"兴奋地围绕在他们的身边,"汪汪汪"地叫个不停,把尾巴摇得飞快。

宋晞把它抱起来,却想到了另一只白色的、叫"雪球"的萨摩耶犬。

漫长的暑假里，宋晞只在无意间撞见过裴未抒一次。

她是在小区的门外撞见他的。当时她和妈妈从超市回来，手上提着满满的购物袋。

帝都的天气已经热到了人走两步就会出一身汗的程度，宋晞抬起手擦额头上的汗水时，远远地看见裴未抒骑着单车过来。

阳光明媚，他如他们初见时的那样穿着白色的T恤，背了黑色的篮球包。

心里五味杂陈，宋晞有意地垂下眼睑不去看他，却无论如何也挪不开视线。

"学——长——"

不知道从哪里跑来一个女生，她梳着可爱的双丸子头，连衣裙上有青翠的热带植物的图案。

她本人也像那些印花的图案，明媚又阳光。

女生突然冲出来，张开双臂挡住了裴未抒的路。

裴未抒刹住车，皱了一下眉，表情里有明显的对女生行为的不赞同。

女生提着一个精美的深蓝色小纸袋，把它递到裴未抒的面前。

"学长，这是我在烘焙课上做的巧克力，我把它送给你呀！"

随后，她又笑眯眯地吐出了一大串日语。

裴未抒的表情倒是没什么变化，他也没收下巧克力。

他应该是认识女生的，半开玩笑地说："你知道我的日语不好，故意说日语？"

女生的脸上挂着大大的笑容："我不是不好意思嘛，说日语能缓解我的紧张。学长，我是知道你的实力的，你别说你听不懂日语。你就算听不懂日语，总知道'da i su ki（非常喜欢）'是什么意思吧？"

"你听懂了还说听不懂，这不已经是回答了吗？"

裴未抒礼貌地一笑："谢谢，不过不好意思。"

女生又嘀咕了一串日语，在裴未抒挥手和她告别后，还不死心地追问："学长，那你也不吃巧克力了吗？喂，裴未抒！"

139

"不了,谢谢。"

"晞晞,想什么呢?"

身旁的妈妈在催促,宋晞应了一声,收回视线,随着妈妈走进了小区里。

宋晞忍不住回头。

那个女生已经自己拆了包装袋,拿出巧克力咬了一大口:"你不吃拉倒,这种巧克力好吃死了,你后悔去吧!"

离开帝都去大学报到的前一晚,宋晞和李瑾瑜约好出去逛街、吃饭。

李瑾瑜考得不错,报考了医学类的专业,这是好消息。

坏消息是,她在高考后看见李晟泽和一个女孩在校外接吻,心碎成八块。她算是单方面地失恋了。

聊到这些事时,宋晞她们正在精品店里逛着。

宋晞刚拿起一个有小金鱼图案的抱枕,李瑾瑜就凑到她的耳边:"宋晞,所以你的那位呢?你这次回来有没有再遇见他?"

宋晞一愣,似不在意般开口:"有哇,我看见一个可爱的女生向他告白。"

她顿了顿,加上一句话:"那个女生特别特别可爱。"

"啊!宋晞是小可怜,我也是小可怜,我们怎么这么可怜啊,到底是造了什么孽要看见这些画面?!"

李瑾瑜感同身受般抱住她的手臂:"走吧,宋晞,我请你喝冷饮!"

宋晞举起抱枕:"等一下,我结账。"

"你要买它?"

"对呀,我把它买来送给你。"

李瑾瑜看着上面的金鱼图案,沉默几秒,最终拿了另一个有小熊图案的抱枕:"那我还是要这个抱枕吧。我现在……不怎么喜欢金鱼了。"

说是要喝冷饮,路过几家冷饮店时李瑾瑜都没停下脚步,最终在一家酒吧的门口站定，指指招牌："就这里吧！"

其实这只是出售低度鸡尾酒的清吧。

店里有一个小舞台，一位披着黑色长发的女歌手坐在舞台上，抱着吉他，边弹边唱。

清吧的老板不错，听说她们是毕业生，给她们打了八折，还推荐了两款几乎无酒精的鸡尾酒。

鸡尾酒的酒杯泛着霜气，其中一杯酒的颜色是深海一样的蔚蓝色，另一杯酒的颜色像晚霞的渐变色。

两个女孩交换着尝了对方的酒，说说笑笑，谈以前的同学，也憧憬着以后的生活。

"大学里有的是优秀的帅哥。"

李瑾瑜问宋晞，没能认识那个人，她会不会很遗憾。

盛着各色液体的玻璃瓶堆满吧台，灯光是淡蓝色的，周围喧嚣一片。

宋晞想说"不会"，又没说出口。

她换了一个答案，把曾经无数次灌给自己的鸡汤慢慢地说给朋友听："其实我没什么好遗憾的，我和他本来也不是一个世界的人。他很优秀很优秀，也算是给了我不少动力。没有他的话，我可能不会考到这么好的学校。就算我没认识他，这样也是很好的结局了吧……"

伴奏短暂地停了，女歌手调了一下麦克风的角度，说要唱一首《词不达意》送给大家——

"有些人用一辈子去学习，化解沟通的难题。"

"为你我也可以。"

"我的快乐与恐惧猜疑，很想都翻译成言语，带你进我心底。"

那天看见有人向裴未抒表白，宋晞真的心无波澜吗？

那为什么她会在回去之后心不在焉？宋思思连着叫了几声"宋晞姐姐"，她都没能听见。

刚才她跟李瑾瑜说"就算我没认识他，这样也是很好的结局了吧"，这句话是出自真心的吗？

为什么她还隐隐地期待自己口中的"结局"可以是"未完待续"？

女歌手用指尖拨着吉他的弦，继续唱："我们就像隔着一层玻璃，看得见却触不及，虽然我离你几毫米……"

宋晞的鼻子忽然一酸。

"我也想能与你搭起桥梁，建立默契，却词不达意。"

第四章
心事咒语

同学录被翻到最后的几页，有一张空白的纸页上贴着拍立得的照片。

照片上的宋晞和李瑾瑜18岁，都梳着马尾辫，坐在淡蓝色的灯光下，笑得青涩腼腆，紧靠在一起比着剪刀手。

那是在2011年的8月，大学开学的前夕，她们仗着自己毕业，第一次去了酒吧。

后来呢，发生了什么事？

好像是扬言要在大学里广交男朋友的李瑾瑜，在女歌手的一首《词不达意》之后，忽然偏头落泪。

酒精少的鸡尾酒还是让李瑾瑜醉倒了。

她蹲在深夜的路灯下，揉着通红的眼睛，伤心地仰起头问宋晞："宋晞，你说我究竟要用多长的时间才能把李晟泽忘掉呢？"

宋晞陷在这段回忆里，想得出神。

宋晞的妈妈醒来，在昏暗的光线里看见坐在小书架旁的宋晞："晞晞，你干什么呢，怎么还不睡觉？"

"我没干什么，来了来了……"宋晞放下同学录，爬上床。

阁楼上静悄悄的，只有宋晞的妈妈睡意未消的叮嘱声："熬夜对身体很不好的，你平时加班没办法，好不容易放假，还是要好好地休息的。你快睡吧，明天你的张姨要带咱们出去呢。"

"好的妈妈，晚安。"

"晚安。"

不知道是因为可乐的功效，还是回忆作祟，宋晞说着"晚安"，闭上眼睛安静片刻，又忍不住睁开眼。

她从枕头下摸出手机，点开李瑾瑜的朋友圈。

李瑾瑜的朋友圈背景图是香港的金鱼街，装在充氧袋子里的金鱼和水草挂满网格架。

现在是 2016 年，她们高中毕业已经五年了。

宋晞忽然很想问问李瑾瑜是不是真的已经忘了那个会叫她"小金鱼"的男生。

宋晞睡得太晚，第二天成了起床困难户，被宋思思和"超人"围攻，才勉强地爬起来。

张茜和宋晞的妈妈已经收拾好了东西，见她下楼，张茜愉快地说："晞晞，我给你留了早饭，你快去吃吧。你的妈妈特地给你煎了好吃的洋芋饼，你吃完饭我们就出发。"

"好，我 10 分钟就能吃完饭。"

宋晞端着汤和洋芋饼坐到餐桌旁，咬了一大口饼，对着妈妈竖起大拇指："妈妈做的洋芋饼世界第一，太好吃了。"

楼上传来拖鞋声，穿戴整齐的宋思凡出现在楼梯口："早饭吃什么？"

他说着，一屁股坐到宋晞的对面。

宋晞喝了两口汤，发觉对面的人没动，抬起头："汤在汤锅里，洋芋饼在饼铛里，你自己去拿，看我干什么？我能吃吗？"

她不知道是哪句话让宋思凡羞愧难当了，宋思凡起身去厨房时，耳朵竟然是通红的。

吃过早饭，宋晞换了衣服，准备出发。

张茜原本安排的是她和宋晞的妈妈带着宋晞和宋思思小朋友去汗蒸馆好好地放松放松。

结果宋思凡不知道哪根筋没搭对,非要和她们一起去。

"谁规定男的不能进汗蒸馆?"

拗不过儿子,张茜只好说:"那好吧,你跟着我们,别到时候又说无聊。"

进了汗蒸馆,宋晞把手机和随身物品都存在柜子里。

她陪着宋思思在水池里玩了半天水,指腹都被泡得皱巴巴的。她再从储物柜里拿手机时,发现里面有好多条未读信息,杨婷还打过电话。

类似的情景好像前两天刚刚发生过。

不知道是不是因为在高温的水池里待久了,宋晞忽然就有些心跳加速。

电梯到达楼层,张茜和宋晞的妈妈招呼着:"晞晞,思思,我们要走喽。"

她们要去三楼的休息大厅,在那里可以吃午饭,也能和宋思凡会合。

"你们先上去吧,我打一个电话。"

宋晞想给杨婷回电话,又怕电梯里的信号差,拍拍宋思思的头:"思思,先跟着妈妈和姨姨上楼,姐姐一会儿就来。"

她把电话打过去,半天没人接电话,最后手机里响起"您拨打的电话暂时无人接听"的提示,宋晞没听完语音提示,挂断电话,去看微信里的未读消息。

事情和她预感的一样,那些未读的信息大多是群消息,群消息都来自一个群——"剧本杀王者六人组"。

只有一条消息例外,那是宋思凡发的。

她都不用点进去,就能看见他不耐烦的问句:"你洗不完了?"

反正张茜她们已经上去了,宋晞也就没回复宋思凡,直接去看群消息。

群里的人发了很多条消息。

程滴的一个朋友新开了剧本杀的店，约程滴去捧场，让新人"DM"练练手。

程滴发了和那位朋友的聊天儿记录的截图，人家说："我就得找你玩这种难的剧本，你聪明，过来给我们指点指点呗。"

程滴迷失在一声声夸赞中，在群里连发了很多个得意扬扬的表情包，尾巴要翘到天上去了。

裴未抒也发了截图，那位夸赞程滴的朋友对裴未抒说的是："你能来，我就放心了，也约了程滴来凑数。"

"你们看看，再帮忙叫几个朋友。"

程滴不再得意了。

他扬言要去打爆那个人的狗头。

宋晞看到这里，忍不住跟着笑起来。

从后面的聊天儿内容来看，店里的几个剧本大概都需要测评，有四人本，也有六人本和八人本。

程滴问大家有没有空，约他们今天下午去打本。

裴未抒看样子也是剧本杀店的老板的朋友，肯定是要去的。

杨婷和男朋友也应邀了，蔡宇川说他4点之后才能出来。

只有宋晞处于失联的状态。

他们说先开一局四人的剧本，宋晞和蔡宇川要是来，大家晚上再开一个六人的剧本。

杨婷发了快乐地转圈的表情。

"嘿，我这愉快又充实的一天。"

宋晞回复大家说自己也要晚些才能过去，在陪家人，可能差不多和蔡宇川同时过去。

回复完消息，宋晞乘电梯上楼，去和大家会合。张茜已经帮大家点好了菜，宋思凡一直在鼓捣手机，看样子是在打游戏。

他们吃完饭喝茶时，宋晞的手机突然振动，那是杨婷发来的视频通话的邀请。

他们所在的区域人不多，宋晞举着手机又往角落里移了些，戴上耳机接起视频电话。

杨婷和她男朋友的脸出现在屏幕上，杨婷摆摆手："晞晞，猜猜我在哪儿？"

紧接着镜头被切换，程熵和一个宋晞不认识的男生坐在一张黑色的沙发上，程熵对着镜头挥挥手。

镜头掉转方向。

裴未抒坐在单人沙发上，伸开两条长腿，把手肘搭在沙发的扶手上，拿着剧本杀的宣传册看。

感觉到杨婷在拍他，裴未抒把宣传册扣在腿上，对着镜头摆了一下手，笑着打招呼："是我们的'脑力担当'吗？你什么时候来？"

宋晞觉得自己的脸肯定又红了，但还是回答："我要晚点儿过去，你们先开一局剧本吧。"

杨婷掉转镜头："我们马上开一局，等会儿我给你发一个定位，你来时给我打电话就行。刚才没听见手机响，我把音量调大点儿。"

挂电话前，杨婷又同宋晞闲聊了几句："晞晞，你是不是在做汗蒸呢？难怪你嫩得像豆腐似的。"

宋晞隐约地听见有人问："谁？谁嫩得像豆腐？"

杨婷扭头跟那个人说："刚才我和你说的宋晞，晚点儿会过来。"

手机偏转，宋晞能看见裴未抒在旁边，他的眼里似乎噙着笑意。

挂断视频电话，宋晞回到茶桌边，宋晞的妈妈正和张茜商量晚饭吃什么。

她们问宋晞："晞晞，有没有什么想吃的东西？"

宋晞的脸蛋儿红扑扑的："晚上我不回去吃饭了，和朋友约了出去玩，待会儿做完汗蒸就过去。"

宋思凡猛然抬起头，盯着宋晞看。

宋晞感觉到视线，纳闷儿地瞥他一眼："干什么？"

宋思凡没说话，只是脸拉得老长。闷着头待了几分钟后，他霍然起身："我走了。"

"思凡,我们一会儿要去按摩的,你中午不还说去按摩吗,又不去了?"

"不去!"

张茜对着宋晞耸耸肩,拿儿子根本没办法。

4点多,宋晞从汗蒸馆出来,打车去找杨婷他们。

快到地点时,她给杨婷打了电话。

杨婷表示地方有些难找,会在路口接她,宋晞也就觉得大概是闺密或者闺密的男朋友来接自己。

没想到出租车停下,她先看到的是裴未抒的身影。

昨晚她翻同学录,想起了太多高中时期的事情,包括自己投递到人家信箱里的那些卡片和巧克力。这会儿冷不丁地看见裴未抒,宋晞有些不知道说什么好,下车时略显局促。

她倒不是面对谁都会这样,以前拒绝追求者时也都是大大方方的。

可能裴未抒是她的例外吧。

裴未抒先开口:"你吃过晚饭了吗?"

"还没呢。"

"那正好,我们等你和蔡宇川一起吃饭呢,他也刚到,一会儿咱们商量商量吃什么,点外卖在店里吃。走吧,从这边进去。"

裴未抒做了一个"请"的手势,带着宋晞走进办公楼里。

他们要去十八楼,电梯里很安静,空间又是密闭的。

宋晞以为和裴未抒独处会有些尴尬,但其实没觉得尴尬。

裴未抒很自然地同她讲起她没来时的那局剧本杀,说了几个挺有意思的推理点,最后说杨婷是凶手,她把谎说得太大,圆不回去了,被他们抓住了。

宋晞能想象闺密被逮住时的那副垂头丧气的样子,闺密肯定觉得窝囊死了。

宋晞笑着:"她是不是还在楼上和自己生闷气呢?难怪她都不下楼接我了。"

电梯抵达楼层,发出"叮"的一声。

宋晞先迈出去,只顾着打量新环境,并没有回头。

裴未抒含笑的声音从身后传来,语气还是那样自然,就像是他随口说的一句话。

他说:"那倒没有,是我要去接你的。"

听到裴未抒的话,宋晞略显踟蹰,蓦地转头去看他。

不远处的一扇门却突然被打开,一个人影弹出来,打断了这边的某种氛围。探出半个身子的蔡宇川大着嗓门儿说:"我听见电梯响,就猜是你们来了,嘿,宋晞。"

蔡宇川只是匆忙地和宋晞打了一个招呼,紧接着又问:"裴哥,烟呢烟呢?我的烟呢?你帮我买烟了吗?"

"嗯,买了。"

裴未抒已经跨出电梯,走到宋晞的身旁,从宽松的休闲裤的裤兜里摸出一盒烟丢过去。

门内传来程熵的声音:"你就抽我的烟得了呗,还非得抽那个牌子的烟?"

蔡宇川拆着烟盒外面的包装纸,头也不回地说:"你那个牌子的烟太冲,我可抽不了。"

"要饭还嫌馊。"程熵笑骂。

"我也没让你帮着买烟,你哪儿来的这么多废话?今天我在爸妈那边,一天没抽烟,可憋死了,还得是裴哥。"

蔡宇川敲着烟盒,敲出一支烟:"来来来,裴哥辛苦了,快请进,小蔡给您开路。宋晞,来呀,就是这间屋。"

程熵又在里面欠欠地接话:"小蔡?你是不是少说了一个'子'呀?"

"小蔡"变成了"小蔡子"。

被迫变成"太监"的蔡宇川叼上烟,转身冲进屋里。

宋晞和裴未抒走到门口,刚好看见蔡宇川和程熵用沙发靠垫砸对方,他们像两个小孩子似的。

宋思思和"超人"一起玩时,好像都没有这么吵闹……

被他们这样一打岔，宋晞也就顺理成章地认为，裴未抒是因为要下楼帮蔡宇川买烟，顺路才接了她。

剧本杀的店说是新开的，实际里面乱糟糟地堆着一地的装饰材料和纸箱，空气中隐隐地有些浮尘的味道。

男生们腿长，穿着长裤或短裤又方便行动，轻轻松松地就能跨过去。

宋晞偏偏穿了牛仔裙，迈不开太大的步子。

她想绕过纸箱，没留意踩到了蛇皮袋下的金属管，身体晃了晃，被旁边的裴未抒适时地扶住。

"谢谢。"

裴未抒收回手，用脚把纸箱往旁边挪了些："走这边吧。"

"哦，谢谢，杨婷他们呢？"

"可能在里面。"

一个陌生的男生迎出来，挺热情地打着招呼。

"这就是宋晞吧？美女你好，我是这家店的老板，感谢你愿意来帮忙锻炼'DM'。"

"我们还没装修完店面，见笑了见笑了。来，这边请，慢点儿，别摔着呀。"

"晞晞。"

杨婷穿了玫粉色的衬衫短裤的套装，像一只艳丽的蝴蝶，迈过几堆材料堆，从里面飞奔出来："我的晞晞，你可来了，他们欺负我。"

"我听说你当凶手被逮住了？"

"什么凶手？我是清白无辜的好人，是他们栽赃我的！"

杨婷的男朋友从后面走过来，开玩笑地说："宋晞快别信她，她刚刚手上有好几条人命，可怕得很。"

杨婷阴恻恻地开口："那我再多取你一条命怎么样？"

男朋友秒怂，说："我错了。"

几个人聚到茶几旁，在沙发上坐下。

宋晞坐近了才发现蔡宇川的额头上都是汗，可他明明穿的是短袖和短裤。

几次接触下来,她和他们也算熟了。

宋晞也不拘谨,随口问蔡宇川怎么出了这么多汗。

程熵毒舌,说:"他虚。"

"放屁。"

蔡宇川指了指沙发边。

那里堆了满满一大箱的饮料,蔡宇川说怕大家口渴,买了点儿饮料过来。

司机却不往这边开车,就把车停在路口,他是一个人"吭哧吭哧"地把饮料搬过来的。

"我也就比你早到了几分钟,差点儿累死。"

蔡宇川把灵魂拷问丢给剧本杀的老板:"老板,你的这个地方这么偏,出租车司机都不愿意过来,你以后做生意能行吗?"

"你们不懂,酒香不怕巷子深。"

蔡宇川挺诧异,问:"真的假的?现在谁开饭店都得借助'O2O(线上到线下的商业模式)',你开一家剧本杀的店,还想靠'酒香不怕巷子深'这种老套的理念?"

老板幽幽地叹气:"这么说不是好听点儿吗?实话是好地段的租金太高,我租不起。"

宋晞有些不明白,扭头看了一眼裴未抒。

她其实也没指望他会给她答疑解惑,就是和他坐得近,下意识地看过去而已。

没想到裴未抒看懂了她的目光,把"O2O"转换成全称:"Online to offline。"

宋晞想了想:"就是打车软件、外卖软件之类的应用软件?"

"聪明,差不多就是这个意思。"

裴未抒坐在宋晞斜对面的单人沙发上,和她说着这些话时,伸手从箱子里捞了一瓶饮料,很自然地拧开瓶盖,把饮料递给宋晞。

宋晞接过饮料,大大方方地说了"谢谢"。

裴未抒忽然叫她："宋晞。"

"嗯？"

"从咱们俩见面开始，你和我说几次'谢谢'了？"

"我……我懂礼貌！"

这句话惹得裴未抒笑了两声。

蔡宇川可能真是在他爸妈的那边待得憋闷了，比他们每次见面时都健谈。

这会儿他坐在宋晞他们的对面，看了宋晞几眼，往自己的脸上比画了一下："哎，宋晞，你是换发型了吗，今天看起来不太一样呢？"

闻言，杨婷先扭头："我们的宋晞是豆腐做的，皮肤嫩，你羡慕吧？"

"还真是，皮肤看着好像更好了，气色也好，这是因为放假吗？不用做'社畜'就这么养人的吗？"

宋晞本身的性格就不是特别内向，这是熟人局，她也比较放得开，很自然地笑着说自己是和家人去做汗蒸了，还刮了痧。

"可能汗蒸起到排毒的作用了吧，哦，这也可能是因为我用了我姨的面膜，她的东西贵，比较有效吧。"

几个人都没吃晚饭，越聊越饿。

杨婷的男朋友开始询问："老板，附近有什么饭菜好吃的饭馆吗？"

"楼下有两家店还不错。"

结果其中的一家店卖卤煮，另一家店卖牛杂锅。

饭菜都挺重口味的。

宋晞和杨婷都表示自己不忌口，什么都吃。

程熵说："可饶了我吧，我真吃不了内脏这种东西。初中上课时，老师让我们动手解剖牛心，我终生难忘那种味道好吗？不过宋晞、杨婷，你们俩还挺重口味的。"

"能吃是福呀。"

宋晞开着玩笑："那你吃不吃麻辣兔头？你从兔牙那里'咔嚓'掰

开，吃里面的脑子……"

"我不要这种福气！"

刚玩完一个挺凶残的杀人案的剧本，杨婷的男朋友也不太能吃这种东西，他们商议后决定还是不去楼下吃饭了，就点外卖。

裴未抒掏出手机："我来，你们想吃什么？"

他点开外卖软件，一边点菜一边询问大家想不想吃某道菜。

他问到小酥肉时，正在和杨婷说话的宋晞忽然回头。

要是杨婷点菜，她可能会直说自己想吃小酥肉。但是在裴未抒的面前，她还是有些收敛的。

她顿了顿，没说话，又转回头去，继续和闺密聊天儿。

店家离这里有段距离，骑手要过会儿才能把外卖送来。

等餐时，几个人和老板聊起他这家剧本杀店的经营。

老板对剧本杀的发展持乐观的态度，觉得这肯定会成为年轻人间流行的一项娱乐活动。

就是选剧本太难了。

这个行业刚刚兴起，国内的好剧本太少，国外的剧本水平也参差不齐，有的剧本可能不错，译者翻译得却不太好。

"我看着就这几个剧本还挺不错的。实在不行我自己找人，让他们重新翻译算了。"

几个英文的剧本被放到茶几上，宋晞拿起来翻了翻。

她对其中的一个剧本挺感兴趣，看了好一会儿，眼睛都亮了："这个剧本和《东方快车谋杀案》的内容很像。"

裴未抒也倾过身子，看了几眼："合作作案的模式？"

"嗯，差不多。"

除了剧本杀店的老板，没人知道这两个人在说什么。

只有蔡宇川干巴巴地问了一句："宋晞，你也出国留学过？"

宋晞不知道他为什么这样问，摇摇头："没有。"

"那你的英语看着挺不错呀。"

"闺密吹"又上线了，杨婷瞬间挺直腰板："晞晞的英语超级好的。

上大学时她还兼职做翻译呢，四六级对她来说都是小意思……"

杨婷的嘴被宋晞一把捂住了。

杨婷用目光询问：这是事实呀，你还不让我说了？

神色复杂，宋晞小声和闺密咬耳朵："我和一群留学回来的人显摆什么英语啊？"

好在这时候有人敲门，是他们的外卖被送到了。

杨婷的男朋友离得近，起身接了外卖，帮忙拆包装："哎，这份小酥肉是不是点错了？还是他们送错了？"

外卖里有两份小酥肉。

裴未抒拿过外卖，拆了一盒小酥肉："没点错。"

"两份小酥肉？"

"我想吃小酥肉，多点了一盒。"

他这样说着，随手把拆开的那盒小酥肉放到了宋晞的面前。

宋晞还在看剧本，抬眼看见面前多了一份小酥肉，顿时快乐起来。

"时间也不早了，咱们一边吃饭一边玩吧，还玩推理型的剧本吗？我推荐给你们一个我认为挺不错的剧本吧。"

剧本杀店的老板推荐的是一个情感类的硬核本，据说它的推理线的逻辑还可以。

"角色正好有四男两女，适合你们。"

店里雇用的"DM"被从里间叫出来，放下用来钉装饰品的小锤子，走过来。

里面的房间还在装修，一片狼藉，他们只能在茶几这边玩。

"DM"拎过来一把椅子，坐下，按流程吩咐玩家们翻开剧本的第一幕并阅读到"未经允许，请勿翻开下一页"。

宋晞还在美滋滋地嚼着小酥肉，不紧不慢地翻开剧本。

她扫了一眼剧本，顿时愣住。

第一行写的是："你叫莱安娜，是尼克的妻子。"

宋晞猛地转过头，看向裴未抒。

他靠在单人沙发上，也在看剧本，剧本的封面上清晰地写着他所拿到的角色的名字——尼克。

她是尼克的……妻子？

宋晞顶着一脑袋"我是谁"的问号，继续参与着剧本杀的流程。

要命的是，他们刚读完剧本，"DM"就安排了破冰的环节，让玩家自己介绍自己的角色身份。

轮到宋晞时，她方才的开朗、大方、冷静都不复存在。

说到后面，她已经声若蚊呐，语速也快了不止一倍。她潦草地带过了自己和"尼克"的家庭身份。

"尼克"本人倒是挺从容，说："我是尼克，今年 40 岁，是莱安娜的先生，职业是建筑师。"

身旁的杨婷拿到的角色是男朋友角色的外婆，杨婷正"嘻嘻哈哈"地和男朋友瞎闹，非要让人家叫她"奶奶"。

好在裴未抒不会和宋晞开"夫妻"这种没分寸的玩笑。

介绍完自己的角色，他就沉默下来，等着"DM"带他们走流程。

"DM"很没眼力见儿地又强调了一遍两个人的夫妻关系。

宋晞："……"

知道了知道了，你不用再强调了。

说实话，宋晞不太适应这个身份。

偏偏围绕着她的这个角色展开的情节里，总有"尼克"这个名字。

因为脸皮薄，她坐在"尼克"的身边，总觉得屋子里闷闷的，不受控制地耳根发烫。

幸好脸红的人不只有她一个。

"DM"的脸更红，仅仅过了十几分钟，"DM"的整颗脑袋都是红的了。

其实这次他们玩剧本杀，体验真的不太好。

"DM"是新人，对剧本不熟练，偶尔会结巴，比遇上凶杀案的角色们还紧张。

剧本勉强推进到开局的 40 分钟，"DM"犯了一个致命的错误。

他把本该最后才出现的线索提前透露给了玩家，导致严重

"剧透"。

凶手瞬间暴露，"DM"僵在椅子上："抱……抱歉……"

他们也不用推理了，剧本杀被迫终止。

蔡宇川干脆放下剧本，伸手到宋晞这边捏了两块酥肉。

剧本杀店的老板拉着"DM"和他们几个人复盘。

程熵和老板熟，也就直言不讳，提出自己的意见："你也就是不要钱，不然这真是剧本事故，你得赔人家客人钱的。"

"从分角色这部分开始就不太行吧，现场就有一对真情侣，显然你应该把有情感联系的角色给他们哪。"

"'DM'强行地让宋晞、裴哥他们俩当夫妻，这肯定会有点儿不自然。"

"也就是我们比较好说话，真有那种腻歪点儿的情侣来玩，上来你就让人家小情侣变成祖母和大孙子，这是不是不太合适？人家能乐意吗，不得找你的碴儿？"

程熵说得太直白。

怕老板下不来台，杨婷出来打了一个圆场："还行还行，我当他的祖母当得也很开心。"

妇唱夫随，男朋友也赶紧说"是是是，我爱当孙子"，说完挠挠头："就是剧本的翻译确实不太行，动不动就有'我的老天爷'，确实让人出戏……"

老板做生意不容易，什么都得注意。

老板拿了一个笔记本，认真地记下大家提出的建议。

原本他们玩一局剧本杀需要五个小时左右，现在不到一个小时剧本杀就结束了。

宋晞已经做好了坐地铁回家的准备，起身帮忙收拾外卖的餐盒。

程熵没动，靠在沙发上，鼓捣着手机，一会儿问"有没有人想吃夜宵"，一会儿又问"夏天的那部《大鱼海棠》还没撤档呢，谁想去看夜场的电影"。

杨婷的男朋友说已经能在网上看那部电影了，开会员在家里看就行,他和杨婷刚看完那部电影。

程熵不死心,问:"那《湄公河行动》呢?它是刚上映的电影,有没有人想去看?"

这会儿宋晞才察觉出程熵不太对劲。

她仔细地回忆起来,程熵今天确实比以前毒舌一些,逮着谁都能怼两句,还总在拖时间。

她以为自己是敏感了。

毕竟他们工作之后都难得有假期,安排的活动提前结束了,人确实容易感到意犹未尽。

裴未抒接过宋晞手里的垃圾,忽然问她:"你想去看电影吗?"

邀约来得突然,宋晞有些发怔。

但她发现裴未抒的神情很坦荡,他似乎并没有其他的意图。

宋晞回头看了一眼瘫在沙发上的程熵,很快反应过来,压低声音问裴未抒:"程熵怎么了?"

"他的前女友订婚了。"

宋晞有些意外,问:"这是什么时候的事情?"

"今天。"

墨尔本那边和这里有时差,订婚的午宴结束后,人家女孩就发了朋友圈。

程熵自认是和对方和平地分手了,两个人也没互删联系方式,程熵看见朋友圈还点了赞。

他点完赞,人就颓了。

这种情况确实有点儿惨。

假期里反正又没安排其他的活动,宋晞想着,不然就去看电影好了,大家热热闹闹的,也许能让程熵不胡思乱想。

但她和裴未抒说话时,那边的杨婷已经拒绝了。

杨婷说不太想看电影:"我们俩平时看电影都是在工作日里,熬夜看电影,现在有后遗症了,一看电影就觉得很累。"

程熵"嗯"了一声,倒回沙发上,半晌没再吭声。

显然蔡宇川也是知情人,叼着烟本来要出去抽的,打火机在手上转了一个圈,又被他收起来,他提了一个建议:"大家待会儿有其他的事吗?要不咱们去程熵家玩吧,他家有一堆娱乐项目,唱歌机、跳舞机、麻将机都快放到发霉了,也没人去。反正现在是假期,咱聚聚呗?"

杨婷询问宋晞的意见。

宋晞点点头,说自己没什么事。

这算是变相地答应了。

杨婷欢呼:"那就叨扰啦,我们都去,要不要去超市里买些零食呀?"

程熵"起死回生",眼睛很亮地说他家的附近有便利店,他们可以到那边再买零食。

离开剧本杀店之前,程熵也邀请了老板。

老板糟心地挥挥手:"你们去吧,我还打算月底试营业,现在看来情况比预期差得有点儿远。光是把这些剧本翻译一遍,就要累死我了。"

宋晞主动地说如果老板不嫌弃,自己可以试着帮忙翻译剧本。

"我哪里能嫌弃?我简直求之不得呀!"

裴未抒看着宋晞走回去。

只见她弯腰从茶几上挑了一个剧本,笑着跟老板说:"那我可就不客气了,先挑自己喜欢的剧本拿了。"

她明明是在帮忙,却说得那样开心,像捡了个大便宜似的。

连笑容都很诚恳,让人觉得她是真的高兴。

来这里时程熵和裴未抒都开了车,回去时也就刚好用两辆车把这些人通通载回程熵家。

宋晞在裴未抒的车上,看着周边的建筑越来越眼熟,这是她回宋叔叔家的那条路。

记忆里的街道和眼下的重合,那种不真实感又来了。

也是,程熵和裴未抒同校,当然也住在这附近。

他们到了才知道，程熵自己住在一栋别墅里。

面积太大，别墅里莫名其妙地有一种冷冷清清的感觉。

杨婷挺惊讶的，问："不是，程熵，你自己住吗？房子太大了吧。"

"在国内上学的时候我和爸妈住在这儿，后来他们俩都搬走了，现在我自己住在这边。"

程熵三言两语地把自己说得更可怜了，还浑然不觉，热情地招呼大家随便坐，然后开始倒腾那些东西，把体感游戏机、扑克牌之类的娱乐用品通通翻了出来。

客厅挺大的，宋晞把鞋子码放整齐，听见杨婷的男朋友问："程熵，你还搞音乐呀？"

她抬眸看过去。

那边简直像乐器店，摆了古筝、漆黑的三角钢琴、吉他，竟然还有大提琴。

程熵从冰箱里拎出一瓶饮料："我不搞音乐，这是我以前在国际学校里瞎学的。古筝好像是我在小学里学的了，我早都忘了，裴哥，你还记得怎么弹古筝吗？"

"我只记得大概。"

裴未抒走过去，在古筝前驻足想了想，抬起一只手。

他的手长得好看，指节修长。

指尖拨在琴弦上，他只随便地弹了两下，旋律不算流畅，但宋晞能听出来，那是《茉莉花》。

"这都过去多少年了，你还能记住，厉害了。"

蔡宇川他们在那边聊起来。

宋晞能听见他们说"弹古筝不需要戴那种护甲吗""不戴疼不疼"，也听见话题从古筝转移到过去他们在学校里学过的那些乐器……

他们聊得十分热络。

可那些声音像被罩在玻璃罩里，显得遥不可及。

宋晞终于知道了为什么认识了裴未抒这么多天，自己还是容易紧张和敏感。她也知道了为什么她总觉得他在身边有一种不真实感。

她对裴未抒的了解都停留在过去,停留在青春年少的她爱慕他时费尽心思地打探来的消息上。

在玩剧本杀和密室逃脱时,宋晞也曾是裴未抒的队友或者对手,他们甚至刚扮演了夫妻,可那都是不真实的。

她并没有因为那些虚拟的关系变得更了解他。

宋晞知道蔡宇川抽的那种香烟的牌子,知道他是某上市公司的副总裁秘书,知道他的理想型是某位著名的女主持人,知道他目前单身。

她知道程熵在墨尔本大学读心理学专业,知道他年初和女友分手了,知道他和人合伙开了一家心理工作室,知道他最近状态不太好、正处于休整期里。

而裴未抒似乎不怎么提他自己的事情。

连他为什么回国、他学了法律专业后有没有按照梦想发展,宋晞都不得而知。

可是,她什么都不知道,也一样可以和他成为朋友吧?

杨婷已经坐在钢琴前,瞎按了一串"哆来咪"的音,然后和他们吐槽:"我们上小学时就学了两样乐器——竖笛和口琴。班里还有那种讨厌的男生,他们吹完口琴乱甩口水。"

杨婷面对他们没有需要隐瞒的心思,所以永远放得开。

宋晞羡慕闺密的坦然。

是她自己心有芥蒂。

在来的路上,杨婷他们已经听说了程熵的事,有意地要陪他散心,所以后来开了啤酒喝,连宋晞也喝了两杯。

只有裴未抒滴酒不沾,关切地询问宋晞是否真的要喝啤酒:"你以前喝过酒吗?"

宋晞点头。

酒量还可以,只是她不太擅长玩游戏,坐在旁边做安静的观众。

电视上有点歌模式,杨婷拿了麦克风,竟然点到了《词不达意》。

杨婷说:"这是上大学时我和宋晞常听的歌。"

"我们就像隔着一层玻璃,看得见却触不及,虽然我离你几毫米……"

程熵没让杨婷唱完这首歌，把歌切掉了。

"你点一首欢快点儿的歌好吗？真是不顾我的死活呀。"

酒精让人欢愉，杨婷的男朋友拿过麦克风："唱《红日》吧，这首歌欢快。"

宋晞的心里也不太舒服，她趁着热闹溜到阳台上，在窗边吹风。

蔡宇川从洗手间里出来，拿着烟也走到了阳台上。

撞见宋晞孤零零地待在这儿，他有些抱歉地说："不好意思呀，宋晞，我非要把你们拉来，你是不是觉得无聊了？"

"没有，我出来透透气。"

"晚点儿我让裴哥送你回去吧，他没喝酒。"

"他……一直不喝酒吗？"

"嗯，他一直不喝酒。不抽烟不喝酒，他可清心寡欲了。"

蔡宇川也喝酒了，对宋晞没什么防备，打开了话匣子："你看，我和程熵如果遇上事，喝点儿酒就解决了。"

"我是喝完酒爆哭，哭完就好；程熵是死命地凑热闹，逮到谁灌谁酒，灌完别人灌自己，别人陪他热闹一会儿，他自己就缓过来了。"

"裴哥的那种难受，才真让我们这些当兄弟的人无措。"

宋晞脱口而出："裴未抒为什么回国？"

她又觉得问得太唐突，只能把问话掩饰成玩笑："他也失恋了吗？"

"他回国可不是遇到了这种好解决的小问题。"蔡宇川看了一眼客厅，确认人都在那边，才开口。

蔡宇川说裴未抒当年在 top10 的法学院里。

别人修一个学位都忙不过来，他又修了一个和计算机相关的学位，还有空去参加校内外的活动，是一个狠人。

而且那个计算机专业的老师挺喜欢裴未抒，一直想让他继续读研。但裴未抒是很明确自己的目标的那种人，更喜欢法律，所以拒绝了。

"他确实厉害，进了很多人心仪的律所。他实习之后都确定要留下了，谁知道国内的家里突然出事了。"

右眼皮一跳，宋晞几乎不想听下去。

但蔡宇川还是说了："裴未抒的奶奶和姐姐出了车祸，被一个酒驾的司机开车撞了。"

说到这里，蔡宇川忍不住骂了脏话。

裴奶奶在重症监护室里坚持了一个多月，最后还是没扛过去。

姐姐勉强算是幸运些吧，性命无碍，但据说现在有一条腿是义肢。

宋晞的鼻腔和嗓子里像堵了一块干燥的海绵。

那些被压回去的眼泪把它泡得越发蓬松，让她难受。

她见过裴未抒的那些可爱的家人——

老太太坐在轮椅上，戴着眼镜，清瘦又慈祥，想方设法地打探孙子有没有谈恋爱。

姐姐是开跑车的大美女，把头发随意地绾起来都那么慵懒好看，似乎谈了一个不太理想的男朋友，想方设法地拉拢奶奶和自己站在同一个阵营里。

记忆里的那些鲜活的人……

程熵在屋子里扯着嗓子叫人："蔡宇川，人呢，去哪儿躲酒了？"

"得，躲不过去了，我先进去了呀。"

蔡宇川丢下一句"你可别跟裴哥说这是我说的"，便匆匆地赶去喝酒了。

月色冷清，窗口凉风阵阵。

宋晞站在阳台上，久久地无法平静。

"宋晞。"

裴未抒在叫她，声音近在咫尺。

宋晞强打起精神回头，尽量装得若无其事。

"我刚切了水果，你要不要……"

裴未抒只说了一半，突然皱眉，盯着她看了几秒："你哭过了？"

有时候友人之间聊些小秘密、小八卦，会把"别说这是我说的""别告诉别人""天知地知，你知我知"这类的话当成结束语。

有的人也只是那样一说，转头就忘了。

宋晞却不是这样，她只要答应过别人保密，就绝对不会把事情说出去。

答应了蔡宇川不告诉裴未抒那是他说的，她就会遵守约定。

况且她的身份只是同裴未抒结识月余的"新朋友"。

"新朋友"本不该知悉他的家人，也就不该有过于泛滥的同情心，不该贸然地安慰他。

所以哪怕此刻心里翻腾着惊涛骇浪，宋晞还是拾掇好自己多余的关心，隐忍地指一指身侧敞开的窗。

无辜的夜风灌进来，被她栽赃。

她说："是风太大，我没留意，迷了眼睛。"

裴未抒多看了她一眼。

宋晞也不知道他信没信自己的说辞，不敢在阳台上多留，跟着回到了客厅里。

茶几上放了两盘切好的水果，西瓜和橙子飘散出清甜的果香味。

据说程熵家的冰箱里除了酒水饮料之外，只有这两样能吃的东西了。

见裴未抒回来，蔡宇川赶紧招招手："裴哥，快来救我一命。我又陪酒又得给人唱歌，当秘书都没这么累过，快快，你来唱几首歌吧。"

程熵几乎得到了所有人的照顾。

他就说了一句"你点一首欢快点儿的歌好吗"，这些人里谁有空都会拿起麦克风唱几句，选的都是调子轻快的那种歌。

未唱的歌单里排着老长的一串歌，宋晞不知道这些歌都是谁点的，歌曲五花八门，连《大风车》都有。

裴未抒接过麦克风。

墙上的挂钟指向 11 点，也许是因为夜深了，他的神态懒散。无论是国语歌、英文歌还是粤语歌，他都会随意地跟着唱几句。

可他就是在这样慵懒的状态下，唱得还是很好听。

有一些歌宋晞从来没听过，比如眼下他唱的这首歌："分分钟都渴望跟他见面,默默地伫候亦从来没怨;分分钟都渴望与他相见,在路上碰着亦乐上几天……"

她去看屏幕上的MV(音乐短片),看画质,这是一首老歌了。

裴未抒唱粤语歌时很迷人,宋晞端着酒杯喝酒,忍不住透过杯沿偷看他。

裴未抒举着麦克风,靠在沙发上。

不知为何,他唱歌时没看荧屏上的歌词,竟然看向了她这边。

两个人的视线相撞,宋晞连忙转过头。

身旁的杨婷咬着一块西瓜靠在她的肩上,不死心地问程熵:"你的家里就真没有别的能吃的东西了?我好饿,那个长条的花盆种的是韭菜吗?我能把它炒炒吃了吗?"

"那才不是韭菜,是水仙,你不想活了?"

程熵家里的食物确实少。

宋晞也不知道他自己是怎么生活的,偌大的家里连一包方便面都没有,程熵好不容易从茶几的抽屉里翻出一包软糖,糖还是过期的。

宋晞和杨婷当了四年的大学舍友,知道闺密有吃夜宵的习惯。

别人为了控制体重,晚饭只吃点儿苹果、喝点儿酸奶,杨婷是一个吃不胖的瘦子,还有点儿低血糖,经常饿得半夜从上铺爬下来,啃方便面的面饼。

怕闺密真饿到去动那盆水仙,宋晞放下玻璃杯,起身:"我出去买点儿吃的东西吧,你们先喝着酒。"

程熵喝多了酒,十分执拗,非要让宋晞揣着他的钱包去。

他说既然他们是来他家玩,断然没有让别人花钱的道理。

拗不过他,宋晞只好不再推辞。

她像平时哄宋思思那样,息事宁人地安慰程熵:"好了好了,我拿着钱包了,买多少东西都是你买单。"

程熵的钱包都快怼到宋晞的脸上了,裴未抒把钱包从他的手里抽出来:"我去吧。"

宋晞笑笑:"还是我去吧,你们都不知道杨婷喜欢吃什么东西。"

裴未抒拎起被搭在沙发扶手上的薄外套："那走吧，我陪你一起去。"

其实宋晞应该很熟悉这段路，过去她不想从裴未抒的家门前路过时，就会带着"超人"往这边走。

不过她换路线散步时通常都有心事，愁肠百结的，也就没仔细地留意过这边的景色。

她只知道便利店就在不远处，走十几分钟就能到。

今天她再看，这边的景色竟然挺漂亮的，曲径通幽，绿化的区域里还有葡萄架。

社区的园艺被打理得很好，晶莹剔透的葡萄已经挂在藤间，被灯光照亮，像紫色的宝石。

宋晞和裴未抒并肩走在夜色里。

风有些冷，她今天原本计划跟着张茜她们去汗蒸馆，只穿了短袖和牛仔裙。

这会儿被风吹着，她不经意间抬手搓了搓手臂。

裴未抒把外套递给宋晞："披一下外套吧。"

"那你怎么办？"

他就在朗月清风的静夜中，浅笑着回答："我好歹穿了长袖，你穿得太少，会着凉。"

外套上有淡淡的薄荷味，宋晞穿上外套，心里却更加不是滋味。

宋晞的奶奶去世的那年，她才上六年级。

她平时虽然和奶奶住在一起，但很少享受到奶奶的爱，因为奶奶嫌弃她是一个女孩子。

小镇的经济水平比较落后，人们还是秉持着过去的老一套思想，就觉得男孩比女孩好。

奶奶也会因为宋晞是女孩就看不惯宋晞的妈妈，心情不好时说过几次难听的话。

奶奶就是这样的，算不上慈祥，但宋晞某天放学回家，发现老人家被蒙在白布下一动不动时，还是哭得非常非常伤心。

很长的一段时间里她都觉得，奶奶以前住的那间屋里虽然堆放了一些杂物，还是显得空旷，她的心也跟着空落落的。

宋晞在心里很沉重地叹了一口气。

裴未抒的奶奶那么好，他当时一定很悲痛吧？

便利店里灯火通明。

裴未抒看着宋晞穿着宽大的外套游走在货架间，她挑挑拣拣，把闺密喜欢的黄瓜味薯片抱在怀里，又拿了酸奶，举起来查看瓶底的生产日期。

他就跟在她的身后。

她突然转身，手里拎着五连包的浓汤豚骨拉面，眼睛亮亮的："我们喝过酒，吃点儿带热汤的东西，是不是会舒服些？我们回去煮这种拉面吧？"

"好。"

账是裴未抒结的，他没动程熵的钱包，直接扫码付了款。

走出便利店，宋晞却忽然停住脚步："裴未抒，你等一下。"

宋晞回了便利店，很快又走出来。

她的手里多了两条硬糖，糖是西柚味的。

宋晞拿了一条硬糖，把它放进裴未抒的手里，神情很自然地开口："给你糖，你要天天开心。"

裴未抒一愣。

但宋晞已经转身朝来时的路走去，走两步转过头，举起剩下的糖，笑着对他说："你看，我也给程熵买了糖。"

吃糖可以缓解难过，她忘了是从什么地方看到的这句话，虽然眼下裴未抒并没遇到什么不开心的事情，但宋晞还是这样做了。

她希望自己的情绪没有外露。

她也希望自己不会被误认为与"单方面的卑微讨好""自我感动"有关。

因此她给程熵也买了糖。

回到程熵的家里时，宋晞真是吓了一跳。

他们出去也就不到半小时,宋晞还没进门,迈进院子里,已经听见了她熟悉的那些声音,声音从厚重的防盗门板后传出来,一声比一声高。

几个人不再唱歌了,坐在那儿举着手,玩"我有你没有"的游戏。

裴未抒指指厨房:"我去找一个锅。"

宋晞点头。

杨婷是一只"纸老虎",性格嘛,是很仗义的。她就是有点儿"人来疯",一参加人多的聚会就不顾自己的酒量。

这几年有她的男朋友护着,她倒也很少喝多过酒。

这回情侣两个人都"舍命相陪"了,连她的男朋友看着都不是很清醒,别说护着她了。

宋晞眼看着杨婷说话都颠三倒四的,走过去扶住闺密,硬塞给她一杯拧开的酸奶:"你先别玩了,吃点儿东西缓一缓,待会儿我给你们煮面。"

"那不行……"

杨婷举着剪刀手:"我都快赢了,剩两根手指呢,他们只剩一根了。我再说一件我做过但他们没做过的事情,就赢定了。都得给我喝!"

"……"

宋晞想说"喝什么喝",但这几个被酒精"滋润"过的人一个比一个固执,非要玩完这局游戏。

最后宋晞干脆亲自上阵,把杨婷往身后一挡,替她竖起两根手指:"我说一件只有我做过的事就行吧?"

程熵竖着一根手指:"你替杨婷玩,输了也得替她喝酒呀。"

不就是游戏吗?

宋晞是没玩过游戏,但看过综艺呀,对游戏大概的形式都是了解的。

只不过不擅长做这些事的"小白玩家"没那么游刃有余,她一时想不到有什么事可讲。

犹豫几秒，宋晞才开口："我以前……"

裴未抒在厨房里寻找煮面用的锅，他常来程熵家，对这里也算熟悉。

他刚把一台卡式炉从柜子里搬出来，手机的铃声响起，那是裴嘉宁打来的电话。

裴未抒接了电话，把手机贴在耳侧。

裴嘉宁的声音传了出来："我们不是说好明天一起回爸妈那边吗？我刚才和妈妈打电话，妈妈怎么说你5月2号的晚上就回去了？"

"我临时决定回去找东西。"

他的姐姐裴嘉宁是一个喜欢打破砂锅问到底的人。

果然，她已经发问了："你要找什么东西？"

裴未抒笑笑："那年我乘破冰船时你们录的极光的视频。"

"哦，那是好多年前的东西了，你怎么突然想起来找它了？"

裴嘉宁不再纠结这个问题，问："那你今天还回爸妈那边吗？"

"不回，我在程熵家里。"

裴未抒靠在程熵家的八百年没人用过的料理台上。从这个角度，他能透过半敞着的厨房门，看见客厅里他的那些朋友们。

他们已经喝够量了，显现出一种莫名其妙的亢奋。

只有宋晞腰背挺直地坐在人群里，竖着两根手指，似在冥思苦想。

她是那种很耐看的姑娘，有秀气的眉眼，爱笑，笑起来眼睛亮亮的，笑容特别有感染力。

她像这样想着什么事的时候，给人的感觉……

怎么说呢？她就让人觉得挺倔的，又温和又倔。

裴嘉宁还在电话里叮嘱裴未抒，明天他回家后，如果爸妈问起她谈恋爱的问题，她叫他不许多嘴，让他千万别走漏风声。

"你的姐姐我呀，还没确定要不要跟那个人在一起呢，在考察对方，你不许多说，听见没……"

裴未抒有些走神儿。

因为他看见宋晞忽然看向程熵他们，她的神色坚决，脸上有一种

"算了，豁出去了"的表情。

她和一群醉鬼玩游戏还这么认真，挺有意思的。

裴未抒还跟着笑了一下。

下一秒，他就笑不出来了。

因为他听见宋晞说："我以前暗恋过一个人。"

裴未抒的眉梢一扬。

程熵、蔡宇川、杨婷的男朋友他们显然不服输，吵吵嚷嚷地和宋晞争论："就这？那谁还没暗恋过别人哪？我小时候还暗恋王祖贤呢。"

"就是，人上学的时候有一个暗恋的对象多正常啊，这可不能算你赢。"

"那我暗恋杨婷可暗恋了两百多天呢，她都不搭理我。"

宋晞倒挺纠结，为了赢也开始算计上了。

"我暗恋的时间久，我暗恋了他六年呢。不对，五年……嗯，五年多，算了，就是六年。"

蔡宇川有点儿蒙："你暗恋一个人六年？他是知名艺人啊？"

"不是，他就是现实中的男生。"宋晞的脸红了。

"我说宋晞，你不会是为了赢我们，生生地编出来一个故事吧？"

杨婷喝着酸奶从宋晞的身后冒出来，给闺密做证："不是的不是的，晞晞真的喜欢过一个男生。"

顿了顿，闺密忽然转头，疑惑地问宋晞："可是你上大一的时候不是和我说，你下定决心不喜欢他了吗？哦，你上大二的时候好像也说过这种话。你没放下他吗，怎么还暗恋了他六年？"

醉酒的人都喜欢听八卦。

杨婷的男朋友也跟着来了兴致："谁呀谁呀，是咱们的大学同学吗？"

宋晞顶着一张粉红的脸，支支吾吾地说："反正……我是不是赢了呀？"

和她的这句问话一同传入裴未抒的耳朵里的，是他姐姐裴嘉宁的质问声:"Excuse me(打扰一下)?裴未抒,你还在听吗?!"

客厅里一片喧嚣,易拉罐堆在桌边的地上,奶灰色的大理石地面上映着零星的灯光。

宋晞坐在桌边,被几人轮番地追问。

她不好意思地捂住脸,粉红的耳朵露在外面。

裴未抒还举着手机,视线遥遥地落在宋晞的身上。

他对姐姐坦言:"抱歉,我确实走神儿了。"

空空的易拉罐被裴未抒压扁并收进垃圾袋里。

几个烂醉的朋友是指望不上了,只有宋晞能帮着他收拾东西。

她端着那两个装过水果的空盘子走进厨房里,拧开水龙头,盯着水流,忍不住赌气地鼓了鼓腮……

宋晞其实悔得肠子都青了。

她后悔自己不该为了赢一个游戏,就这样轻而易举地把秘密抖搂出来。

游戏被她终结,现在这群人确实被她哄得不再喝酒了。

可是……

一双双好奇的眼睛盯着她,他们就等着她讲那些关于暗恋的故事。

宋晞唯一庆幸的是,自己和这群人玩那个要命的"我有你没有"的游戏时,裴未抒不在客厅里。他去厨房里找到了合适的厨具,接好水,把锅端到客厅的桌子上煮面。

桌上放了卡式炉,一口橙红色的锅里正煮着拉面。

水已经沸腾,蒸汽从锅盖的边沿处冒出来。

杨婷已经不再揪着宋晞追问"为什么是六年呢,晞晞""我们在2012年的世界末日时不是说好了要断情绝爱吗"……

闺密是安静了,但其他人并不放过她。

蔡宇川举着手机,给宋晞看屏保上的某位著名的主持人。

他试图以真心换真心,说:"我的理想型就是这种知性的女性。我先坦白了,咱们今天就来一个坦白局,你讲讲你暗恋的类型。"

程熵就更厉害了,这会儿也不伤心难过、郁郁寡欢了,都把前女友搬出来了。

"对呀，咱聊聊呗，待会儿我给你们讲讲我的前女友。她和我一起学心理学，但悟性比我的悟性好很多。算了，我一会儿再说这些事，宋晞，你先来说说，喜欢什么类型的人？"

喝多了酒的人可真难缠哪。

心提到嗓子眼儿，宋晞只敢用余光去看坐在斜对面的裴未抒。

她暗恋的人就在他们的身旁坐着呢。

这让她怎么说？

宋晞假装自己聋了，只盯着锅，对他们抛出来的问题充耳不闻。

水在沸腾，锅盖被水汽顶得颤动，磕着锅沿。

裴未抒把盖子掀起来，热气扑面，豚骨浓汤散发出诱人的味道。

饥饿战胜了好奇心，醉酒的人们终于安静了一瞬间。

白色的汤底上卧着六颗荷包蛋，画面十分刺激人的食欲。

宋晞用手机拍了照片，发朋友圈。

其实她很少发什么动态，只是觉得此刻的场景很温馨。

平时他们一个人吃饭是没有这么香的。

人多了，大家凑在一起，随便地做点儿什么事都觉得好热闹。

"开饭吧。"

宋晞先给杨婷盛了一碗面，舀起汤和荷包蛋，盛了满满的一碗。

碗很烫，她用手捏着耳垂，又去盛自己的面。

没等宋晞盛完，杨婷忽然提问，问题和她男朋友的问题有异曲同工之妙："晞晞，那个人是你的高中同学吗？"

上大学时，宋晞和杨婷提过，有那么一个很优秀的人让她默默地关注了很久很久，她总也放不下他。

但她从来没吐露过那个人的特征或名字。

既然那是爱而不得的暗恋，她的心里必然藏着心酸的往事。

彼时杨婷也怕触及闺密的伤心事，从不多问，只说："我们的晞晞这么好呢，那个男生可真没福气。"

可杨婷今天醉得实在厉害，脑子转不过来，她说话时也就顾及不了太多细节。

别说是闺密的暗恋,恐怕现在有人让她摘窗外的那轮月亮,她也敢骑到窗台上,伸手去试一试。

托杨婷的福,这些人又通通看向宋晞。

她丢盔弃甲,都没来得及捞起荷包蛋,草草地舀了半勺汤,就坐回椅子上。

宋晞挑起拉面,谨小慎微,尽可能地降低存在感。

她生怕自己的动作幅度大了会引发空气中的"蝴蝶效应",会再被问那些关于"暗恋"的问题。

裴未抒悠闲地端着碗走到宋晞这边,也拿了筷子挑面。

可能是觉得她埋头吃面的样子太像躲避危险的鸵鸟,他竟然轻笑了一声。

除了她,裴未抒是这间屋子里唯一清醒的人。

宋晞仗着他不知道暗恋的实情,还敢和他密谋,小声跟他商量:"你还笑?你能不能说点儿别的转移转移他们的注意力?"

"别担心,他们喝成这样,明早多半是要断片儿的,你就是真说了,他们也不一定会记得。"

裴未抒用公筷夹了荷包蛋,把它放进宋晞的碗里。

他眼里含笑地说:"况且,我也挺好奇的。"

"你好奇什么?"

"你的暗恋。"

"……"

宋晞忐忑得要命,筷子上的拉面"稀里哗啦"地掉回碗里。她马上语气决绝地把他的话堵回去:"不,你不好奇。"

但裴未抒只是那样随口一说,更像是在同她开玩笑。他盛完面就坐了回去,再开口时,已经转而问起大家晚上有什么打算。

话题终于从宋晞的身上转移开了。

现在已经是夜里的 1 点钟。

杨婷和男朋友显然不怎么清醒,只是睡几个小时,也没什么回家的必要,就被安顿在程熵的家里休息。

反正整栋别墅就程熵自己住,空房间多的是。

裴未抒和蔡宇川对程熵家不陌生,晚上也打算留下。

杨婷醉得眼睛都睁不开,倒是还惦记着宋晞:"晞晞呢?晞晞住在哪里?"

宋晞折腾一天了,又喝过酒,这会儿感到疲乏。

但她想了想,还是决定回家。

"家里养了鱼,我得回去给它们喂食。我明早再过来看你们,顺便给大家买早饭。"

酒足饭饱,雨散云飞。

裴未抒拿了车钥匙:"我送你。"

"我打车就行,这么晚了,你也休息吧。"

宋晞推托着。

倒不是不好意思,她是真心地觉得时间太晚了,他这么来回地折腾一趟,怎么也要花半个多小时。

"你自己打车不安全。"

这确实是不太安全的。

附近都是别墅区,住在这边的居民大多有不错的家庭条件。

她是一个细胳膊细腿的小姑娘,大半夜从这边出去打车,太容易被盯上。

任谁想想都不放心。

程熵扶着椅子摇摇晃晃地站起来,醉醺醺地嘀咕:"宋晞你……你还是让裴哥送你吧,别拿安全开玩笑。"

宋晞到底还是麻烦裴未抒开车送她回家了。

白色的轿车驶入夜色里。

街道上已经静下来,只剩路灯尽职尽责地点亮道路。

裴未抒的车里没有放音乐,只有阵阵清香飘散在空气里。

这是一种很好闻的味道,似乎有些熟悉,宋晞一时又想不起这到底是什么东西的味道。

她忍不住深呼吸了两下，试图分辨。

裴未抒留意到她的动作，用一只手握着方向盘，空出一只手，指指挂在后视镜上的车载香薰："是番茄藤。"

难怪。

这确实很像切掉番茄的根蒂时的味道。

他说这是他的姐姐挂的。

"她很喜欢有各种味道的小东西，家里到处都是这种小东西。"

宋晞很高兴能够听到裴未抒姐姐的消息。

那个明媚可爱的大美女没有因为遭遇厄运就被击倒，仍然热爱生活，会买各种香香的小东西。

裴未抒是一个很令人放松的人。

别人和他在一起不太会冷场，偶尔的沉默也并不会让人觉得压抑。

片刻后，他们又谈起宋晞的鱼。

宋晞有些不好意思，说那只是普通的金鱼，那种金鱼是橙红色的，眼睛鼓鼓的。

某个周末她陪宋思思去公园玩，宋思思小朋友在小水池里付费捞了金鱼，选了两条金鱼送给她。

虽然那是普通的金鱼，但是宋晞还是很珍惜它们。

她买了鱼缸、水草和鱼食，精心地把它们养护起来。

无论她说什么，裴未抒似乎都很感兴趣："我没养过金鱼，需要每天喂食吗？你出差或者旅行时，家里没人照顾金鱼怎么办？"

"我做了能定时喂食的简易小装置，一周不在家其实是没问题的。昨天我出门太急，忘记把装置放在鱼缸上了。"

"很厉害呀。原动系和传动系，你喜欢这些东西？"

宋晞的脸红了："这和那些很专业的知识没关系，我不懂的，只借用了现成的机芯。"

"你怎么会对这些东西有兴趣？"

宋晞没说她曾经在国际学校的"课外活动展览日"上见过很多优秀的同龄人和比她小的人。

他们都十分有创意，会把家里的废旧物品改造成变形金刚。

她也没说自己上大学时为了提高英语的水平经常会看些英文版的影视作品。

大概是在上大三的那一年，她在电脑上搜到一部BBC（英国广播公司）的纪录片——Mechanical Marvels: Clockwork Dreams（《机械奇迹：发条装置之梦》）。那是关于机械的纪录片，给她留下了深刻的印象。

毕业后，宋晞租了房子。

房东留下的挂钟的时间不太准，宋晞自己换了新的钟表，没扔那个旧的挂钟。

直到她养了金鱼，考虑到出差时确实无法照料它们，她突发奇想，想起了那个旧挂钟。

她把它翻出来，自己鼓捣鼓捣，居然真的把它改成了能给鱼喂食的小装置。

宋晞是在追逐裴未抒的脚步的路上，积攒了一些微弱的能量。

最终能量积少成多，经年累月，她变成了现在的她。

裴未抒告诉宋晞，他以前也给家里的萨摩耶犬做过自动投喂的装置，做好后只过了一天，装置就被他家的狗暴力地拆毁了，狗粮被甩得满屋都是。

"很巧是不是？"

他们的聊天儿氛围很好，只是宋晞的手机突然疯狂地振动。

宋思凡夜里抽风，不知道怎么察觉到了她还没睡，甩过来一堆链接——

"别再熬夜了，真的会死。"

"熬夜，是你想不到的毒药。"

"熬夜的危害远比你想象的更多。"

"晚睡的23个害处，你知道几个？"

"长期熬夜的永久性伤害是什么？"

"25岁的女孩猝死，原因竟是熬夜！"

…………

车里的空间是密闭的，任何声音都十分明显。

她的手机振动个不停，惹得开车的裴未抒都看过来一眼。

宋晞把手机调成了静音模式，在源源不断的消息中，她给宋思凡回了一句话："你就没熬夜吗？"

对面的人不吭声了。

但宋思凡仅仅安静了数秒，又开始发消息。他还问她在哪里。

"回家的路上。"

回完这句话，宋晞不再理宋思凡了。

她觉得他在抽风，说不定他是在打游戏还是做什么，也说不定谁又惹他了。

车子停在楼下，宋晞解开安全带："谢谢，你回去时慢点儿开车，晚安。"

"嗯，晚安。"

她刚走出去几步，突然听见裴未抒叫她："宋晞。"

夜风徐徐，宋晞不确定自己是否幻听了。

她迟疑着转身，晚风吹乱了她的头发，头发被她抬手压在耳侧。

车窗缓缓地降下来，裴未抒的面孔清晰地呈现在宋晞的眼前。

北方的空气干燥清凉，令人感到熟悉，宋晞一个人走过几百次这条路。

她以前没想过，那个记忆里骑着自行车穿过绿树成荫的学院路的人，会出现在这个场景里。

夜空中点缀着星月，夜虫扑向灯火。

有那么一瞬间，她觉得裴未抒像海市蜃楼。

"海市蜃楼"却笑着开口："我想问你一个问题。"

宋晞听见裴未抒问："刚才给你发信息的人，是你的男朋友吗？"

裴未抒的神情很认真，他不像在开玩笑。

无法揣测他这样问的目的，宋晞在朔风中摇摇头，下意识地回答"不是"。

后来裴未抒笑了一下，又问了她的电话号码。

他的记性大概不错，她说出那串数字时，他并没有把号码记在手机上，只在她说完后点点头，说"知道了"。

"太冷了，你上去吧。"

宋晞告别裴未抒，回家，一路上心跳得好快。

她没有等电梯，一口气跑上五楼，进屋后靠在门上喘得要命，胸腔生疼。

某种感觉又回来了，被她极力地忽略。

过了一两分钟，手机屏幕在黑暗中倏地亮起，那是一个陌生号码的来电。

宋晞接起电话，手机里传来裴未抒的声音："宋晞，是我，你到家了吗？"

她平复着呼吸，答道："嗯，我已经到家了。"

家里鸦雀无声，她能听见裴未抒那边隐隐地传来发动车子的声音。

宋晞似有所感，蹬掉鞋子跑到窗边。

她果然看见楼下昏暗的灯光中，那辆熟悉的白色轿车刚掉头准备离开。

要命，这个人真的太容易让人有好感了。

裴未抒在电话里说："你到家了就好，休息吧，明天见。"

"明天见。"

那辆白色的车子驶入夜色里，很快消失在视线中。

晚上宋晞喝过几杯啤酒，洗漱过后，困得眼皮直打架。

她躺在床上，翻看朋友圈。

熬夜的人还真不少，她发出那张荷包蛋和拉面的照片时已经将近1点钟了，这会儿仍然有很多"夜猫子"在评论和点赞。

最新冒出来的评论来自宋晞的某位"直男"同事："这么多东西都是你吃的吗？"

她再往上看，能看见宋思凡的评论，内容只有一个问号。

宋晞反应过来，宋思凡大概就是通过这条朋友圈发现她没睡的。

宋晞挺困的，但这可能是年轻人的通病吧，不熬到最后一刻，她绝不会放下手机。

她退出微信，随手就点开了某个问答类的社交软件。

不知道是手机被大数据监听了，还是她大半夜撞到鬼了。她刷新过后，屏幕上充斥着各类与"暗恋"相关的问题："暗恋是什么感觉？"

"一个男生如果暗恋你，会有什么表现？"

"暗恋真的会有结果吗？"

…………

这些问题简直比程熵他们的问题更加穷追不舍。

宋晞左躲右闪，还是点开了一个令人怅然的问题——

"提起校园时光，你会想到什么？是做不完的试卷，还是清脆的下课铃声？是令人昏昏欲睡的午后的课堂，还是和同桌偷偷地传的小字条？"

已经毕业一年多的宋晞在深夜里刷到这段话，脑海里不可抑制地浮现出裴未抒的模样。

下面的回答形形色色，最高赞的那篇回答让人看了好心酸。

那位答主写了一场校园时光中的暗恋：

她躲在楼道的转角处，无数次探头望向楼梯口，窥探心仪的男生的身影和行踪，然后又绞尽脑汁地装作只是同他偶遇。

她偷偷地跟着他走进一家网吧里，在乌烟瘴气的场所里，被烟味呛得咳嗽。

她打开了一台电脑，就在他旁边的位置。她输入社交账号和密码时，密码明明烂熟于心，她却紧张到手都在颤抖。

…………

这些文字触动了宋晞。

她一时兴起，也在这个问题的下面写了一篇回答。

2009年的冬天，某天的课间操时，李瑾瑜到了生理期，肚子疼得要命。

班主任是那种很通情达理的老师，平时只对课业严格。女孩子因为到了生理期不去参加课间操这种事，在她们班是被允许的。

但李瑾瑜还是去跑操了，没请假，说想去看看她的"精神力量"。

女孩子被风吹得鼻尖通红，呵出团团的白色雾气，却在冰天雪地的操场上一边跑步一边频频地回眸，寻找李晟泽的身影。

宋晞隐匿掉了名字，只写事件。

她写下自己当时的真实心情：

"连朋友的这种情况，我都非常羡慕。因为那时我喜欢的人远在国外，如果我只是忍住痛经就能见到他，就好了。"

宋晞总是能把关于裴未抒的细枝末节记得很清晰。

写着写着，她又想起一件极傻极傻的事情。

有一段时间，李瑾瑜不知道从哪里听来一种"歪理邪说"，神神秘秘地凑到宋晞的耳边，告诉她："你只要把喜欢的人的名字在纸上写上一百遍，就能被他注意到。"

两个姑娘傻乎乎地信了，还找了几个理由来支撑她们的愚蠢行为。

"宁可信其有，不可信其无。"

"试试怎么了？我们又没什么损失。"

"空穴不来风，这种说法既然被盛传，准是有一定的道理的。"

她们在午休的时间里借了林伟楠的书桌，躲在教室的角落里，用校服蒙着彼此，头挨头地凑在一起，奋笔疾书。

李瑾瑜写"李晟泽，李晟泽，李晟泽……"

宋晞写"裴未抒，裴未抒，裴未抒……"

纸上的字像心事的咒语。

她们真的傻得可以，这根本不像是占据班级前五名的两位优等生能干出来的事情。

宋晞在手机上敲字，依然匿去名字，把这件傻事也写了下来。

她加粗了字体，并在最下面非常愤愤地写了两句话：

"这是假的，不要试，根本没有任何用！"

"还不如多抄几遍公式!"

实在太困,写完这些文字,宋晞就握着手机睡着了。

第二天起床时,宋晞已经忘了这件事,只记得朋友们还没吃早饭。

她连手机都没顾得上看,利落地爬起来洗漱。

为了节省时间,她一边刷牙一边顺手喂了金鱼,吹头发时还跑去撕了日历……

假日的早晨,粥铺里没那么拥挤,不用排队,宋晞跑去打包了六份粥和包子。

上地铁前,她又觉得不放心,提着袋子钻进地铁站附近的药店里,买宿醉的醒酒药物。

她还在药店工作人员的忽悠下,买了一瓶护肝片。

地铁上的人不多,宋晞找到座位坐下,解锁了手机屏幕,想给大家发消息。

结果她点开锁屏的界面,一眼看见了自己昨晚写的那些话。

宋晞愣住了。

那些酸涩又傻里傻气的时光啊……

夜晚的冲动已经过去,她有些想要把那些回答的话删掉。

但她想了想,反正这个平台的回答是可以匿名的,又不会有人知道那是她写的,于是干脆点了"发布"。

宋晞没把这件事放在心上。她打开微信,在群里和大家说自己买了早餐,一会儿就到。

杨婷居然已经醒了,很快回复她:"还得是我晞,晞晞快来救我。"

"昨天晚上只吃了两块西瓜,我好饿,真的好饿。"

"你们感受过生生地被饿醒的滋味吗?"

什么"只吃了两块西瓜"?杨婷这是……断片儿了?

宋晞想到杨婷昨晚吃掉的那碗拉面里连汤都没剩下一滴,忍俊不禁。

她到程嫡家时,裴未抒正在庭院里坐着,拿着平板电脑,不知道在看什么。

他换了一身衣服，看上去神清气爽，听见她推门的动静，抬起头："早。"

"早。"

"你先进去吧，他们都醒了。"裴未抒应该是在忙，说着话，目光重新落在平板电脑上。

程熵家已经被清理干净，昨夜的狼藉不复存在。

窗子敞着，清新的风吹进来。

断片儿的人不只有杨婷，他们几乎全体失忆。

裴未抒有些工作上的事情要做，这些人不好打扰他，只能围着宋晞问东问西。

宋晞心虚地没讲最后一局"我有你没有"的游戏，避重就轻，只说大家一起吃了拉面。

"我们还吃拉面了？不能吧，那我怎么还这么饿？"

"菜狗。"

程熵的心情看起来果然比昨天好些了，他喝了一口粥，很不屑地开口："你就喝了那么几瓶酒就断片儿了？我可记着吃拉面的事呢，吃的是番茄肥牛拉面，是吧宋晞？"

宋晞于心不忍地看程熵一眼："是浓汤豚骨面。"

蔡宇川大笑："哈哈哈哈哈！你说谁是菜狗？半斤八两吧？番茄肥牛，这件事我能笑一辈子。"

一团纸巾被丢在蔡宇川的粥碗旁边，程熵恼羞成怒地说："闭嘴好吗？"

"啊！"

杨婷咬了一口包子，满脸欣慰地说："这果然是我爱吃的虾仁菜心包！我就知道晞晞最好，爱你一万年。"

杨婷的男朋友在旁边端着一碗粥，长吁短叹："我天天下楼给你买早饭，也没听你说过这种话。唉，我就是一个奴隶，奴隶呀奴隶。"

"没有没有，什么奴隶呀？我只是害羞而已。"

杨婷睁眼说瞎话:"亲爱的,我只是不擅长表达。其实我也爱你一万年的,爱你一万零半年,比闺密多半年。"

程熵冷眼旁观这对小情侣撒狗粮:"我说朋友们,你们还记得昨天为什么会来我家喝酒吗?"

蔡宇川明知故问:"为什么?"

他问完就被程熵绕着客厅追杀,最终后脑勺儿中了一个抱枕,他壮烈地倒在了毛毯上。

"不过宋晞,你昨晚怎么回去了?楼上有好多空房间呢。"

宋晞笑笑,给失忆的人们重复昨晚的说辞:"我回去喂鱼,家里有两条金鱼。"

杨婷趁着大家在吃饭,把闺密拉到一旁,小声问宋晞:"所以,昨天是裴未抒送你回去的?也是他陪你去便利店买拉面和鸡蛋的吧?哦哟,哦哟哟哟哟……"

杨婷一边"哟哟哟哟",一边用指尖戳宋晞肋侧的痒痒肉:"我就说他对你有点儿意思吧?你还不信。"

宋晞笑着,躲闪着,还不忘辟谣:"没有,他只是没喝酒,比你们都清醒。"

宋晞细想昨晚的事,裴未抒的某些举动确实让她的心悸动过。

但她谨慎地思忖一下,裴未抒对别人好像也是这样的。

他不是也帮蔡宇川买烟吗?

他明明不喝酒,也陪着失落的程熵闹到半夜呀,还给喝多的酒鬼朋友们煮拉面和荷包蛋。

"裴哥,忙完啦?"

程熵趴在餐桌上,指指宋晞提来的纸袋:"快来,宋晞买了早餐,给你留了粥和包子,你来吃点儿东西。"

裴未抒拎着平板电脑进来,走到餐桌旁,拉了一把椅子坐下。

他和宋晞打了一个招呼,笑起来眼睛是弯的:"早餐看起来不错,谢谢。"

宋晞感觉到闺密在她的身后用手猛戳她的后背。

"宋晞。"

裴未抒放下用来擦手的酒精湿巾，拿起被宋晞放在餐桌上的手机，并没仔细地去看手机，把屏幕冲着她的方向："手机屏幕一直在亮，好像有消息提示，跳出来挺多条消息，你要不要看看？"

"哦，好。"

昨晚在裴未抒的车上，宋晞把手机调成了静音模式，还一直没把静音模式关掉。

听说手机上有消息，她只有两种猜想：会不会是单位的领导要求加班？或者又是宋思凡抽风，发些乱七八糟的消息。

可她拿到手机，意外地发现，这竟然是那个问答平台的消息提示。

宋晞以前只是浏览回答，昨天还是第一次发布回答。

她点进去查看消息，一时有些发蒙。

好像是因为某位网络大V给她的回答点了赞，那篇回答被推送给更多的人了，也有很多人点了赞。

就是……

她还挺难为情的。

也许是因为她的脸色着实古怪，旁边的蔡宇川探头问："你在看什么呢？"

宋晞瞬间把手机反扣在餐桌上。

她抬起头，正迎上裴未抒类似探究的目光。

汗毛都竖起来了，她口不择言地说："我什么也没看！"

醒酒之后，大家变得不像昨夜那样难缠了。

也许有人察觉到了宋晞此刻的慌张，但他们宿醉后自身都难保，不是头疼，就是眩晕。

这种说说笑笑、打打闹闹的状态如昙花一现，只短暂地维持了一顿早餐的时间。这会儿精力已经耗尽，他们又萎靡起来。

反正现在是假期，几个人打算就在程熵家混一天，暂时不走了。

裴未抒吃过早饭，告别众人，说是和家人约好了，今天要家庭聚餐。

临走前，他特地找到宋晞，告诉她，他家就在附近，她有什么事情就给他打电话，他能赶过来。

宋晞点点头。

她也只能点头，后背都快被闺密戳烂了。

裴未抒走后，杨婷从宋晞的身后冒出来，挺兴奋地开口："这儿可有这么多人呢，他为什么只和你交代这些事呢？嗯？嗯嗯嗯？你说这是为什么呢？"

"只有我不头疼难受吧。我算是你们的监护人。"

"什么呀？"

杨婷有些扫兴，想了想，又问："不过晞晞，我真觉得裴未抒和你很配呢，你不考虑考虑？"

那是她考虑就能有结果的吗？

当年她都把他的名字写了 100 遍，也没见成效。

杨婷的脸色看起来并不算好，宋晞扶着杨婷的肩，把人推回沙发那边，让她好好地休息、少胡思乱想。

宋晞带了英文剧本，想趁着假期的这两天把答应剧本杀店的老板的事情做完。

她中午随便地在外卖软件上点了些食物，吃过饭，便又埋头翻译起剧本来。

她虽然是一个业余选手，不可能像诗人徐志摩那样把"Firenze（佛罗伦萨）"翻译成脍炙人口的"翡冷翠"，但也希望自己的翻译至少不会给剧本减分或让人出戏。

她翻译得很慢，也尽可能地做到严谨。

裴未抒打来视频电话时，手机突然振动，还惊得她打了一个激灵。

是视频通话……

宋晞理理头发，接起来视频电话，最先看到的不是裴未抒，而是"雪球"。

萨摩耶犬吐着舌头，对着镜头叫了两声。

裴未抒笑着给宋晞介绍："这是我和你提过的狗，就是拆自动喂食装置的那只狗，叫'雪球'。"

"你好，'雪球'。"这是宋晞第一次正式地和"雪球"打招呼。

她看着活泼的白色萨摩耶犬，在心里对它说：我们见过，你记得吗？

有很多次，我们在路上遇见过彼此，那时候我带着小小的"超人"，你记得吗？

它和主人一样不记得她了。

它歪着头，"呼哧呼哧"地吐着舌头。

画面的背景是裴未抒的家。

以前宋晞设想过他家或者他的房间的样子，只不过那时对他的了解有限，她的想象力也有限。

现在她亲眼看到了，墙壁是看起来很舒适的莫兰迪色系，上面挂着不少相框，有一张照片上有很多人，那大概是全家福。

"雪球"咬着一个飞盘，疯狂地摇尾巴，看样子很想出去玩。

宋晞以为裴未抒突然打视频电话来一定有什么事要和她说。

但他只问了她："你们怎么解决的午饭？"

宋晞看了一眼窝在沙发上打游戏的四个人，告诉裴未抒，他们点了外卖。

中午的时候，程熵他们看上去还是不怎么舒服的样子。

他们点外卖时选来选去，还是点了看起来好消化的食物——淮南牛肉汤。

在那边打游戏的程熵听见说话声，抱着沙发的靠枕看过来："是裴哥吗？哟，'雪球'呀，嘿，'雪球'。"

"雪球"大概听得出程熵的声音，叫得挺兴奋。

宋晞把手机递过去，程熵、蔡宇川他们和裴未抒说了几句话，最后说："代我们跟嘉宁姐和叔叔阿姨问好。"

手机又回到宋晞的手里时，非常不巧，她刚刚困倦地打了一个哈欠。

嘴还没合拢，样子实在不算好看。

裴未抒应该是看见了，浅笑着问："困了？"

宋晞连续几天睡得都晚，现在又是下午人最容易打瞌睡的时间段，她眼眶微红地点头，承认自己确实有些困。

"你去楼上睡会儿？有客房。"

"还是算了，我在翻译剧本呢，想早点儿弄完，过两天上了班可能时间更紧张。"

裴未抒只说："那我晚点儿过去。"

直到挂断视频电话，宋晞也没想通"她困"和"他晚点儿过来"之间有什么因果关系。

她真的好困，脑子里混沌成一锅粥。

她要是能喝上一杯咖啡再继续翻译剧本就好了。

可宋晞了解程熵家现有的食材。

冰箱里还剩下三罐啤酒、几瓶碳酸饮料、两杯酸奶以及半盒无菌的鸡蛋。

实在没什么能提神的东西，她只能喝几口矿泉水，继续干活儿。

剧本里的很多对话都十分口语化，和课本上的不太一样，宋晞也是在大学时兼职做翻译之后，才逐渐地积累了更多这方面的知识。

她倒也没有多专业，起码看见"give me the tea"，不会像以前一样傻乎乎地觉得这是"把茶给我"的意思，而是看了上下句之后，确定它要表达的意思是"告诉我八卦吧"。

她又强撑着翻译了两页剧本，忽然觉得客厅里过于安静了。

她再转头，刚才还在互骂互损着打游戏的四个人果然已经以各种姿势躺在宽大的沙发上，睡着了。

手机又在振动，居然是李瑾瑜联系她。李瑾瑜说看见了她的朋友圈，并在微信里问她："要不要打一个电话聊几句呀？"

宋晞放下笔，怕吵醒大家，放轻脚步走到室外。

她从玄关处拿了门卡，关好防盗门，才拨通了李瑾瑜的电话。

她们有一段时间没联系了，但还是很亲密。

宋晞问："瑾瑜，你放假了吗？你有没有出去玩？"

李瑾瑜在电话里抱怨医学生根本没有假期。

她在读医学的研究生，天天苦哈哈地跟着导师。她昨天被安排在急诊室里值了整夜的班，今天又去查病房，又去做病历记录，刚忙完。

她都没吃上一口热饭，就咬了几口被医院里的空调吹冷了的面包，勉强充饥。

"你都不知道，我看见你在朋友圈里发的荷包蛋和拉面时，口水都要流下来了，拉面是世界上最美味的食物。"

宋晞心疼地在电话里催促："你快去吃饭，医院的对面好像有一家拉面店？"

"不吃了，我打算坚守岗位。"

李瑾瑜沉默了几秒，才继续说："宋晞，我刚才在医院里遇见一个病人，背影和他太像了，我看得心一紧。"

李瑾瑜不用说名字，宋晞也知道这个"他"是谁。

宋晞忽然想起前天的夜里自己看着李瑾瑜的朋友圈的背景图片，那时她很想问李瑾瑜是不是已经忘记了那个会叫她"小金鱼"的男生。

现在她不用问了，一切答案都在那句看似轻松的"我看得心一紧"里。

五年的时间可以改变很多人。

她们不再是青涩的 18 岁学生，不再是去酒吧时拿起酒单从头看到尾、面面相觑却仍然不知道该点什么喝的小姑娘。

她们长大了很多，在各自的领域里忙碌着。

但某个名字的出现，仍然有搅乱人心的神奇力量。

"所以我下午不歇了，那个病人刚好在我的同学管辖的病房里，我倒要去看看他的正面还像不像他。"

她们没有继续聊这个话题。因为大学毕业后不久，她们辗转听到过消息，李晟泽好像已经结婚了。

李瑾瑜又问宋晞："你好不好？你那边最近有没有什么新的情况？"

"我这儿是有点儿情况,而且情况很魔幻。"

宋晞跟李瑾瑜讲了她在剧本杀的店里遇见裴未抒的事:"你还记得你在同学录上给我写的祝福吗?'希望你能有机会认识他',那就是9月发生的事情,当时吓死我了,别说什么'心一紧',心跳差点儿骤停。"

"天哪!真的假的,你居然真的认识他了吗?"

李瑾瑜比宋晞还激动,一连串地发问:"那他还帅吗?你当时是什么感觉?后来你又联系他了吗?他有没有女朋友哇?"

好歹宋晞已经认识裴未抒一个月了,度过了缓冲期,这会儿讲起来还能慢条斯理。她慢慢地回答着:"他还是很帅,而且人也很好。"

"其实我挺高兴遇见他的。"

"而且好像在长大之后认识他,我也比以前进步了一些,和他相处起来觉得没有想象中的那么困难。"

但这对李瑾瑜来说是爆炸性的新闻。

不愧是"小辣椒",李瑾瑜听着听着就等不及了,催促起来:"可急死我了,你快说,后来有没有再见过他?"

"有的。2号我们又一起去玩了密室逃脱,然后昨天去玩剧本杀没玩成,在他的朋友家喝了酒,闹到半夜……"

宋晞顿了一下,有些不好意思,说:"现在我还在他的朋友家里,一会儿他可能也会过来,我还会再和他见面的。"

李瑾瑜跟宋晞开玩笑说:"你看,我当时让你写100遍他的名字,那还是有用的吧?虽然时间晚了几年,但他到底还是注意到你了呀。"

好歹又长大了几岁,宋晞已经没那么容易被忽悠了。

"有什么用?那种办法真的有用的话,在你的身上怎么失灵了?"

"我可能写错字了呗!"

自我打趣后,李瑾瑜忽然问:"宋晞,你现在见到他还会心动吗?还是你觉得就交一个朋友算了?"

"难说,我得想想怎么回答你。"

李瑾瑜笑得很有一种"看热闹不嫌事大"的感觉:"那你现在就

想,我等你。"

程熵家的庭院太久无人打理,给人一种荒凉的感觉,杂草丛生。

秋风瑟瑟,石板路旁生出的一棵蒲公英顶着毛茸茸的球状种子,随风摇曳。

有那么两三粒种子已经成熟,在风的搅扰下,几乎要随风而去。

面对朋友的问题,宋晞一时不知道如何回答。

她坐在台阶上,盯着那棵蒲公英出神。

庭院的门被推开,她先是看见了一双白色的运动鞋,随后抬眼,看见裴未抒走进来。

他提着咖啡店的纸袋,应该留意到了她在跟人打电话,并没有同她说话,只是略一颔首,然后走到宋晞的身边,从袋子里拿出一杯咖啡,把它放在她身侧的台阶上。

裴未抒指了指门,用口型示意她自己先进去。

防盗门打开,又闭合。

只剩下咖啡的香气随风飘散。

宋晞忽然想到,不久前跟裴未抒视频通话时,她说过自己很困……

电话里有人在问李瑾瑜:"小李,我要去十七病房看那个病人了,你还去不去?"

于是李瑾瑜说:"看来等不到答案啦,我先去看那个背影杀手,你准备好答案,我今晚忙完再联系你!"

电话被挂断。

宋晞看着咖啡,心脏跳得有些快。

她没有等到晚上再联系李瑾瑜,而是点开李瑾瑜的微信对话框,很认真地给朋友发了消息:"嗯,我还是会心动。"

第三部分 英仙座流星雨

第五章
我喜欢你

宋晞和程熵他们一起玩过剧本杀、密室逃脱,一起在深夜买醉、吃夜宵,又在宿醉后一起混了整整的一天。

他们也算是"同甘共苦"过,友谊得到了升华。

假期之后,这群人联系得更频繁了,聊的内容也不再局限于娱乐。

通过和他们聊天儿,宋晞得知裴未抒在一家很有名的企业工作。

在《财富》杂志的全球排行榜里,那家企业能跻身前一百五十名,实力雄厚,薪金待遇优厚,在那家企业里工作的机会更是难得。

裴未抒在这样的企业里工作,仍然称得上人中龙凤。可宋晞知晓了他回国的原因,偶尔会替他觉得难过。

她不知道裴未抒会不会偶尔遗憾没能坚持梦想。

毕竟宋晞了解他的过去,他曾经那么坚定地热爱着法律。

假日结束后的第二个周末,宋思凡要去国外继续读书,选了大半夜的航班。

他从高中起就经常和同学出去玩,是一个在外面"嗨"上一周都不肯给家人打电话的野孩子,这次非要立一个恋家的人设,舍不得走,说什么都要全家人去送他。

他连"超人"和幼小的宋思思都不放过,更别提宋晞了。

他简直不是人。

凌晨的2点钟,两家人站在机场的大厅里,打着哈欠给宋思凡送行。

过安检口之前,宋思凡转性般拥抱了在场的每个人,说的话居然也很伤感。

"我们再见面就是冬天了。"

他惹得张茜这个当妈妈的人当场落泪,宋晞的妈妈也跟着红了眼眶。

连着加了几天班,宋晞困得睁不开眼,但也被这种场面打动,抱着"超人"接受宋思凡的拥抱时,忍住打哈欠的冲动,多叮嘱了一句:"你在国外要好好地照顾自己。"

宋思凡难得展现出了弟弟该有的样子,竟然没有冷嘲热讽,点点头,走向验票的闸门。

10月的下旬,程熵在群里问宋晞:"@Yamal 宋晞在吗?老隋托我问你,你周末有没有兴趣去测一个剧本?"

老隋是那家新剧本杀店的老板。

前一段时间宋晞帮忙翻译了三四个英文剧本,都是把电子版的剧本发在群里,托程熵他们转发给人家的。

可能是为了感谢她吧,老板有什么觉得不错的新剧本,也会托程熵问问宋晞想不想玩。

杨婷替宋晞回复了:"晞晞出差了。"

"人在飞机上,估计快到鹭岛了,这周末肯定回不来。"

"好怀念哪,那可是我们上大学时生活了四年的城市呢。"

此时宋晞的手机被调成了飞行模式,她戴着耳机浅眠。

手机的音量被调到很小,声音似有似无。

播放列表里反复地循环着两首歌——《词不达意》和《初恋》。

梦里隐约地出现过某个身影,那个人很高,肩膀宽阔,只是她还没看清那是谁,飞机已经落地。

起落架撞击地面，震颤让宋晞倏忽转醒。

广播里播报着当地的信息——"飞机已经降落在鹭岛的机场上，室外的温度是30℃，飞机正在滑行，为了您和他人的安全，请先不要起立或打开行李架……"

宋晞出差是临时的。

她订机票的日期太接近出发的日期，经济舱里已经没什么好座位可选，她只能挑了很靠后的一个座位。

等乘客散得差不多了，她才起身，拿好包包走出去。

温热的空气扑面而来，这是熟悉的感觉。

宋晞关掉飞行模式查看手机时，发现群里的人已经在嚷嚷着让她带鹭岛的特产回去了。

杨婷点名要吃某家老字号的点心，还很怀旧地发了一张大学时她们买的点心的照片。

宋晞发了一个"小熊收到"的表情包。

毕竟在鹭岛生活了挺久，她也算了解这座城市，好吃的特产还真不少。

去酒店的出租车上，宋晞凭记忆在备忘录里写了一些特产的名字，打算抽空去采购特产。

手机屏幕的上方跳出来消息提示，一直没出现的蔡宇川在群里发了消息。

"好巧哇。"

"我刚和裴哥一起吃完饭，他明天也要出差。"

"飞鹭岛。"

鹭岛的气温比帝都的高，现在已经临近11月，这里还像夏天似的。

宋晞站在明晃晃的阳光下，看着裴未抒要出差的信息，心里总有一种压不下去的期盼。

上次在程熵家，裴未抒给她买了咖啡。

她跟李瑾瑜打完电话，再回到室内，他正坐在桌边，看她翻译的

195

剧本。

见她回来，裴未抒展颜一笑："进度很快，你很厉害。"

那天的下午裴未抒也有工作要忙，拉开宋晞旁边的椅子坐下，查看电脑。

他们各自忙碌着，偶尔交谈。

宋晞因为一句"kick ass"犯难，觉得自己翻译得不对，她的翻译在当下的语境里有说不出的别扭。

她正打算拿手机查询时，裴未抒适时地提示："这是'很酷''很了不起'的意思。"

"难怪，我还以为这是要动手打架的意思。"

宋晞希望把对话翻译得再自然些，思索片刻，又问："裴未抒，这句话还有更口语化的翻译方式吗？"

"'酷毙了'，行吗？"

"太行啦，那我就这样写吧。"

沙发上的四个人仍在酣睡，宋晞和裴未抒说话时不得不压低声音，再靠近对方。

两个人离得近，她能清晰地闻到他的身上淡淡的洗衣液味道。

宋晞也难免慌了神，伸手端起咖啡就要喝，却听见裴未抒笑着提示："那杯咖啡是我的。"

不知道是谁突然打呼噜，声音不小，他们同时一怔。

两个人对视，忽地笑了。

静谧的下午，宋晞和裴未抒就那样肩并肩地一起忙碌着。

傍晚时分，宋晞终于翻译完最后一句话，抬手伸了一个懒腰，转过头，刚好发现裴未抒也在看她。

他眼含笑意，眸光温柔。

心脏不安分。

她像高中体测时跑了800米，心脏"咚咚咚咚"地跳，难以平息。

那天他们的交谈并不多，裴未抒一直在工作，偶尔会皱起眉头。

宋晞觉得裴未抒有所不快是理所当然的。

谁会喜欢在休息日突然接到大量的工作任务？他忙一天都忙不完工作的事，这多讨厌。

可裴未抒后来和宋晞说，他倒也没有很不开心。

他从外套的口袋里摸出一条西柚口味的硬糖，这是宋晞送给他的，他已经吃掉了两三颗糖，包装纸瘪下去一块。

裴未抒说："托它的福，我今天的心情很不错。"

此后他们又见过一次面，小集体在群里约着去吃了火锅。

锅里翻滚着热辣的牛油，工作上不舒心的事都能被它治愈。

他们聊天儿时，宋晞拿着公筷从通红的汤底里捞笋，筷子和裴未抒的漏勺撞在一起。

裴未抒笑了："你喜欢青笋？"

宋晞点点头。

"牛肉丸呢？"

"我也喜欢。"

于是裴未抒把手里的漏勺短暂地伸到宋晞这边，给她盛了一勺青笋和肉丸。

在辣椒的刺激下，每个人都脸皮泛红，宋晞的心事倒是被掩盖了。

况且程熵端着碟子凑过来："裴哥，也给我捞俩肉丸呗？"

…………

手机又是一振。

宋晞回神，不再看窗外的鹭岛的街景，在看向手机前，又多瞄了外面一眼。

原来她已经到她的大学附近了，难怪觉得这里眼熟。

杨婷的男朋友在群里发了厚厚的一沓 A4 纸的照片，说公司的同事生病请假了。他自己要完成很多工作，忙得想撞墙。

也许是因为向上翻到了蔡宇川发的消息，杨婷的男朋友在群里提到了同名的宋晞和裴未抒："@Yamal @Yamal"

"哇，这么巧，离得近的话，你们俩可以约饭了。"

杨婷也很忙，抽空跑到群里凑热闹，句句都在羡慕。她还说他们约饭的话，宋晞务必再替她吃几口上大学时她们喜欢的砂锅鸭子。

另一位"Yamal"迟迟地没出现，宋晞也不好说什么。

毕竟都是别人在说这些事，裴未抒本人没有说过要约饭之类的话。

宋晞自己不好决定这件事，怕太莽撞。

万一人家出差很忙，或者不忙但不想和她吃饭，那她得多尴尬呀。

宋晞这次是独自出差，订了一家普通连锁酒店的大床房，自己住。

今天倒是没什么工作，她已经和这边接洽的同事约好明天上午9点见面。

办理入住的手续后，宋晞也就闲了下来，放下行李又跑出去，先去找了几样特产，留了地址托老板邮寄。

手机被放在背包里，她时常听不见振动声。

扫码付款后，宋晞才发现，裴未抒已经回过消息。

针对杨婷的男朋友说的那句"你们俩可以约饭了"，他回答的是："约。"

"如果宋晞有空的话。"

"羡慕。"

"羡慕+1。"

"羡慕+1。"

…………

留守帝都的杨婷他们很是不甘示弱，说要趁裴未抒和宋晞不在约着玩剧本杀，还要撸串、吃麻辣小龙虾。

裴未抒没理他们的挑战，在群里提到了宋晞："@Yamal 明晚约饭？"

她没和裴未抒单独吃过饭，看到他发的"约饭"的字样，竟然有些紧张。

但其实在知道他要来鹭岛的那一刻，她也不是没有过期待。

宋晞说了"好"之后，他不在群里说话了，私信她："打一个电话？"

宋晞又回了"好",他很快就打来电话。

"宋晞？"

裴未抒询问了她所在的区,然后说:"我在订机票,明天下午到。"

宋晞忍不住把自己的省钱小技巧分享给他:"现在鹭岛的航空公司在搞活动,你下载航空公司的App(应用软件),能领到优惠券……"

但她说着说着,忽然想起裴未抒所在的那家公司传闻中的年薪高得惊人。

他出差的报销标准应该也比她的高很多,他根本不用省这笔钱。

所以她越说声音越小……

裴未抒倒没有不耐烦,还挺认真地跟她道谢,表示一会儿就去下载App。然后他问:"我也还没订酒店,顺便问一下,你住在哪家酒店里,方便让我参考参考吗？"

宋晞是按照单位的报销标准订的酒店。

这是很普通的快捷酒店,但地理位置不错,算是位于该区域的中心,她办事比较方便。

宋晞选这家酒店还有自己的思量。

她觉得这里离夜市近,夜里能出去逛逛,吃些当地的小吃。

她上大学时很喜欢的一家糖水铺就在附近。

宋晞迟疑片刻,告诉了裴未抒酒店的名字。

她不确定对方是否愿意住在这种快捷酒店里,也没好意思多问。

其实宋晞现在处于一种很矛盾的状态——

在暗恋裴未抒的这件事上,她的勇气本就不多。

她仅有的那么一点儿勇气,在18岁的那年就已经被用光了。

很多年前裴未抒在网球场里说的那番话,到底是对她有影响的。

有时候宋晞会突然担心自己的某些举动会被误认为是"逢迎""单方面的卑微讨好";也有时候,她有些偏执地认为,自己如果太主动,就不会被对方尊重……

她不再有勇气。

但她又无法抑制自己对裴未抒的心动。

毕竟那是她曾暗恋过六年的人。

回到酒店里，宋晞坐在床上，呆望着窗外的景色。

也许是因为鹭岛熟悉的街景和气候让她想起了大学的时光。

眼下她纠结的情绪，和那时的极为相似。

刚上大学的时候，宋晞第一次离开家人，独自在陌生的城市里生活。

假期时，她选择在鹭岛这边兼职做家教或者翻译，回帝都住的时日并不多，她也就几乎没有裴未抒的任何消息。

她偶尔会忍不住登录社交账号，通过宋思凡的空间看看那些国际学校的学生的日常生活。

她再用这些想法抽自己一鞭子，告诉自己：你看，你喜欢的人就是这样成长的。他现在考上了很好的大学，只会越来越优秀。

你要努力呀，宋晞！

可更多的时候，宋晞有一种清醒的伤心。

她很清楚，自己其实不会再和裴未抒有交集了。他们之间最近的距离，是国际学校跟第十中学的距离，也是宋叔叔的家跟裴未抒的家的距离。

她要向前走，不可能再回到高中。

裴未抒也要向前走，不可能一直在家里。

哪怕她再努力、再优秀，她的暗恋也该结束了。

她这样理智地想着，却时常心有不甘地想起他。

她怀着侥幸的心理，抱着奢望，如果能遇见他……

这类情绪让她有些焦虑。

所以有时候，宋晞会许愿，希望自己不再喜欢裴未抒。

2012年，"玛雅人的预言"备受关注。

人们根本不关心玛雅人对时间的换算，不关心什么"十八兀纳等于一盾""一盾等于一年""二十卡盾等于一伯克盾"……

他们只盲目地相信媒体和影视公司的夸张宣传，觉得12月21日就是世界末日。

于是那一年临近年终的时候,在大学的校园里,12月21日成了比平安夜、圣诞节、元旦、寒假被讨论得更多的事情。

宋晞本来对这则预言没什么感觉。受暗恋的影响,她一心努力地学习。

她这个人尝过努力带来的甜头,也就最信奉努力。

非要说点儿什么年终愿望的话,她确实有一个较为庸俗的愿望,希望自己的期末成绩继续名列前茅,能拿到奖学金。

她攒够了钱,就出去走走,长长见识。

真到了12月21日的那天,校园里实在太热闹了。

杨婷给宋晞打电话,周围乱糟糟地,她几乎在喊着跟宋晞说:"我们要在楼顶的天台上喊话,还要录视频。"

为了说动宋晞,杨婷顶着夜风,在天台上给她讲了一个挺长的故事:"恐龙灭绝之后还留了化石呢,地球毁灭,就算咱们都死翘翘了,万一手机留给了外星人……到时候他们费尽心思地破译地球的语言,翻译我们的视频影像,最后发现我说的是一句对家人、对爱人的真情告白,你说这有多浪漫?"

宋晞穿了一件长款的厚外套,从教学楼里走出来,很冷静地说:"地球真要毁灭的话,手机多半留不下,留下的手机也不一定是你的那部。"

"万一呢?!晞晞,你来吧,咱们在天台上热闹热闹。哦,对了,豆子她们买了超级多的烟花呢。今天咱们放一半烟花,剩下的烟花,到平安夜再放。"

"……"

宋晞有些无奈。

合着这群人根本就不信世界末日,只是想找一个理由狂欢。

手机贴在耳郭,闺密在电话里热情地相邀。

宋晞惦记着回去看英文纪录片,没怎么动摇。

操场上有一个女生迎面走过来,眼里都是泪,惹得宋晞不由得多看了她一眼。

两个人擦肩而过时,宋晞听见那个女生泣不成声,她断断续续地对电话里的人说着:"我知道你不喜欢我,可万一……万一明天我们就真的消失了呢?所以我……我还是想要告诉你,喜欢你很久很久了……"

万一呢?

宋晞忽然觉得心里酸楚,一路跑到天台上,找到杨婷她们。

烟花正冲向天际,在夜空中炸开。

不少人在护栏旁喊着各色的愿望。

宋晞也加入其中,扶住护栏,声音并没有很大:"我希望不要再喜欢他了。"

杨婷把这一幕录下来,说要留存这个视频。

本来说完愿望时,宋晞觉得浑身舒畅。

自己终于下定决心,和那个遥不可及的人说了再见。

可仅仅过了十几分钟,她一路走回宿舍,又反悔了。

她换衣服换到一半,都没脱内衣,就爬到上铺去找杨婷:"婷婷,你把那个视频删了吧。"

"为什么呀?"

"我不想把视频给外星人看了。"

杨婷只当闺密是在不好意思,反正她们今晚疯过、闹过,也尽兴了,她就把视频删掉了。

其实宋晞只是有点儿后悔。

如果明天真的是末日,她更不能放下裴未抒。

反正今天只是最后一天。

她就再喜欢他一天吧。

宋晞自己都没留意到,这样给自己洗脑的伎俩并不比闺密邀请她去天台时说的那些"外星人破译语言"的言论高明多少。

宋晞上大三的那年,是她喜欢裴未抒的第六年。

她已经不再像大一、大二时的那样患得患失、钻牛角尖,偶尔想起裴未抒,感觉也是淡淡的。

那一年有两三个男同学向她告白，宋晞都拒绝了。

她说不上来这算不算是因为裴未抒。

毕竟关于他的所有消息在她上大学后就中断了。

杨婷给她介绍了一位学长，宋晞被闺密硬拽着去和人家看了一部电影。

那是很有名的《速度与激情》系列，飙车的情节刺激到炸裂。

结果她在电影院里睡着了，电影散场时，俩人连联系方式都没留。

回来后，学长和杨婷告了状，很委屈地说宋晞不理他。

在闷热的盛夏，可怜的宋晞刚晾完新洗的衣服，就被杨婷堵在了阳台上。

衣服滴着水，在夜风中摇曳，杨婷举着在楼下买的冰棍，又想长篇大论，又得顾着吃冰棍儿，生怕冰棍儿化掉。

她说一句话，吃一口冰棍儿。

杨婷这样断断续续地数落了宋晞半天，最后真诚地发问："我说晞晞，你有大好的青春哪，就一点儿不想谈恋爱吗？你不想紧紧地拥抱爱人吗？你不想和爱人钻进小树林里接吻吗？你不想体会那种刻骨铭心的滋味吗？"

杨婷吃完冰棍儿，觉得自己发挥得真不错，闺密肯定有所触动。

谁知宋晞油盐不进，拿着手机翻看网页，忽然抬头："婷婷，我们去爬山吧？"

闺密刚把垃圾丢进垃圾桶里，转头听见这么一句话，差点儿气死。

宋晞真就一点儿不开窍？！

杨婷一边给学长回消息说抱歉，一边跺脚，竟然还提到了裴未抒："我真想见见你暗恋过的那个人，他是什么大罗神仙哪？他竟然能让你开窍，别是给你下蛊了吧？"

宋晞愣了愣，莞尔不语。

过了好半天，她才重复了一遍刚才的提议："过两天我们去爬山吧，你去不去？"

鹭岛的近郊有一座山，那里是夏日的避暑胜地。

最出名的是，山顶有一片视野绝佳的空地，那里没有城市里的光污染，平时就很受星空爱好者、露营爱好者的喜爱。

到了7月、8月的中旬，天气好时，游客能看见英仙座的流星雨。

于是杨婷这个假月老牵线不成，反倒被宋晞说动摇了，兴致勃勃地准备和她一起去看流星雨。

她们向社团的同学借了露营的工具，确定周末不下雨，才出发赶往那座山。

两个女生背着装备，"吭哧吭哧"地爬了好几个小时，终于在累趴下之前爬到了山顶上。

视野骤然开阔。

有那么一刻，人真的会觉得自己是"沧海一粟"。

其实杨婷还是有那么一点儿不死心。

扎帐篷时，她跑来跑去地和其他的游人搭话。功夫不负有心人，她遇见了一个挺热心的帅哥。

在杨婷的介绍下，热心的帅哥似乎也对宋晞挺感兴趣，帮着忙前忙后，大献殷勤。

杨婷很满意，兴冲冲地跑过去问宋晞："晞晞，你觉得怎么样？"

"天气不错，没什么云层，晚上咱们应该能看见流星。"

杨婷尖叫："谁问你天气了？！"

她们露营的基地里有一家店，店面很小。

老板经历过不幸的事，半张脸上都是烫伤的疤痕，而且说话也很费力，张开嘴半天，也只能吐出些简单的、不太连贯的字音。

店里没有服务员，老板只卖些简单的热饮、泡面和烤肠。

太阳缓缓地沉入山川间，山上的气温下降。

宋晞和杨婷去了那家小店，用热水泡了两碗泡面，又买了两罐热的杏仁露。

她们穿着租来的御寒棉衣，裹得像粽子一样，捧着热杏仁露，坐在小店里等流星雨。

小店的墙面上贴着非常多的彩色便利贴。

游人们想象这面墙有跟流星一样的功效,纷纷把愿望留在上面。

杨婷的愿望有很多,她一口气写了七八张便利贴,又把笔和便利贴递给宋晞:"晞晞,你也写写吧。"

不远处的店老板正在费力地跟人交流,声音很尖,像卡带的录音机。

宋晞提起笔,认认真真地写下——愿老板生意兴隆,余生平安。

那天她们很幸运,看到很多颗流星拖着长长的尾巴从天空上一闪而过。

宋晞仰着头,几乎舍不得眨眼,生怕错过它们。

她转眼间看见杨婷正双手合十地闭着眼许愿。

宋晞微微地怔忡。

她忽然觉得自己忘了些什么事。

从她刚刚写字起,直到流星一颗颗地划过。

在这些有机会许愿的时刻里,她一次都没想起过裴未抒。

无论是不甘,还是想忘记他,这两种心情她都没有过。

就是从那天起,宋晞发现,自己可能不再喜欢裴未抒了。

她的暗恋停止了,停在她喜欢他的第六年。

那个流星频频的夜晚,她有没有为此失眠过?她有没有为停止的暗恋而感到怅然?

她已经忘记了很多细节,难以考证。

好不容易来一趟鹭岛,宋晞不想窝在酒店里伤春悲秋。

天黑后,她去了夜市,去找她过去喜欢的那家糖水店。

街上好热闹。

排排商铺灯火辉煌;水果店的展台上摆满了新鲜的果子;家长骑电动车载着穿校服的孩子;几条小狗在花塔旁互相追逐;摊位的老板吆喝着各自的特色小吃……

天上缀着朗月疏星,可是和人间的喧嚣与温馨相比,星月也要黯然失色。

鹭岛是沿海城市,潮湿、干净的空气里没什么灰尘。

宋晞在夜市的街上慢悠悠地逛着，看见想吃的东西就停下来买一些，把塑料袋通通挂在手腕上，举着小竹签边走边吃。

她还和杨婷打了一个视频电话，很顽皮地给闺密看那些诱人的鱼丸、麻糍、芋泥包、奶黄包……

杨婷很懊恼地说："早知道你要出差，我就申请年假了，还能和你一起去母校逛逛，看看我们喂的那只流浪猫还在不在。"

"出差是单位临时通知的，我都差点儿订不到机票。"

宋晞安慰闺密："我已经买了点心给你们寄回去啦，你先解解馋。等你休年假时，我再陪你来。我今年也还没休年假。"

"晞晞，自己在外面注意安全，晚上一定要把门锁好。"

"知道啦——"

南方的植被郁郁葱葱，她只是随便地逛了一圈，就已经得到了放松。

宋晞回到酒店里时，觉得自己的身心被美食和舒适的气温治愈了，从包里掏出手机，发现上面有一大串来自问答平台的消息提示，脸又垮下来了。

怎么处处都在提醒她去想裴未抒？

她上次答过那个问题后，时不时地就会有人点赞和评论，宋晞费了半天的力气，才把那个软件的消息提示彻底关掉。

她把酒店的门反锁，在每个插座的孔上都贴了便利贴后，才换下衣服，进浴室洗了一个澡。

窗子开着，一只小壁虎趴在玻璃外。

宋晞吹干头发，靠在床头上，用带来的笔记本电脑处理了一些工作上的事。

她已经给自己找了不少事情做，但还是会不由自主地想到明天要来鹭岛的裴未抒。

她拿起手机，鬼使神差地点到了裴未抒的微信头像。

他的头像是"雪球"的照片。

她点开他的朋友圈，背景图竟然是一群小浣熊。

毫不夸张,那真的是一群小浣熊。

宋晞温柔地想：裴未抒是一个很喜欢动物的人呢。

她添加裴未抒为好友还是十一假期里发生的事情,其实已经有一段时间了。

她过去千辛万苦地到处搜寻关于他的消息,真加他为好友之后,反而不敢去看他的朋友圈了。

那时她是真的不敢看,怕自己再生妄念。

但她现在不用怕了。

反正明天他们都要单独约饭了,她看看他的朋友圈也没什么吧？

她点开他的朋友圈才发现,裴未抒不是那种特别喜欢发朋友圈的人。

杨婷和程熵每天总要发两三条动态,实时地播报自己的生活奇遇。

他们看综艺节目都要实时地吐槽,一连发几条朋友圈是常态。他们要是哪天没发朋友圈,肯定是在郁闷,心情出了问题。

裴未抒2016年发的朋友圈只有一条动态,是他转发的和法律相关的论文,宋晞看不懂。

再往下,2015年的朋友圈有两条,内容也都是比较晦涩的。

2014年他没有发任何动态。

朋友圈的时间轴直接跳到2013年,这一年的春节期间,他倒是发过几张家人的照片。

那时候,裴奶奶还在世。

老太太坐在轮椅上,正在包饺子,手上沾着白色的面粉。她大概是察觉到了什么,对着镜头和蔼地笑着。

裴爸爸和裴妈妈也在桌边擀饺子皮、包饺子。

裴未抒的姐姐在暖气十足的室内穿着超短裙,两条腿又长又直。不过她手里的饺子不怎么好看,竟然是三角形的。

照片里还有他家里的其他亲戚。

一大家子人热热闹闹地凑在一起,脸上都挂满笑容。

最后的一张照片是裴未抒和"雪球"的合影。

萨摩耶犬戴着一顶红色的帽子，吐着舌头，喜气洋洋。

裴未抒穿着红色的毛衣，也笑得很阳光。

他应该很爱他的家人，微信里最早的动态也都是和家人相关的。

他们一起旅行、一起吃饭、一起打牌……

连宋晞都有些伤感。

她不敢去想裴未抒听闻噩耗从国外赶回来时的状态。

他们有共同的好友，所以她翻看照片时，能看见左下角有两个小图标。

心形的图标代表点赞，对话框的图标代表评论。

某张照片的下面有七条评论。宋晞一时好奇，想看看那是不是程熵他们在评论区里聊了什么，于是抬手去点屏幕。

好奇心害死猫。

手滑，她直接给裴未抒点了一个赞，顿时吓得冷汗都出来了。她又急忙取消点赞，惊魂未定地退出了他的朋友圈。

"我还是不看了。"宋晞自言自语地道。

鹭岛不算是陌生的城市，夜里宋晞睡得还不错，醒来时天光大亮，几朵白云游走在微风间。

手机就在枕边，她摸出手机看时间，顺便也看了一眼微信。

昨天她并没有发朋友圈，也没给其他的朋友点赞、评论。

动态一栏上却有一个红色的小圈圈，写着"1"。

这家酒店的Wi-Fi（无线保真）不怎么好用，她是不是没有取消昨晚给裴未抒点的赞？

这种猜测让宋晞睡意全消。

她几乎屏着呼吸点开了朋友圈。

朋友圈里确实有动态，动态也确实跟裴未抒相关，却是裴未抒给她点的赞。

他点赞的不是十一假期的那张拉面的照片，是大学毕业时她和室友身着学士学位服的合影。

他为什么会给她点赞？

难道昨天他那时恰好没睡,发现了她手滑点的赞,所以礼尚往来?

还是说……

宋晞的脸红了。

他点赞的时间是夜里的12点多,那时候裴未抒怎么会不睡觉,跑到她的朋友圈里去看?

闹铃骤然响起。

她惊得差点儿把手机丢出去。

今天有工作要忙,宋晞没时间考虑太多的私事,匆匆地收拾妥当去楼下吃了早餐,然后乘公交车去约定的地点,见鹭岛这边的同事。

她一忙就是一整天。

临近下午的5点,宋晞略有些走神儿,趁领导出去抽烟,给裴未抒发了信息,说自己还没结束工作,估计会晚些吃饭。

裴未抒大概在飞机上,暂时没有回复消息。

这边领导也回来了,继续发表冗长但她又不得不听的讲话,她也就没空再看手机。

她真正忙完工作已经是晚上的8点。

窗外不知道什么时候下起了"淅淅沥沥"的小雨。脸上挂着职业的微笑,宋晞送走领导,终于把被扣在桌上的手机拿起来。

裴未抒给她回了信息:"我刚落地。"

"你先忙你的,晚点儿忙完了,我们再联系。"

她一看时间,这条信息是裴未抒在两个小时前发来的,宋晞有些急。

她失约在先,也顾不上矜持不矜持了,一边往办公楼的外面走,一边拨通了裴未抒的电话。

忙音响了两三秒,电话被接起。

裴未抒还是老样子,声音里含着笑意:"工作结束了?"

"抱歉裴未抒,我这边刚刚结束工作,你等了这么久,是不是饿了?"

209

裴未抒笑笑，说现在的时间刚刚好。

"我订的是你住的那家酒店。刚才我搜了一下，附近有很多不错的饭店，吃饭好方便。宋晞，你挺会选地点的。"

宋晞没料到裴未抒会这样说，愣了愣。

"有一家评价不错的店在白鹭公园这边，你过来需要多久？"裴未抒问。

雨丝细密，宋晞站在楼下的遮雨沿处，抬手招了一辆出租车："路上可能会有些堵车，我过去至少要20多分钟吧。"

她感到十分抱歉。

但裴未抒说那正好，那家店看上去生意很红火。他让她慢慢地赶过去，说不用急，刚好自己可以先去排队。

"等你到了这边，我们也差不多有座位了。"

宋晞以为自己还算淡定，但她的急躁不安其实都写在脸上。

连司机师傅都忍不住安慰她："这条街上的学校多，都是初高中，学生放学晚，现在正是堵车的时间。你别急，过了前面的那个路口就不堵车了。"

又过了半个多小时，宋晞终于赶到了饭店。

果然像裴未抒说的那样，外面坐满了等座位的食客。她没看见裴未抒的身影，他大概已经等到座位进去了。

这是一家鹭岛的老店，是当地人在经营。

沿海城市的特色菜肴里总少不了海鲜，一排排的养殖水缸立在进门处。店面的装潢并不华丽，但有一种朴素的干净感。

裴未抒坐在店里，穿着米白色的T恤，看起来很清爽。

看见她走进来，他起身相迎。

宋晞的脸上都是愧色："你等很久了吧……"

"不久，我刚进来。"

裴未抒把宋晞带到他们的那张桌边，很绅士地替她拉开椅子。

桌上有两杯饮品，饮品是他在外面买好的。

"我打电话请教过杨婷老师，她说你喜欢这种饮品。"

210

宋晞什么都没带,捧着奶盖红茶,有些不好意思地说:"谢谢。"

他明明做得那么周到,却开玩笑地对宋晞说自己只是在推卸责任,如果她不喜欢这种饮品,他就只能回帝都找杨婷算账。

那份迟到的焦虑忽然就散去了。

宋晞顺着裴未抒的玩笑笑起来。

店里的餐品确实美味。

宋晞和裴未抒面对面地坐着,哪怕为了形象已经足够收敛,不敢大快朵颐,还是吃得非常尽兴。

店外总有人在排队,他们吃过饭,聊了十几分钟,又不好一直赖着不走,只能准备离开。

裴未抒买过单,从收银台处回来,忽然轻叹一声。

此时宋晞正把手机和纸巾塞进包里,听见他叹气,动作一僵。她惶惶地抬眸。

她还以为是自己把拿出来的纸巾又收回包里的动作过于小家子气,他看不下去了。

没想到裴未抒说,他听说她在鹭岛读过四年的大学,知道她也很喜欢这个地方的美食,想着陪她吃些当地的特色菜肴,所以选了这家店。

"不过现在,我有点儿后悔。"

宋晞不明所以,问:"是……饭菜不合你的胃口吗?"

"不是,是我考虑不周。"

裴未抒和她肩并肩地向店外走,人声嘈杂中,她听见他说:"时间过得太快。"

外面的雨已经停了。

路灯照亮城市中心的建筑和植被,南方植物宽大的叶片被雨水冲刷得油绿,翠色欲流。

裴未抒笑着转过头,看向宋晞。

他的眼里映着灯火,眼睛像雨后的街道,漆黑又湿漉漉的。

"我想约你再去别处走走,我们聊聊天儿,或者喝点儿什么东西,你觉得怎么样？"

裴未抒站在雨后初晴的夜色里，垂着眼睑看她。

他的神情很认真，莫名其妙地让宋晞产生了一种错觉，这个提议好像并不是他随口一说的，而是对他很重要。

一阵风吹过，树上的积水被吹落。

裴未抒人很高，水滴先砸中他的鼻梁，水花迸溅。

闭眼的瞬间，他仍不忘抬手轻轻地带了一下宋晞的肩，把她引到树冠以外的地方。

裴未抒的动作太自然，这是他刻在骨子里的教养。

做完这些事，他才垂了头，用指尖拂去皮肤上沾的水滴。

宋晞盯着裴未抒的指尖，觉得被他甩掉的水滴尽数地洒落进心里，心潮起伏。

往来的行人闹哄哄的，有两群排队等位置的人起了争执。

宋晞在喧闹中鼓起勇气，回答说："好哇。"

裴未抒的眼睛弯起好看的弧度，他问宋晞有没有什么推荐的地方。

上学的时候，宋晞是一个刻苦的学生，又乖又努力，很少做什么出格的事情。

她到了大学里也一样。

挺多的同学乍一摆脱高中的严格教育，就撒欢儿地玩。她住校之后，反而将更多的时间都用在学习、看书上。

在鹭岛的四年里，她没有去过酒吧，只熟悉校园附近的饮品店和夜市的摊位。

她此刻就异常懊恼，后悔自己当时怎么就没留些时间娱乐娱乐。

她想来想去，也只想到海边。

宋晞有些犹豫地开口，心里其实已经做好被拒绝的准备了："裴未抒，你……想去海边散步吗？有沙滩的……"

裴未抒竟然点头："好哇。"

沙滩离宋晞的学校不远，大学时宋晞和杨婷常去那里。

晚上沙滩上会有人卖带夜灯的氢气球，偶尔也会有人抱着吉他边弹边唱。

他们走过去要花半个多小时，路程有些远。

裴未抒抬手拦了一辆出租车，陪着宋晞坐在后排。

后排敞着半扇窗，晚风拂面。

宋晞透过车窗向外看，指给裴未抒看："从这条路一直往西边走，再到我们的学校，是以前学校组织马拉松比赛的路线。"

"你参加了吗？"

"参加了。"

宋晞有些不好意思，说自己就是重在参与的那种陪跑的人。

"那些同学都好厉害，裁判一发枪，他们就跑没影儿了。我听人说，开始时不能跑太快，不然后面会没力气。但我就算跑得很慢，后来还是跑不动了，可能是倒数第几名吧……"

裴未抒说："我们学校也组织过马拉松比赛。"

"是大学组织的？"

"不是，高中。"

"那你一定拿奖了吧？"

"没有。"

"怎么会呢……"

诧异地问完这句话，宋晞自己先心惊了一瞬间。

她知道裴未抒有夜跑的习惯，但那是高中时期的她刻意地路过裴未抒的家门前时偷听来的。

见裴未抒看过来，宋晞赶紧补充："就是……你看上去就像那种……会赢的人！"

"你未免对我太有信心了。"

裴未抒笑得很开怀："我和程熵并列倒数第一名。"

宋晞也笑："真的假的？"

他们离目的地还有一段路程，裴未抒在出租车上给宋晞讲起了参加马拉松比赛时的趣事。

他是和程熵一起参加的马拉松比赛。

两个人常年打球，体力还可以。他们本来跑得好好的，也算是比较领先。

跑到某条街道上，程熵看见他当时喜欢的女生了，非要在人家的面前表现表现，突然加速跑。

结果他自己绊了自己一跤，直接跪地，脚也崴了。

裴未抒扶着他，以老大爷遛弯儿的速度好不容易走回学校，操场上马拉松的旗子都被拆了。

同学们纷纷去吃午饭，看见他们还热情地打招呼："Hi，How about eating out（嘿，出去吃饭怎么样）？"

程熵不以为耻，抬抬肿起来的脚："Eating trotter（吃猪蹄）。"

讲到这里，裴未抒说了比较易懂的"猪蹄"作为翻译，加了一句："Pig's feet（猪蹄）。"

宋晞没想到情况会是这样的，事情每一步的发展都超乎想象。

她听得一愣一愣的，最后忍不住笑起来。

她好喜欢和裴未抒聊天儿的感觉。

他这个人一点儿也不端架子，体贴又幽默，总能逗笑她。

和他聊天儿几乎让人上瘾。

也是"说曹操曹操到"。

程熵还真就在这会儿打过视频电话来，裴未抒接了视频电话，很自然地和朋友打招呼："我正和宋晞聊起你，说你是马拉松比赛的倒数第一名。"

"你不也是倒数第一名，咱们俩是并列的倒数第一名好吗？而且后来我想了，进校园时是我先迈的腿。我应该是倒数第二名才对。"

争论完这些事，程熵忽然问："不是，你怎么还和宋晞在一起？"

宋晞的心一紧。

裴未抒仍然落落大方，说："我们约过晚饭，打算一起去海边走走，快到海边了，怎么了？"

从语气听来，程熵很是失望。

他和蔡宇川叫了几个朋友在外面聚会，本来以为这时裴未抒孤零零地在酒店里,想气气他。

"结果你还过得挺滋润,有人陪着你吹海风。"

蔡宇川把头挤进镜头里:"你都不知道帝都今天的天气有多差,大风把树枝都吹折了。我要是出去站几分钟,风能把我吹到鹭岛去。"

"我去——"

视频的那边不知是谁在惊叫,紧接着传来有人慌手慌脚地放下碗筷、挪开椅子的声音。

"你把我的车停在哪儿了?车不会就在那边吧?"

宋晞听着裴未抒的手机里传出一片喧闹声,有些纳闷儿。

视频里有挺多她不认识的人,裴未抒也就没把手机往她这边拿,见她往这边瞥,给她解释了几句。

他猜测是帝都的大风吹断了树枝,程熵的车也许就停在树下。

裴未抒果然猜中了,程熵慌里慌张地抓了车钥匙,冲出去前和裴未抒、宋晞迅速地告了别,挂断视频电话。

刚好他们也抵达了目的地,裴未抒下车绕到宋晞的这边,帮她打开车门。

出租车停在沙滩的附近,他们已经听到了海浪拍打堤岸的声音。

才下过雨,海边没有平时热闹。

他们踩着潮湿的细沙,边走边聊,聊彼此不同的高中生活、大学生活。

他们还聊到了阿加莎·克里斯蒂。

宋晞说她最开始看"阿婆"的书籍时,完全不知道创作的顺序,在图书馆里借的第一本书就是《帷幕》。

那是旧书,被很多人借阅过,腰封早已经不见了,封面也磨损得比较旧了。

宋晞也就没注意到书名下面的一行小小的烫金英文——"Curtain: Poirot's Last Case(帷幕:波洛的最后一案)"。

她完全不知道这是"阿婆"塑造的波洛侦探系列案件中的最后一案,还看得津津有味。

结果她再看其他以波洛为主角的书籍时，总有些伤感。

故事中的波洛再风流倜傥，她也总能想起那顶假发和信中的那句"我亲爱的朋友"。

同为"阿婆"的书迷，裴未抒完全明白她的意思。

宋晞只是讲了一个开头，他已经发出轻轻的笑声。

裴未抒则说，他看的第一本"阿婆"的书是他上中学时在学长们的地摊上淘的，那时学校在组织跳蚤市场。

他也是把书买回去才发现，在故事的开头，人物刚出场，已经有人用碳素笔把凶手的名字圈出来了。

同为推理迷，宋晞也能理解他的懊恼，笑道："你好惨！"

夜空和海面相交融，月亮在云层后若隐若现。

海浪冲刷沙砾，风声与潮汐声交织在一起，像一首舒缓治愈的曲子，悠悠不绝。

他们走到一片礁石旁，也聊到了他朋友圈的背景图片——小浣熊。

裴未抒说，那是他在国外时的某个假期里发生的事，他没回国，去了和他很要好的一个当地同学的家里。

晚上他们开 party（派对），在院子里烧烤。他们准备收摊儿时，有一只小浣熊鬼鬼祟祟地在树后探头探脑。

裴未抒看它可爱，把吃剩的食材拿去喂它。

结果第二天，他睡醒了，准备去晨跑，一打开门，院子里来了一群小浣熊。一共有 13 只小浣熊，它们在瞪着眼睛看他。

"朋友说，那只浣熊是带着七大姑八大姨来投奔我了。"

宋晞也喜欢小动物，眼睛都亮了："那也太可爱了。"

"它们是可爱，但也特别能吃。"

宋晞红着脸，还是坦言："我还没有见过真的小浣熊。"

前年她陪宋思思去动物园时，倒是见过一种动物，感觉它和方便面袋子上的卡通形象也差不多。

她以为那是小浣熊，可简介牌上写的是"小熊猫"。

"我知道你说的那种动物，它是偏黄色的。"

裴未抒摸出手机，给她看朋友圈的背景图片："小浣熊是这样的，都戴着黑色的眼罩。"

宋晞想再坦诚些，想说自己昨晚看过他的朋友圈，但想了想，还是把话咽回去，没有过多地暴露自己的感情。

她还没有做好这样的心理准备。

眼下他们能这样一起吃饭、聊天儿、散步的状态很好，她不想打破这种状态。

海边的路灯少，连海水都是暗暗的。

宋晞做过近视手术后，在光线不足的地方有些看不清东西，总留意着脚下。

可他们聊得太尽兴，她也难免有疏忽，不小心踩到一小块凸出的礁石。

礁石的上面生着藻类植物，很滑。

她的身体霎时间歪斜，裴未抒及时地抬手扶住她。

"小心。"

"谢谢。"

裴未抒扶着她的手臂，放慢脚步，把她牵离那片礁石。

他很了然，问："人做过近视手术都会这样吗？我的一个同学也做过手术，夜视还算正常。"

"你怎么知道我做过近视手术？"

"你之前说过。"

宋晞有些想不起来，还是裴未抒提示她说那是他们去玩密室逃脱时的事情。

话题又转向了手术和密室逃脱。

很难想象，他们凑在一起，居然会有这么多可聊的事。最后他们说到口干舌燥，不得不找了一个摊位，买椰子水喝。

宋晞和裴未抒明天都有工作，在夜里的12点前赶回了酒店。

之前踩到礁石失去平衡的时候，宋晞下意识地挥动过手臂。

她没意识到自己伤到了裴未抒。直到走进酒店的大堂里，在灯火通明处,她才发现他的小臂上有两道红色的划痕。

裴未抒穿了休闲款的长袖T恤,可能是嫌热,把袖子挽在了肘部。

吃晚饭时他明明还没有这两道伤痕,她也就不难猜到伤痕形成的原因。

"裴未抒,是不是我刚才把你抓伤了?"

裴未抒和宋晞住在同一楼层。

他按下电梯的按钮,不怎么在意,故意地"嗞"了一声,逗她:"是呀,我挺疼的,你没看见我端椰子水时都不用右手?"

"……"

宋晞捧着巨大的青色椰子,期期艾艾地问:"附近有药店,你要不要去看看?"

"你还真信了?"

裴未抒看了她一眼,笑道:"我和你开玩笑的,我的皮肤就这样,明早大概就好了。"

"你真的没事吗?"

裴未抒假意为难,问:"不然我去打石膏?"

电梯发出"叮"的一声。

里面的几位房客走出来,电梯里瞬间清空,只有裴未抒和宋晞先后迈进去。

这家酒店的老板可能真的赚不了太多的钱,连电梯都不放过,接了广告投放在电梯里。

金属壁上贴着广告,电梯内的广播也在用夸张的兴奋语调念着某婚纱摄影的广告词。

裴未抒说了一句什么话,宋晞在噪声的影响下并未听清。

她疑惑地问:"什么?"

狭窄的空间内,裴未抒把两只手插在裤子的口袋里,微微地侧过身体,贴近她,声音近乎耳语。

他的吐息间带着椰子水的清香,语气里含着笑意:"我说,我对鹭岛不太熟,剩下的几天里,能不能跟着你混?"

电梯的门是金属材质的，映出裴未抒浅笑的面容。

宋晞以为他说的是玩笑话，都没考虑，点头应下。

没想到之后的几天里，除了工作和睡觉的时间，她真的几乎一直和裴未抒在一起。

有时候早起不忙，他们会约着去其他的区，去某家广受好评的知名早餐店打卡。

他们会在工作结束后的傍晚，一起吃吃饭、逛逛夜市。

宋晞带着裴未抒去尝了当地的一种"土笋冻"，那种东西说是"土笋"，其实里面的一条条长长的东西都是"海沙虫"。

"海沙虫"形似蚯蚓，看着很瘆人。

如果把裴未抒换成程熵，宋晞再威逼利诱，程熵都不可能尝这种东西。但裴未抒是性情很随和的人，遇事总是波澜不惊。

他接过"土笋冻"尝了两口，也只是客观地评价说自己不是很能适应这种味道。

他们去过热闹的景区，也去过幽静的书店，点一壶茶，并肩坐着看了两三个小时的书。

出差的第四天，宋晞结束工作相对早了些。

她和裴未抒打过电话，得知他也有空，于是邀请他："你不是说想去我们的母校看看吗？今天去吧，我顺便带你看我和杨婷喂养过的流浪猫。"

两个人在酒店里集合，乘坐公交车出行，在离学校最近的车站下车。

宋晞兴致勃勃地给裴未抒讲起那些猫的事——

当年流浪猫"咪咪"生了一窝猫咪宝宝，她和杨婷兴奋得跟什么似的，欢天喜地。

"我们觉得自己像当了姥姥。"

平时她们舍不得买那种十几块钱一盒的雪糕，都是吃一两块钱的冰棍儿。

那天她们却冲进宠物店里，跟老板说要最贵、最有营养的猫粮，付款时眼睛都没眨一下。

宋晞讲这些事时,特别开心,脸上洋溢着笑容。

随后她又表达了担忧:"不知道学弟学妹们有没有好好地照顾它们。"

校园里绿树成荫,从食堂里走出来的学生带着餍足的表情。

宋晞跑了几步,回头叫他:"裴未抒,快来,平时我们就是在那边喂猫的。"

天边有一片橙红色的晚霞,华灯初上。

宋晞拿出提前在超市里买好的猫罐头,掀开盒盖,蹲在一片灌木前,"咪咪""咪咪"地连叫了好几声,不见回应,又失魂落魄地转过头:"它们会不会已经搬走了?"

树丛里突然传来一声"喵"。

裴未抒看见,宋晞的那双眼睛像被点亮的小星星,倏地明亮起来。

她晃着手里的罐头:"'咪咪',这里,'小花'也在呀。"

两只三花猫从葳蕤的植被里钻出来,拖着长音撒娇。

它们似乎记得宋晞,亲昵地用额头去蹭她的手。

"裴未抒,你看,它就是'咪咪',这只猫是它的孩子'小花'。"

她像在给他介绍亲友。

裴未抒看着她笑盈盈的样子,也跟着笑起来。

他蹲在她的身旁,抬手挠了挠猫咪的下颌:"嘿,小花,你的姥姥回来看你了。"

旁边的两个女生也拿了猫粮,见到宋晞他们在,一时踌躇,没上前来。

宋晞主动地和她们打了招呼,说自己以前上学时喂过它们,这次回来看看。

其中的一个女生笑着:"放心吧学姐,它们可受欢迎了,每天都有人来喂的。"

"难怪它们都长胖了。"

宋晞和裴未抒告别猫咪和学妹们时,一个女生抱着"小花",用它的爪子和宋晞告别。

她们显然听见了裴未抒的玩笑，竟然说："'小花'，和姥姥、姥爷拜拜啦。"

她和裴未抒突然被凑成了一对情侣。

宋晞也只是耳朵微微地泛红，还和裴未抒开玩笑："应该是两个姥姥才对。"

留意到他略显意外的神色，她才笑着摆手解释："不是不是，不是说你，我说我和杨婷。"

两个人相处了几天，可能是裴未抒友好的态度给了宋晞信心。

她面对他时，已经不会再那样谨小慎微了。

她只是偶尔会有些恍惚，因为发现不知从何时起，裴未抒已经真实地融入了自己的生活中。

他们晚上去吃了沙茶面。

两个人说好让宋晞请客，她很奢侈地带着裴未抒点了豪华版的面，颇有点儿当初喂"咪咪"时的慷慨。

她给他的面里加各种料，还怂恿他："裴未抒，你要不要试试加猪肝和大肠？用这种汤料煮出来的面真的超级好吃。"

裴未抒都由着她，说："你是行家，我听你的。"

"你有什么忌口的东西吗？"

"没有。"

"那我帮你点菜吧。"

"好，麻烦了。"

她倒也称不上行家，不过在这边生活了四年，又很喜欢沙茶面，真的吃过挺多次沙茶面，勉强算是熟客。

她给裴未抒点的那碗面加的料格外多。

她站在玻璃窗前，礼貌地告知老板："给这份面里再加上虾和海蛎子吧，瘦肉也来一份，谢谢您。"

宋晞告诉裴未抒说："料多的那份面是你的。不是我对自己抠门儿，是我的食量没有你的大，我加多了料吃不完。"

两碗面被端上桌，宋晞在他们的"剧本杀王者六人组"的群里发了照片。程熵最先回复："杀了我吧。"

"别告诉我汤里的是肠子！"

随后杨婷跳出来，为沙茶面辩护："那就是肠啊，是大肠。"

"我告诉你，它好吃死了。"

"你没口福。"

紧接着她反应过来，又提到了两个名字一样的人："@Yamal @Yamal 你们又约饭啦？"

"好羡慕！"

宋晞回复闺密说他们回学校去看了"咪咪"和"小花"，猫咪们很健康，还比以前胖了些。

在她打字时，裴未抒已经买好了两瓶汽水，用开瓶器打开它们，把一瓶汽水放到宋晞的眼前，又帮她插上吸管。

"谢啦。"

宋晞对自己时常和裴未抒待在一起的这件事的理解是这样的：裴未抒对鹭岛不熟悉，而她在这边生活得久一些，现在他们又住在同一家酒店里，离得这么近，她当然要多照顾他些。

所以她总有一种"导游"般的责任感，吃面时还不忘和人家商量："裴未抒，你是买的后天上午的机票吗？那我可能没空带你去坐环岛路的双层巴士了，估计也没时间去那个很有名的隔海小岛。明晚的工作结束后，我们也只在附近逛逛，你会不会有遗憾？"

这样问着，宋晞又点开手机的导航，在地图上滑动几下，嘴里嘀咕："这附近还有哪里没去呢……"

她的那副样子认真极了，裴未抒于是笑道："小宋导游不用有这么大的压力，我也不是完全没来过鹭岛的。"

"你来过鹭岛？那你前几天怎么没说？"

小宋导游不乐意了，垂头大口吃面，不再理人。

还是裴未抒好说歹说地把她哄好了："我只来过一次鹭岛，那是几年前的事情了，我陪我姐，她那段时间失恋，要出来散心。"

宋晞是一个很容易和别人共情的女孩,心又软。她一听见"失恋",那点儿小别扭瞬间就没了。

但她又嘴拙,只吐出一个"哦"字,有一种面对苦难的无措感。

"你不用这样,我姐失恋是常态,一年总要失恋三次五次的,你认识了她就知道了。"

宋晞还会有机会认识他的姐姐吗?

她转念又觉得,朋友之间相得久了,的确会接触到对方的家人。

她也和杨婷的妈妈打过视频电话,甚至知道杨婷姑妈家的住址;杨婷也见过宋思凡和宋思思兄妹。

裴未抒说他们那次来坐过环岛巴士,他们也去过那座有名的岛,还去爬了山,看英仙座的流星雨。

"你也看过英仙座的流星雨?"

裴未抒捕捉到宋晞言语间的"也"字,笑道:"你也去看了?"

宋晞点点头,说那是她上大学时和杨婷一起去看的,那大概是2014年的事了。

"我们也是2014年去看的流星雨。"

"好巧!"

他们聊起可以露营的山地,也聊到了那家供应泡面和热杏仁露的小店。

裴未抒放下筷子,用纸巾擦拭唇角:"不记得具体的日期了,我回去翻翻相机,也许我们是同一天去的呢。"

但其实宋晞已经在心里否定了这种可能性。

如果他们恰巧是同一天去的,她是不可能看不见裴未抒的。

他们吃完饭,该扫码结账时,裴未抒仗着身高的优势,把宋晞严严实实地挡在了身后。

这是宋晞第一次和他急。她都用上了杨婷的惯用动作,连连地戳他的背:"裴未抒,裴未抒,你怎么回事?不是说好了我结账的吗?"

她刚吃过一碗热腾腾的面,再一着急,汗都流下来了,顺着鬓边滑过,挂在下颌上。

223

裴未抒付好款，转头看见她大汗淋漓的样子，也是微愣。

他随手从收银台上抽了两张纸巾递给宋晞，说："我请你吃这顿饭是有原因的。我待会儿把原因说给你听。"

他能说出什么原因？

这总不会是导游费吧？

宋晞接过纸巾擦汗，将信将疑地同他一起走出面馆。

这里离他们之前散步的海边很近，时间尚早，他们像拥有某种默契，不约而同地朝沙滩的方向走着。

直到走到海边，裴未抒才终于说了缘由。

宋晞等了一路，刚坐在礁石上，听他说了一句"谢谢你的西柚糖"，宋晞差点儿又蹦起来。

这叫什么原因？！

裴未抒像是料到了她的反应，抬手拉了一下她的手臂，示意她别急。

"咱们在程熵家喝酒的那天，后来我问过蔡宇川了。"

"问什么？"

宋晞完全没有反应过来，不知道他怎么会突然把话题扯到蔡宇川的身上。

裴未抒却说，蔡宇川告诉了他之前和宋晞在阳台上对话的内容。

其实蔡宇川都喝得断片儿了。裴未抒问他时，他想了半天也想不起来。

蔡宇川听说自己把人家宋晞惹哭了，还吓了一跳，几乎怀疑人生："不能吧，我喝完酒哪儿有那么不是人？人家宋晞是挺好的姑娘，我惹她干什么？我的品性不至于如此恶劣吧，我不能是那种瞎惹事的人吧？"

直到第二天的下午，蔡宇川才隐约地回想起一些片段。

他挠着后脑勺儿跑去找裴未抒，挺不好意思地开口："裴哥，我好像和她讲到奶奶的事了。"

蔡宇川只是提到了"奶奶"，裴未抒就已经猜到了他们对话的大致内容。

他也大概明白了宋晞那天为什么会突然送给他一条西柚硬糖。

裴未抒坐在礁石上,很温柔地看了宋晞一眼:"我一直想找机会和你说声谢谢,请你吃这顿饭就算是道谢了。"

宋晞摇摇头。

她的安慰是延时的,迟到了几年。并且她并未经历灾难,并未感同身受过,说什么话都显得轻飘飘的。

要是她提起那件事,当事人又要因为这种本就效果寥寥的安慰再回忆起那些不幸的事。

她低声说:"是我不该多嘴问蔡宇川……"

"你怎么还怪上自己了?你又不知道那件事。"

裴未抒有意地和她开玩笑:"你真要找人问责,也得找蔡宇川才对。好歹他的本职工作是秘书,他喝点儿酒嘴就这么松,什么都往外说,你就怪他吧,回去让他请客。"

其实蔡宇川那天对裴未抒的评价是对的,裴未抒的确是那种真正遇见大事后很少找人倾诉的人。

他也几乎没和别人聊起过那年的车祸。

但面对宋晞,他并没有表现得那么三缄其口。

"那时候我真觉得天塌了。"

裴未抒说,车祸发生时,他在国外工作。

因为时差的原因,他收到消息时已经是夜里 12 点多,当天回国的最后一班航班已经起飞。

他在机场里等到天亮,没有直达国内的飞机可坐。他只能搭乘最早的一班航班,在其他的国家中转,航程有 20 个小时。

等他赶回国内,车祸已经发生了 40 多个小时。

奶奶在 ICU(重症监护室)里,医生已经下了病危通知书。

姐姐也在抢救,腿部粉碎性骨折,内脏也有损伤,情况非常不乐观。

天降横祸,任谁都扛不住。

裴未抒从小喜欢法律，自诩冷静理智。可见到酒驾的肇事司机的那一刻，他竟然有一种冲动，想要以暴制暴。

但他还是咬牙克制住了冲动。爸妈和姐姐都需要他，他不能再出事了，奶奶也一定不希望他成为那样的人。

起风了，风吹鼓裴未抒的外套，声音像在呜咽。

那么多难以承受的悲痛和遗憾，都藏在了裴未抒的一声轻叹中。

他并未细说，只用寥寥的话语带过了那段时间里发生的变故。

宋晞不知道自己是不是理解错了意思，但她真的觉得裴未抒像是在告诉她：他并不觉得她的打听消息是一种冒犯，他是愿意向她倾诉一些事的，也是愿意接近她的。

太阳已经沉下去，暮色降临。

现在正是退潮的时间，沙滩上留下了贝壳、海草、礁石的碎块……

宋晞试探着询问："所以你后来才选择了回国工作？"

"嗯。"

裴未抒对宋晞说他以前总向往更远的地方，旅行时也会跑得很远。

那次事故之后，他才猛然发现，自己留在国外工作，在家人有需要时是没办法第一时间陪伴在他们的身边的。

夜色中，宋晞又开始看不清东西。

这是她第一次和裴未抒聊到沉重的话题，她伸手在包里摸索，迫切地想翻找些什么用来安慰人的东西。

可能是因为身边需要哄的只有宋思思那种小朋友，她也只会一些拙劣的哄人的手段。

她摸了半晌，只摸到两块薄荷糖，不知道它们是她哪次吃饭时从饭馆拿回来的。

她急着把糖拿出来，一团耳机线也被连带着掏出。

"裴未抒。"

宋晞把糖递过去，话术还是老一套："你要天天开心。"

"有小宋导游陪着，我挺开心了。"

裴未抒没有嫌弃她递过来的薄荷糖，把一颗糖放进嘴里，忽然说："宋晞，明晚如果有空，你和我讲讲你的事吧。"

她的生活平平无奇，就是循规蹈矩地念书、工作，她怎么想都觉得自己的生活不值一提。

"我的……什么事？"

裴未抒起身，嘴里的薄荷糖被他"咔"地咬碎。

在他的身后，星星布满苍穹。

裴未抒似乎慎重地斟酌过了，片刻后，才走到宋晞的面前，俯身与她平视："你的暗恋。"

夜色如同温酎，风声暧昧地萦绕在耳畔。

这是这几天里宋晞第一次感到慌乱。

裴未抒怎么会忽然提到"暗恋"的？这令她措手不及，她几乎条件反射地想要找一个借口推托。

她支吾着，也只吐出一句心口不一的话："那都是很久以前的事了……"

性格使然，裴未抒并不会为难人。

乍见宋晞情不自禁地面露难色，他就已经改了口："抱歉，是我唐突了。"

觉得自己触及了令她不开心的事，裴未抒撕开剩下的那颗薄荷糖，隔着包装袋捏着那个小小的白色糖圈，把糖递给她。

他用了宋晞用过两次的说辞，也这样哄她："宋晞，天天开心。"

宋晞接过薄荷糖，机械地把它放进嘴里，把包装袋攥在掌心里。

她竟然忘记了，那天其他人都喝酒喝得断片儿了，裴未抒可是滴酒未沾的。

他生性温和，没跟着他们起哄过，但的的确确知道她"暗恋六年"的那些事，还开玩笑地说过好奇。

夜风吹动宋晞包上的小挂件，毛茸茸的袖珍比熊像一团棉花糖，在风中晃荡。

她觉得风都吹进了胸腔里，心跳也像被风吹乱了，快得不像话。

之后，裴未抒接了一个工作上的电话。

大概是有些紧急的情况需要处理，他挂断电话，无奈地说："我可能要回去了，需要加班。"

两个人乘出租车回酒店。

一路上裴未抒并没有再提起她的暗恋，只聊鹭岛的美食。他在海边说的那几句话好像只是她的错觉。

裴未抒熬了一个通宵。

宋晞醒来时，看见静音的手机里躺着一条微信消息。

消息是他在早晨的6点多发来的，他说才忙完，让她不用等他吃早饭了。他需要浅睡两个小时，再去工作。

宋晞没回复消息，怕吵醒裴未抒。甚至在出门时，她都刻意地放轻了脚步，轻轻地关门，虽然两个人的房间中间隔着好几个房间，她原本就未必打扰得到他。

工作很多，宋晞压榨了自己的午休时间，只在便利店里买了一个饭团吃，囫囵地吃下饭团，算是解决了午餐。

她盘算着早些忙完工作，踩点下班。

她也会出神，想到昨晚自己的惊惶。

她暗怪自己不该那样沉不住气，马后炮地想，如果当时她能够开一句玩笑化解尴尬就好了。

比如她说一句"小宋导游只负责介绍景点，不聊暗恋"之类的话。

毕竟他们昨天刚聊过他的奶奶和姐姐的事情，宋晞想着早点儿忙完工作，也好早些回酒店，找裴未抒吃晚饭。

她有些担心他一个人待着会想到不开心的事情。

天不遂人愿。

今天不但工作量巨大，领导还不做人，偏偏要在他们下班前出现，红光满面地宣布要搞聚餐。领导还要求大家参加这次聚餐。

他连出差的宋晞都不放过，说必须带着她，想彰显一下他们团队的热情。

一群人戴着面具欢呼，像真有多高兴似的。

宋晞深深地吸气，忍不住在心里骂人。

聚餐比开会更难熬，有人带头劝酒，觥筹交错。

那些人把她抬得很高，非说她是代表帝都那边的领导来的，她不能不给面子，怎么着也要喝点儿酒。

心里虽有气，但宋晞碍于某些职场的规矩，不得不跟着喝了两杯酒。

她喝了两杯酒之后，耐心已经耗尽。

她准备把杯子扣在桌上，假装自己是不懂人情世故的愣头青。

幸好鹭岛这边的两位女同事及时地出面帮忙，说宋晞一个女孩自己在外面出差，她喝多了酒容易遇见危险，矛盾这才被化解了。

夜里的9点多，杯盘狼藉，应酬终于结束。

宋晞坐在回酒店的出租车上。之前桌上摆满菜肴，她也没吃几口，现在反倒忽然有些饿了。

这些天她都是和裴未抒一起吃晚饭的，自然也就想起了他，猜他吃了什么饭。

她正这样想时，静音的手机在手中振动起来。

那是裴未抒发来的信息，他竟然还盗用她的表情包，发了一个"小熊探头"的表情。

"你回来了吗？"

"想不想吃夜宵？"

宋晞看见这两个问句，心跳又乱了。

她莫名其妙地想起前些天和裴未抒一起去书店时，在进门处较为显眼的书架上看见了一本诗集——《月光落在左手上》。

这本书出版的年份是2015年，里面有一句话好动人："我该如何爱你？风吹动岁月的经幡，近也不能，远也不能。"

外面又"淅淅沥沥"地下起雨，雨点打在车窗上，斑驳了鹭岛的夜色。

鹭岛的年平均降雨量是1000多毫米，这里经常有这种微雨的天气——

某个相似的雨天,她刚在大学室友的怂恿下,下载了微信。

新应用安装成功,陌生的界面令人感到新奇。

到了起名字的环节,她有些犯难,不知道该叫什么好。

脑海里总浮现出 Yamal 号的样子,她自然也会联想到最初让她知晓这些的那个人。

那个阴雨天,她坐在宿舍里,在昵称栏里敲下五个字母:Yamal。

又是某个微雨的夜晚。

彼时宋晞刚读完一本推理小说,知晓凶手后心满意足地合上书籍,关掉台灯。

光线暗下来的瞬间,忽然雷声大作,紧接着夜幕中划过一道闪电。

宋晞魂飞魄散,愣在原地。

她却又风马牛不相及地想到了裴未抒在北方寒冷的冬夜里提着野营灯的模样。

她也想到了某个暴风骤雨的周末。

那时她帮忙给一个孩子补习,孩子的家长打来电话说天气不好,孩子发烧折腾了整夜,她就不用过去了,补课暂停一次。

宿舍里有些凉意,杨婷抱着黄瓜味的薯片爬到宋晞的床上,与她同盖一条毯子,还分走了她的一只耳机。

耳机里播放到某首歌,杨婷觉得好听,嚼着薯片问宋晞:"晞晞,这是什么歌?"

宋晞说:"是《词不达意》。"

…………

昨晚裴未抒说想了解她的暗恋。

可是那些年里有过太多太多旁人看来无关紧要的小事,它们似乎微不足道,但对她来说却是漫长的暗恋中的"蝴蝶效应",不可或缺。

她没醉,但酒精也在放大情绪。

明天裴未抒就结束出差了,要先她一步回到帝都,这种时常和他在一起的机会应该就不多了吧。

宋晞握着手机恍惚半天,连人家的信息也没回,只拜托司机师傅把车停在酒店旁的街口处。

街口的店还没打烊。

她买了些零食,还买了一整份的手撕鸡,提着夜宵回到酒店里,直接去了裴未抒的房间。

走廊里铺着有深红色花纹的地毯,宋晞踩在上面,轻叩房门。

片刻后,裴未抒推开房门。

他穿了一件白色的短袖T恤,看见她,有些意外地挑眉。视线落在她潮湿的头发上,他问道:"你刚回来?"

"我是刚回来。"

宋晞把手里的各种袋子举起来,声音控制不住地飘忽:"我来找你吃夜宵哇——"

"那你来得正好。"

裴未抒笑着错开身,让宋晞进来:"我也刚回来。而且15分钟前,我还去敲过你的房门,没人应。"

他指了指桌子上满满的包装盒,那也都是夜宵。

只是显然他买的夜宵更多,椒盐皮皮虾和竹蛏看起来好诱人,连水果都有好几盒。

宋晞完全没想到情况会是这样的。

她迈进他的房间里,忽然感到慰藉,那些被酒精放大的拧巴和纠结也都散了。

"你敲门前,我还在想东西可能买多了,还好你来了。"

裴未抒看一眼她手里的袋子,笑道:"所以,我们是想到一起去了?"

宋晞忽然仰头对他笑:"对呀,想到一起了。"

裴未抒的这间房是豪华型的大床房,比宋晞的房间宽敞不少。

床看上去像没人睡过一样,雪白的床单上连褶皱都没有,只有床头柜上放着电脑和几沓文件。

她走进去,很尊重各行业的保密制度,没去看那些A4纸,只在沙发上坐下来,开口就是一句:"裴未抒,小宋导游今天给你讲讲暗恋的事吧。"

看她的头发是湿的，裴未抒本来拿了一条没用过的干毛巾，准备让她擦擦头发。

他听见她这样说，递毛巾的动作顿了顿，整个人突然靠近她，须臾后又退开："你喝酒了？"

"那是应酬，我喝了两小半杯的白酒。"

宋晞用手比画着杯盏的大小："但我没喝醉，真的。"

裴未抒看向她的目光里充满怀疑。

他到底还是把手里的毛巾搭在她的头上，开玩笑地说了一句："你讲也行，但我在想该不该让你写保证书。"

"什么保证书？"

"你无论说了什么，明天醒酒之后都不许反悔、过来杀我灭口。"

虽然这样说，裴未抒倒也没怕她这个"准杀手"，还笑着递给她一盒红心芭乐，给"准杀手"补充维生素。

雨滴"噼噼啪啪"地落在玻璃窗上，宋晞吃掉几块芭乐，又吃了手撕鸡和皮皮虾……

过了很久，她才缓缓地开口，从故事的最开始讲起。

她讲2008年，她和妈妈初到帝都时皮肤黑又水土不服的自己；

她讲他们和宋叔叔一家人的相处；

漫长的铺垫之后，她终于提到了记忆里骑自行车的少年。

"那个人特别温柔，帮过我的忙，我觉得很感激，也渐渐地越来越关注他。"

"但我们不同校，我很少能遇见那个人。"

"而且……对我来说，他实在太优秀了。"

"他就像住在玻璃城里，我能看见他、听到他，却不能认识他。"

宋晞坐在沙发上，紧抱着靠垫，像是通过这个动作找到了些安全感。

她缓缓地讲述着，偶尔停下来想想，再继续说："现在可能不会了，我那时候是真的会感到自卑。"

"那些眼界和见识是我一个在小镇上长大的女孩所望尘莫及的。"

"我羡慕他们能说一口流利的英语,也羡慕国际学校连校服都那么时尚,也羡慕他们可以出国去旅行、读书……"

在宋晞开始讲述前,裴未抒已经拖了一把椅子,坐在她的对面。

她并没有说太多关于那个人的身份的详细信息,裴未抒只是在听到"国际学校"这四个字时,眯了一下眼睛。

他记得宋晞是第十中学的学生,附近的国际学校不就是他读的那所学校?

莫非,那人还是他的校友吗?

"后来他出国了。"

"我高考发挥得不错,考上了心仪的重点大学,在鹭岛这边读书。"

"我们离得越来越远。"

捏过红心火龙果的指尖被染成玫红色,宋晞用两只手的食指比画着:"我们就像相交过的两条直线,后来再也没有交集……"

察觉到宋晞的心情很低落,裴未抒默默地拧开一瓶碳酸汽水,把它放到她面前的茶几上。

"谢谢。"

宋晞顿了一下,继续说:"后来,我就慢慢地忘记他了。就是在看英仙座流星雨的那天晚上,我发现自己很久没想起过他……"

裴未抒看了她一眼。

说真的,她的那副样子半分都不像"忘记他了",倒是挺像对那人念念不忘。

但他没拆穿她,只做了合格的倾听者。

果然仅仅几分钟后,刚才还口口声声地说自己忘记他了的姑娘,已经又回忆起某年的冬天她暗恋的男生和家人一起去国外旅行。

她在过年时很想念他,所以在人家的家门口堆了雪人。

裴未抒:"……"

"我试着认识他,给他写过很多卡片,也约过他见面。"

似乎想到了什么打击人的事,宋晞很伤心地垂下头:"但他说,很多行为在他看来只是自我感动,是卑微的讨好和逢迎,是幻想。而且他说,单方面的付出也得不到别人的尊重。"

"我觉得他说得很对。"

宋晞讲自己的事情时不太讲究章法,也不润色语言,更是顾忌着眼前的人的身份,隐瞒了不少细枝末节。

她切割掉那些细节之后,表达得非常容易让人误会。

听到这里,裴未抒已经皱起眉。

她喜欢上的是一个什么人哪?

那个人好像也没她说的那么优秀,听起来还挺自负?

宋晞并不是那种会死缠烂打、惹人讨厌的姑娘,胆子其实不太大,她紧张或者不好意思时都会脸红。

就表白这件事来说,对方哪怕不喜欢她,礼貌地拒绝一下就好,她应该也不会再去纠缠对方。

那个人还至于当着小姑娘的面,说这么重的话去打击人吗?

那个男生就算是理智的,也应该知道,这个世界上两个人同时心动的概率微乎其微,总会有一个人先心动、先主动。

他总不能把对方的主动都说是讨好、逢迎、幻想吧?

裴未抒感觉胸腔里憋了一股火,自己也拿了一瓶汽水,喝了几口汽水顺气。

但他看宋晞的那一脸难过的表情,对她喜欢的人也说不出什么重话。

何况他有什么资格对人家品头论足?

宋晞不再讲了,默默地、小口地喝着汽水。

裴未抒的手机响了两声,他瞥了一眼,没理,尽可能心平气和地问宋晞:"如果有机会再见到他,你会不会对他说些什么?"

其实他是不忍心看她难过,想抛一两个让她觉得有可能性的问题,让她设想一下以后再遇见对方的场景。

他想着也许这样她的心情能好些。

她会不会想对他说些什么?

234

宋晞看了一眼裴未抒身旁的手机，手机才接收了新的信息，屏幕是亮的，她能看见屏保是他的全家福。

老人慈眉善目，姐姐是明媚靓丽，爸爸文质彬彬，妈妈温柔又有气质。

裴未抒和他的"雪球"挤在其中，大家一起笑着。

宋晞忽地记起多年前她牵着"超人"从他的家门前路过，听见他们在庭院里聊天儿，他们在谈裴未抒准备出国学习法律的事情。

他语气笃定地笑着说："我不是从小喜欢法律吗？"

那天她不禁回眸，看见他的笑容，他风华正茂，就像孟郊笔下的一句诗——"春风得意马蹄疾"。

她再看看此刻床头柜上的那些A4纸。

鼻子忽然泛酸，眼泪"吧嗒吧嗒"地往下掉，她怎么忍都没有用。

她流着泪看向裴未抒，目不转睛。

"如果有机会再见到他，我只想问一问，他现在过得开心吗？他有没有实现从小的梦想？他是否真的喜欢现在做的工作……"

裴未抒慌了一瞬间，没想到她对暗恋过的人仍然有这么充沛的情感。

他抬起手，犹豫片刻，最终也只把手放在宋晞的发顶，揉揉她的头发，语气温柔又无奈："不哭。"

夜里的1点多钟，裴未抒从机场的到达出口走出来，来接机的裴嘉宁一眼看出他的不对，凑近瞧了瞧，问他："你有哪里不舒服吗？脸色怎么这么难看？"

晚间的航班上的人不算多，旅客稀稀落落的。

裴未抒并不直接回答，语气淡淡的："你怎么来了？"

"我当然要来呀。好端端的，你为什么退机票，这么晚才回来？"

裴嘉宁有自己的司机，司机已经等在停车场里。

帝都的天气不比鹭岛的天气，这几天正降温，裴嘉宁裹紧风衣，有些紧张地问裴未抒："而且，我总觉得电话里你的声音有些奇怪，该不会是爸爸和你说了什么吧？"

"没有。"

裴未抒出差前,裴嘉宁刚带现任男朋友见过家长。

由于恋爱的失败史太多,她正处于"惊弓之鸟"的时期,追着裴未抒问:"真的没有?那就是说,这次爸爸对我的男朋友应该也没有什么坏印象,对吧?"

"我不知道。"

"那妈妈呢,有没有说什么?"

裴未抒坐进宽敞的 SUV 里:"姐,爸妈什么都没和我说。你让我安静一会儿,行吗?"

裴嘉宁安静下来,伸手探了探裴未抒的额头。

额头被夜风吹得一片清凉,他并没有发烧。

但他整个人看起来真的像是不太舒服的样子,病恹恹的。

"我说裴未抒,你在鹭岛吃坏东西拉肚子啦?"

"姐。"

"OK,我安静,不问了,好吧?"

裴未抒坐在车的后排,闭目养神。

他早晨退掉了机票,陪宋晞在鹭岛那边吃过了三餐,才坐最晚的航班赶回了帝都。

但宋晞除了昨天晚上哭过一会儿,之后情绪没再失控。她只在中午下班时发现裴未抒在楼下等她,诧异地问他怎么还没回帝都。

她像是习惯了隐藏关于暗恋的心事,对那些往事缄口不提,还在午饭时给他出主意——如果他晚上也不走,等她忙完,他们可以去尝尝鹭岛的芋泥鸭。

裴未抒问她:"宋晞,你真的没事吗?"

宋晞红着脸说:"没事呀,昨天我是喝酒喝多了,看来酒品不太好,我喝多了酒容易闹笑话,以后不喝啦。你把昨天的事忘掉吧。"

她逞强的样子令人心疼。

裴未抒也说不清他是从什么时候开始在意宋晞的——可能是在他们第一次见面的时候,也可能是在后来。

这真的说不清，反正在他的眼里，她总是有点儿特别。

只不过这个特别的女孩心有所属。

宋晞不是一个善于说谎话的人，别人能很轻易地察觉到她只说了一半真相。

从他们一起吃小龙虾起，程熵提到她的微信名，裴未抒就明显感觉到，那些她不愿宣之于口的秘密里藏着另一个男生的名字。

十一期间他们去朋友的剧本杀店玩，宋晞和蔡宇川去得晚，她的闺密杨婷在店里和老板聊天儿，频频地提到她。

老板好奇地问："那位美女有没有男朋友？要不你把他们一起约过来？我这儿正缺试验品。"

杨婷摆手说："没有没有。"

老板也是外向的人，喜欢开玩笑，指了指杨婷和男朋友牵在一起的手："你自己谈恋爱谈得甜甜蜜蜜，怎么没给你的闺密介绍介绍对象？"

当时裴未抒看过去，杨婷像被踩了尾巴，拉着人家就开始诉苦。

杨婷说她当然给宋晞介绍过对象，心都要操碎了，是宋晞不上心。

人家男生约了宋晞去吃饭，宋晞就各种推托，理由永远是忙。

她就和法学院的学长去看过一场电影，听说还睡着了，之后也不给人家留联系方式。

杨婷挺懊恼的，还说大一时就不该拉着宋晞去普陀寺，宋晞拜完佛回来，简直活得像一个不动凡心的出家人。

"我就听说她有过一次暗恋的经历，她暗恋了一个男生挺多年的，可能被伤到了吧。"

…………

路两旁的梧桐树开始落叶，巴掌大的叶片在夜色中飘落。

这里不像鹭岛，鹭岛温暖得如同夏天。

然后裴未抒就想到鹭岛有一个出差在外的女孩，昨夜她就泪水涟涟地坐在他的面前。

她吃过火龙果，唇上还有一点点玫红色。她胡乱地擦掉眼泪，嘴硬地道:"没事,我这个人不怎么爱哭,很快就会好的。"

裴未抒抬手按了按眉心。

他头疼。

车子驶出机场的高速,裴嘉宁问:"喂,裴未抒,你回哪边住?"

"爸妈那儿吧。"

血脉相连,裴嘉宁到底担心弟弟,跟着他一起回到爸妈这边住。

第二天的清晨,裴嘉宁起来去洗手间,睡眼蒙眬地走过走廊,冷不防地看见楼下客厅的沙发上坐了一个人,顿时毛骨悚然,汗毛都竖起来了。

看清"雪球"在那人的身旁趴着,她才敢确定那个人是裴未抒。

她走下楼,发现裴未抒的腿上架着平板电脑,他好像在翻过去的照片。

裴嘉宁拢着睡袍,打了一个哈欠,纳闷儿地问:"你不睡觉干什么呢,起得这么早?"

裴未抒看了一眼时间,现在才 5 点钟。

他倒是想睡,闭上眼睛,脑海里全是宋晞流着眼泪的样子。

那真的就和他小时候在作文里写的一样,像水龙头没关紧,眼泪"哗啦啦"地往下流。

"我睡不着,遇上了点儿棘手的事情。"

家里的人以前都说,裴未抒遗传了爸爸妈妈理智的一面,遇事冷静沉着,比同龄人也稳重很多,别人很少见到他失态的样子。

裴嘉宁观察着裴未抒脸上的表情,干脆走近些,顺手摸了一把"雪球",才开口:"我觉得你有情况。"

裴未抒不置可否。

"上次你不打招呼就跑回来翻那个什么视频,我就觉得奇怪,那是好几年前的旅行记录了,平时你都不翻,怎么就突然那么想看哪?"

"而且你还没说为什么突然换航班,我问过妈妈,你也没告诉她?"

"姐。"

"干什么？"

"我好像有喜欢的人了。"

裴嘉宁定制过义肢之后，只有最开始的半年多适应得很困难，后来走得还算稳当。

饶是如此，听到裴未抒说有喜欢的人，她也差点儿没站稳，一屁股坐在弟弟的身边："不容易呀，我们家的铁树要开花啦？"

裴未抒瞥了她一眼，仍然没能阻止恋爱达人的八卦之魂。

她的声音里多少带了点儿幸灾乐祸的意味："我看你的表情，你的事不顺利吧？来和姐姐说说怎么回事，我给你出出主意。"

"雪球"是一只没心没肺的狗，姐弟二人的说话声完全没吵醒它。

它不知道做了什么梦，换了一个姿势，把爪子搭在裴未抒的腿上，还打呼噜。

裴未抒只讲了事情的大概。

他倒是也提到了那个被宋晞暗恋的人，没说坏话，但对那个人的行为持保留的态度。

裴嘉宁抱着手臂反驳弟弟："你不是也说过一样的话吗？"

脸上没什么表情，裴未抒静静地看着裴嘉宁。

"哇，你果然不记得那些数落我的话了。"

裴嘉宁站起来，指了指方才坐过的沙发："我可记得很清楚，你当时就坐在这儿，还对我发脾气，说我在卑微地单方面付出，说我没底线没原则。你都忘啦？"

裴未抒隐约地有了些印象。

他表情不悦地说："你当时的情况不一样。"

"好了，你小点儿声。"

裴嘉宁自知理亏，心虚地看了一眼楼上："别让爸妈听见……"

经过裴嘉宁的提醒，裴未抒想起一段非常不愉快的往事。

他确实在盛怒之下说过类似的话，但那是他对他的姐姐说的。

宋晞和裴嘉宁两个人的情况完全不一样。

宋晞大概也就像过去学校里的那些同学一样，会在喜欢的异性的桌上放几次情书以表达好感，顶多约约放学后见面。

他总不至于对她说那么重的话。

裴未抒莫名其妙地觉得这件事有些说不上来的怪异感，细思又找不到头绪。

况且，有人在旁边唠叨，根本不让他有空去理那些头绪。

这人就是裴嘉宁。

她已经坐在了沙发的扶手上，晃着她的金属腿："裴未抒，你惨了。"

"你知道什么最让人难忘吗？是遗憾！"

"人哪，都对得不到的人或物记得最久，因为不甘心，才更加难以释怀。"

"你的那个女孩估计这辈子都忘不掉她的暗恋了，暗恋刻骨铭心，你懂吗？"

"白月光啊，可不是说着玩的。"

…………

他姐说的这些话里，就"你的那个女孩"这几个字勉强像人话，剩下的话都是哪壶不开提哪壶。

裴未抒的头更疼了："要不你去睡会儿？"

帝都已经进入深秋，庭院里的玉兰树的叶片被风吹落，掉进水被抽空的泳池里。

裴嘉宁的恋爱观和裴未抒的完全不同，她还因为过去做离谱儿的事被弟弟说教过，这会儿有那么点儿打击报复的意味。

他们话不投机，没聊太久，她就打着哈欠回楼上睡觉去了。

裴未抒坐在沙发上，用平板电脑翻看前些年在鹭岛拍的照片。

那次他是陪着裴嘉宁去的鹭岛，他们爬到山顶上露营，看见了英仙座的流星雨。

他把照片仔细地翻看过一遍，星陨如雨。

但世上果然没有那么多的巧合，他偶然拍到的其他的那些游人都不是宋晞。

240

裴未抒通宵之后又熬夜，昨晚也几乎没睡，在沙发上撑着额头小憩片刻。

等他醒了，天色已真正大亮。

他看看时间，宋晞也该起床了。

裴未抒选了些流星雨的照片发给她，几乎接近没话找话了："我翻到些看流星的照片。那年我是8月9日去的，你呢？"

裴家人的生活习惯还是好的，他们在节假日里也不太赖床。

裴爸爸和裴妈妈已经在忙各自的事情，连"雪球"都醒了，把头埋在狗粮里大口地吃着。

裴嘉宁也起床了，端着一杯牛奶路过这里。

她看了裴未抒一眼，表情十分严肃。她用牛奶杯指了指他："作为姐姐，我不得不告诉你一件事。如果你的那个女孩和你聊了那么多她暗恋过的那个人，这可能是一种委婉的拒绝。"

挑选照片的手一顿，裴未抒不小心地发出去一张其他的照片。

照片上是贴满便利贴的墙。

这张照片倒也没什么不能发的，他没撤回消息，只跟裴嘉宁说："不劳费心了，你吃你的早饭吧。"

说着，他把原本静音的平板电脑调成了铃声模式。

宋晞醒得挺早的。

昨夜她和裴未抒吃过晚饭，他先把她送回酒店的楼下，才打车去了机场。

她上楼时，正好见到有新的房客入住。

那是一对年轻的情侣，拖着两个巨大的、贴满贴纸的行李箱，和她同乘电梯。

宋晞按下自己的楼层，见他们带的东西多，礼貌地询问他们是否需要帮忙按按钮。

女孩很开朗，笑着说他们刚好和她在同一层。

他们出了电梯，又同行过一段路，宋晞停在门口翻找房卡时，用余光看见他们进了之前裴未抒住过的那间房。

有那么一瞬间,她忽然觉得很不习惯。

今天鹭岛又下了小雨,宋晞想到裴未抒并不在这里,也没出去吃早饭的兴致了,裹着雪白的被子,不愿起床。

原本她明天结束出差后,回到帝都,能够有一个单休日。

结果昨天很晚的时候,工作群里突然跳出很多条新消息。她感觉那不是什么好事,果然接到通知,后天单位有培训,所有人必须参加培训。

别说双休,单休都泡汤了。

酒店的房间有些闷,她打开窗子,潮湿清新的空气涌进来,车轮碾压马路的声音也随之而来。

宋晞把枕头竖起来,靠在上面,点开航空公司的App,查看机票。

她不确定明晚几点能结束工作,计算过时间后,决定买裴未抒昨晚乘坐过的那趟航班。

就算临时有事耽搁,她也能保证赶上飞机。

可能闺密之间心有灵犀吧,她刚准备订票,杨婷就发来信息询问她什么时候回帝都。

宋晞把订票的信息发过去:"我明晚回去,刚看完机票,你就来问了。"

杨婷说帝都降温降得厉害,自己这次来例假都格外疼。

杨婷虽然痛经,也绝不输出负能量,又说自己淘到一种很不错的止痛药,买了两盒,把另一盒止痛药留给宋晞试试。

宋晞像一个操心的老母亲,苦口婆心地叮嘱杨婷,在那么冷的天气里不要再穿露脐装。

"我可以把露脐装穿在外套里呀。"

"放心吧,我已经把棉衣翻出来备上了。"

"为了青春美,冻死不后悔!"

宋晞当然不赞成"美丽冻人",准备再劝她几句,杨婷却火急火燎地发来语音消息:"晞晞,我先不和你说了,我们部门今天开早会,领导说要提前一个小时到，我刚才没看时间，完蛋了，要迟到了！"

"你快去吧，路上注意安全。"

听完语音消息，宋晞用右手拿着手机订好机票，用左手在枕头下摸索，找到发绳。

她扎头发时，手机又连着振动了好几下，细微的声音被闷在床褥间。

杨婷不是说要迟到了吗？

闺密这是又想到什么事要和她分享了？

以前上大学时，杨婷也做过类似的行为。

她上一秒还说自己在图书馆里自习，要努力努力再努力，下一秒就又发信息连环轰炸宋晞，说遇见了一个帅哥，帅哥是阳光型的男生，就坐在对面，她看得好心动，想去要电话号码。

宋晞想当然地以为发来消息的是杨婷，毕竟闺密是有过"前科"的。

她好笑地拿起手机查看消息，却意外地看见了裴未抒的名字，心跳霎时间漏掉半拍。

裴未抒发来好多张照片。

她点开来看，漫天的星河中有淡淡的白色轨迹，那是英仙座的流星雨。

他一定是用了专业的设备，当年宋晞她们也尝试过用手机拍照、录像，效果都不太理想，画面要么模模糊糊的，要么漆黑一片。

裴未抒问她："我翻到些看流星的照片。那年我是 8 月 9 日去的，你呢？"

宋晞已经忘记具体的日期了。

想到杨婷应该发过朋友圈，她便点开杨婷的头像，去闺密的朋友圈里找。

闺密的动态实在太多太多，大概有上千条。酒店里的网络又没那么好，她向下翻一翻动态，就要等页面加载。

裴未抒又发来了什么消息，她没办法退出页面去看，怕前功尽弃。

过了好一会儿,她才翻到杨婷2014年的动态。

那天杨婷的动态是一张纯黑色的照片,照片下的配文是:"这确实是流星雨,我没骗你们。"

宋晞看了一眼时间,时间是7月31日。

她回复裴未抒:"我们是7月31日去的,比你早去了几天。"

裴未抒那边显示"对方正在输入……"

但很快字样又消失了,只过了两三秒,他直接打了电话过来:"早,你昨天睡得好吗?"

"早……"

听到裴未抒的声音,她还是感到了难以抑制的雀跃。

裴未抒在电话里问她什么时候回帝都,宋晞把加班的事情跟他说了,也告诉他自己订了和他相同航班。

"是鹭岛航空公司的那班明晚9点50分起飞的航班?"

"嗯,就是那趟航班。"

挂断电话,宋晞才看见裴未抒后来发的几张照片。其中的一张照片上不是流星,而是便利贴。

那是小店里的那面贴满便利贴的墙,最中间的那张便利贴上的字很眼熟,是她写的。

周围有几张被拍得不太全的便利贴,宋晞能依稀地辨认出有几张便利贴是杨婷写的。

虽然照片上只有部分字迹,但是宋晞仍然能在心里想象闺密的那些愿望——"变得美艳性感""遇见绝美的爱情""闺密也遇见绝美的爱情"……

当时杨婷拍了好几张照片,说要留作纪念。

只是这张照片怎么会在裴未抒那里?

宋晞猜测照片是杨婷发给裴未抒的,也许他也和杨婷提过去看过英仙座流星雨的事吧。

但杨婷赶去公司开早会了,宋晞也就暂且搁下疑惑,没有询问闺密。

她工作时依然忙忙碌碌，一开始办公就像一个陀螺似的。

裴未抒也会联系她，抽空和她聊几句。

他们甚至在晚上的空闲时间里，一时兴起，通着电话玩了"Situation puzzle"。

"Situation puzzle"俗称"海龟汤"，是猜谜类的小游戏，但也有挺多"汤面"和"汤底"，内容都涉及恐怖和血腥的元素，挺吓人的。

只玩了几个小游戏，裴未抒就拒绝继续玩下去。

宋晞开玩笑地问："不会吧，你害怕啦？"

裴未抒却说他对这些东西不太敏感，但担心宋晞自己在酒店里会觉得害怕，毕竟她在密室里面对NPC时，也没表现出胆子很大的样子。

其实宋晞确实胆战心惊。

她又厌又爱玩，玩到第二个"海龟汤"时，已经悄悄地去把酒店里的灯都打开了。

这会儿心思被说中，她索性也不逞强了，坦白地说："那不玩了，心里毛毛的，我总觉得屋里有点儿什么东西。"

裴未抒笑道："你开始自己吓自己了？"

她说害怕，他就陪着她打了好久的电话。

宋晞也隐约地感觉出来，他们现在联系得好像有些……过于密切了？

她细思起来，从她喝酒后去他的房间里吃夜宵起，他们的关系就已经颇有些暧昧了。

她想起那天的晚上自己忍不住在裴未抒的面前哭，特别不争气，特别丢脸，哭起来就停不下来。

最后裴未抒都叹了一声气。

他倒没有不耐烦，只是拿她没办法似的说："我就会这么几句哄人的话，都说完了，宋晞，你挺难哄啊。"

宋晞沉湎于裴未抒叹气时的温柔，却也仍然反省自己：她在问答软件上写小作文是在酒后，去找裴未抒吃夜宵、聊暗恋还是在酒后。

她以前怎么就没发现自己有这个毛病？

于是她暗暗地下定决心，一定要戒酒。

宋晞回帝都的这天，飞机落地时，广播就已经播报了机舱外的温度，最高温度竟然只有 -1℃。

才过了几天而已，气温比她离开帝都时低了很多。

机舱的门打开了，只穿着单薄的衬衫的宋晞感到微凉，关掉手机的飞行模式，想着尽快地用软件约一辆出租车，却发现裴未抒在几分钟前发来过信息。

"你落地了联系我。"

现在已经是夜里的1点多，宋晞跟着人群向外走。

她一边走一边给裴未抒回了电话："裴未抒，你怎么还没睡？"

他根本不像要睡的样子，电话的背景音和她周围一样嘈杂，他说了一声"稍等"，随后找了相对安静的地方，才继续说："我在到达出口处等你。"

"你说你在哪儿？"

宋晞几乎以为自己听错了。直到裴未抒重复了一遍，她才敢相信，他真的来接机了。

原本慢慢地走在人群里的人忽然急切地跑起来。她没有托运的行李，穿过行李提取处的转盘，一口气跑出去。

接机的人有很多，裴未抒安静地站在其中。

他穿了浅驼色的长款风衣外套，单手提着饮品店的纸袋，小臂上搭着外套。

看见她，裴未抒笑起来，向她招手。

那笑意简直勾人。

跑得有些喘，宋晞平复几秒呼吸才开口："你怎么来了？"

裴未抒的动作很自然，他把小臂上搭着的外套给她披上："在鹭岛时小宋导游那么照顾我，我做人总不能太忘恩负义。"

宋晞转头看向裴未抒。

他垂着一双含笑的眼睛，把纸袋里的热饮拿出来递给她："这不，我来报恩了。"

她已经分不清此刻的心跳是因为剧烈的运动还是因为裴未抒的笑容。

她只能用低头喝热饮的动作掩饰心动。

车子停在 T3 停车场的 B 区。

裴未抒在前天的晚上刚来过这里，停车场里的气味和干燥的冷空气都那么熟悉，于是他开着玩笑和宋晞说他像是进入了循环，重新经历了一遍这些事。

时间太晚了，其实宋晞已经忍下好几个哈欠，脑子转得也不快。她随口就说："前天没有我。"

她说完噤声了，总觉得这句话有些暧昧。

人家凭什么就总得和你在一起呀？

裴未抒似乎没觉得有什么不对，还应了一声，随后解开车锁，帮宋晞拉开副驾驶座位的车门："你可以睡一会儿。"

宋晞披着裴未抒的外套坐进去，摇摇头："我不睡了。时间这么晚，我陪你聊聊天儿吧，免得你犯困。"

他们两个人待在一起，尤其是跟对方熟悉了之后，确实难有冷场的时候。

他们聊着聊着，宋晞忽然想起那张便利贴的照片，问裴未抒："对了，昨天早晨的那张照片是杨婷发给你的吗？"

"我只在群里和杨婷联系过。"

裴未抒打开转向灯，在路口转弯："你说哪张照片？"

"等等，我找一下。"

裴未抒顺着她的话，无意间看过去一眼。

他看到她换了屏保，屏保上有明晃晃的四个大字——"再喝是狗"。

他笑了一声，宋晞察觉到了，手上的动作停下来。她很不满地问："你笑什么？"

手机屏幕上的 App 都被分类过，在归纳的模块里。

每个模块的名字是相同的，是表情里的"小蘑菇"的图案。

裴未抒开着车，也只是潦草地看了一眼，收回视线："没什么。"

"就是这张照片。"宋晞说。

裴未抒抽空去看照片:"这是我拍的。怎么了,你那天也看见这张便利贴了?"

宋晞觉得很意外。

她茫然片刻,才犹豫着开口:"这张便利贴是我写的。"

裴未抒忽然想起那年他和裴嘉宁去看流星雨的经历。

夜里山顶的寒风大,气温也低。他们向商贩租了棉大衣,裴嘉宁犹嫌不足,裹在棉衣里哆哆嗦嗦,指挥着裴未抒去小店里给她买热杏仁露喝。

店老板因为面部有烧伤,说话很费力。

姐弟俩为了照顾老板的生意,没吃自带的食物,又泡了两碗泡面、买了烤肠。

店里有一面墙,墙上贴满便利贴,他们端着泡面过去,就坐在靠墙的那一桌上。

那时正值英仙座流星雨的观看时期,山顶的游人很多。

裴嘉宁闲不住,抱着热杏仁露东张西望,瞧见一群漂亮的女孩在"嘻嘻哈哈"地说笑,兴奋地转过头,问裴未抒:"这里有这么多的女孩,如果有人让你选,你会喜欢哪种类型女孩?"

裴未抒正在调试照相机,举着相机抬头,镜头对准的却是贴满便利贴的墙面。

在某一张便利贴上,某人用工工整整的字迹写着:祝老板生意兴隆,余生平安。

裴未抒对着那张便利贴按下快门:"我会喜欢这种女孩。"

出于光污染的原因,夜空呈现出一种掺杂着红色的黑色。

街道上很安静,被涂过反光涂料的警示牌在车灯的照射下,短暂而清晰地显示着图文。

裴未抒沉吟片刻,忽然对宋晞说:"我给你讲一件有意思的事吧。"

车里开着暖风,暖风吹散了车载香薰的味道。

天气转凉之后,裴嘉宁给裴未抒换过一款车载香薰,这款车载香薰不再是清新的番茄藤的气味，是木质调的安息香冷杉的气味，带有些许松针的味道。

宋晞被暖风烘烤着，联想到了国外的电影里立在炉火旁的圣诞树。

她就是在这样柔和的芳香中，听裴未抒讲了他拍下便利贴时的故事。

"我当时就觉得，会写下这种心愿的女孩一定善良又可爱。"

路口处有红灯，车子稳稳地停下。

裴未抒转头看她："我果然没猜错。"

车里没开灯，他的轮廓处在一片昏暗中，目光显得格外深沉。

宋晞被夸得很不好意思，移开视线，顾左右而言他："太巧了，我没想到你会看见我的便利贴。你看旁边的这张便利贴是杨婷写的，这张也是她写的……"

"是很巧。"

裴未抒说了一句"我们好像很有缘分"，之后没再提这个话题。

不知道是不是因为喝过热饮又披着他的外套，宋晞感到很热。

她想起去程熵家喝酒的那天，裴未抒站在一架古筝前，用指尖拨动琴弦。

她此刻就像慌张的弦，大脑都在"嗡嗡"地响，连手都有些振动了……

"宋晞？"

她回过神，听见裴未抒提醒她："你的手机在振动。"

之前在鹭岛出差期间，宋晞和裴未抒寄回过不少特产。

朋友们被投喂了特产，也很开心。

尤其程熵知道宋晞今天回来，大半夜不睡觉，特地在群里呼叫宋晞，问她落地没有。他让她和裴未抒这几天找一段空闲的时间，要请他们俩吃饭。

"明天后天都行，我们几个人商量过了，就看你们俩了。"

宋晞举着手机，问裴未抒："咱们明天晚上还是后天晚上吃饭？你哪天有空？"

"我都可以，看你。"

"那……后天可以吗？明晚我想去陪家人吃饭，把寄回来的特产给他们送过去。"

"好。"

他们回来之后，"剧本杀王者六人组"确实频频地聚餐，大家只要有空，就会凑在一起吃饭。

朋友的剧本杀店也已经开业，生意不太好。

老板焦头烂额地找原因，大家也经常被请过去体验剧本。

11月的帝都秋风萧瑟，银杏叶金黄，爬山虎火红。

在斑斓的秋色里，宋晞见裴未抒比见其他人更频繁。

深夜里的那句"我们好像很有缘分"之后，他们保持着在鹭岛时见面的频率，几乎日日联系。

宋晞会在加班后接到裴未抒的电话，跑出办公楼，就能看见他的车子已经停在马路的对面，他为她拉开车门，带她去吃晚饭。

他们见不到对方时也会打电话，多数时候没什么正经的事，只是随便地聊几句。

转眼到了11月的最后一个周末，宋晞有双休日，裴未抒也不太忙，两个人约着逛了商场。

他们一起走过人行横道时，宋晞恰好收到领导的信息，低头回复消息。

裴未抒抬手轻轻地扶住她的臂肘，像大人拉着孩子："你回消息吧，我带路。"

她隐约地想到，自己和裴未抒一起过马路时，好像从来都是他走在左侧。

宋晞从手机里翻出领导需要的文件发过去，一边点屏幕一边说："那今天你来当导游。"

裴未抒似乎说了一句"我恐怕不太像导游"，宋晞回完信息，把手机收回包里，才慢慢地从工作中回神，后知后觉地问："你不像导游，那像什么？"

"导盲犬？"

宋晞被他逗笑："你一下子骂两个人！你自己要当'犬'就当，我才不要当盲人。"

他们站在商场前的广场上，微风袭来，金黄的银杏叶下雨般飘落，一片叶子落在宋晞的肩上，被裴未抒掸落。

商场三层的几家儿童店在做联合活动，不少小孩子在那边，宋晞张望两眼，忽然停下脚步，拉了拉裴未抒的衣袖："他们在卖蘑菇呢……"

他们卖的是那种蘑菇盆栽的盒子。

纸盒里有菌包，据说每天喷水盆栽里就能长出可食用的蘑菇。

见宋晞感兴趣，裴未抒陪她过去看。

可选择的蘑菇种类还挺多，除了常见的几种菇类，还有粉色的平菇和金色的榆黄菇。

裴未抒问："你喜欢蘑菇？"

"喜欢哪。"

宋晞的目光还停留在那些蘑菇的盒子上，她顺便给裴未抒讲，她以前居住的南方小镇盛产蘑菇，只不过当地人不叫它们蘑菇，叫它们"菌子"。

每年到了季节，他们就会去山上摘菌子，回来煮菌子汤、菌子火锅。

"我妈妈很擅长做这些东西的。"

宋晞想说"有机会我带你尝尝"，但及时地打住了话头，只拿起两个蘑菇盒子，换了话题："这种盒子好有意思，我也买两盒吧，看看能不能种出蘑菇来。"

她总觉得眼下的熟稔来得过于轻易，不敢妄言妄语。

某天宋晞下班之前，群里又有人提出聚餐。

裴未抒大概在忙，暂时没回复消息，蔡宇川提到了他："@Yamal 裴哥，今晚加班吗？"

他今晚不加班。

很自然地在心里回答完，宋晞蓦然发觉，不知道从什么时候起，自己成了比蔡宇川和程熵更了解裴未抒的时间的人。

他们联系得频繁，现在的时间表是互通的。

他们对彼此几点钟起床、几点钟准备睡觉、午饭吃了什么、是否加班等一清二楚。

就算他们和朋友一起出去聚会，聚会结束后，裴未抒也一定会开车送她回去。

宋晞租住的小区都是小户型的公寓楼，住在里面的大多是附近的上班族。

之前有单身的女孩被跟踪，小区的物业人员很重视这个问题，发了门禁卡，居民必须刷卡才能进入小区，外来的车辆也不再被允许随意地出入。

裴未抒每次送宋晞回来，都会把车停在附近，然后陪她步行一段路程，送她到楼下。

这天又是裴未抒送她回家，走进小区里时，他们谈到了宋晞的蘑菇盒子。

宋晞喜滋滋地自夸，说她的蘑菇长势惊人："你要不要来看看？"

裴未抒问："方便吗？"

宋晞这才反应过来，自己是在邀请异性去她的家里。脸皮微微地发烫，但她又不好改口："方便的。"

和他同乘电梯时，她突然就对自己坐过无数次的电梯嫌弃起来：小广告多得过分，乱糟糟的；地上还有不知是谁买了菜掉下的一截葱叶，好邋遢……

宋晞带着裴未抒回家，推开防盗门时，压着跳得有些快的心跳，开玩笑说："今天小宋导游带你参观住处。"

房子不太大，但被收拾得很整洁。

窗台上摆着金鱼缸和日历，现在已经是12月的中旬，这一年即将过去，日历也被撕得仅剩十几页，露出了接近完整的纸艺地球的形状。

宋晞抱起沙发上的绿毛小怪物，给裴未抒腾地方："请坐。"

小怪物是杨婷送的，杨婷说怕她一个人夜里害怕，把小怪物送给她守夜。

她把它暂时挪到床上，转头对裴未抒说："你看，我的蘑菇长得不错吧？你先坐一下，我去给你拿喝的东西。"

盒子被摆在沙发旁的矮书柜上，蘑菇长得确实不错。

肥厚的菌盖干干净净，肉嘟嘟地挨着挤着，长在一起。

宋晞还给它们挂了用卡纸做的小名牌，粉色的平菇叫"小粉"，榆黄菇叫"小黄"。

裴未抒看着都不由得笑了一声。

书柜只有三层。最上面一层放着阿加莎·克里斯蒂的整套书籍和几本阿瑟·柯南·道尔的书籍。书柜的中间层放着英文原版的名著。最下面一层放的书就比较杂，什么种类的书都有几本，比如诗集、小说、杂志……那里居然还有两本中医养生的书，书脊上堆着小字——"食疗圣经，吃出好身体"。

宋晞这时从厨房里探出头来，很是抱歉地说："冰箱里一瓶饮料也没有了，裴未抒，我给你点外卖吧，你要柠檬茶还是什么饮料？"

"别麻烦了。"

宋晞坚持说："那你好歹让我烧一壶热水招待你，不然我太丢脸了。"

重回厨房前，她看见裴未抒的指尖搭在某本推理小说的书脊上，还和他开玩笑："小心我在第一页上圈出凶手。"

裴未抒笑了笑："我们的书单很相似。我也看过你看的这些书，你没法儿剧透。"

宋晞再次从厨房出来时，看见他手上的是阿加莎·克里斯蒂的那本《底牌》，顿时慌了神。

那本书里夹着信封。

"裴未抒，等等，这本书先……"

见她吞吞吐吐、脸又红了，裴未抒突然意识到什么。

他把书放回书架上，非常礼貌地道歉："抱歉，我不该动你的私人物品。"

宋晞很懊恼，急忙摇头："不是的，其实都没关系，我没有和你见外的意思，只是……"

她说了半天"只是"，声音小下去："只是，那本书里夹了些东西。"

厨房里的水烧好了。水沸腾后，水壶自动断电。

他不用猜也知道原因。

宋晞只会为一件事藏藏掖掖。

裴未抒默然片刻，忽然叫她："宋晞。"

她还在苦思冥想，想找办法打破眼下的尴尬，神情不大自然地应了一声："嗯？"

"你上次说你和喜欢的人有些生活上的差异，为此感到不安过，对吧？"

裴未抒靠回沙发上，挺无奈地说："我读过国际学校，也能说流利的英语，能出国读书和旅行……但真遇见喜欢的人时，其实我还是会自我怀疑。我最近发现，暗恋确实不容易。"

宋晞猛然抬头："你在暗恋别人？"

"严格来说，这不太算暗恋，我觉得我表现得够明显的了，不过……"

裴未抒顿了顿，看向宋晞，目光里带着深意："你不是没太看出来吗？这暂时算是暗恋吧。"

宋晞反应了几秒，有些难以置信地问："你是说……"

裴未抒点头，替她把后面的话补全："我喜欢你。"